ro
ro
ro

Wenn man herausfindet, dass der Weihnachtsmann in einer staubigen Dachwohnung auf sein großes Comeback wartet; wenn man seit Jahren Plüschtiere (und Plüschhandys und Plüschgemüse) geschenkt bekommt, obwohl man das Zeug abgrundtief hasst; wenn man beim Tannenbaumschlagen Leib und Leben riskiert; und wenn man endlich in den Genuss einer Weihnachtswurst von Wurst-Didi kommt – dann ist garantiert die schönste Zeit des Jahres gekommen!

Bestseller-Autoren bringen Sie zum Lachen:
Hans Rath, Martina Brandl, Steffi von Wolff, Oliver Uschmann, Mia Morgowski, Dietmar Bittrich, Roberto Capitoni, Anne Hertz, Ruth Moschner, Horst Evers, Mischa-Sarim Vérollet, Mirja Boes, Gabriella Engelmann.

**Mia Morgowski, Horst Evers,
Hans Rath, Steffi von Wolff u.a.**

Lustig, lustig, tralalalala

Weihnachtsgeschichten zum Lachen

Herausgegeben von Sünje Redies

ROWOHLT
TASCHENBUCH
VERLAG

Veröffentlicht im Rowohlt Taschenbuch Verlag,
Reinbek bei Hamburg, November 2011

Umschlaggestaltung any.way, Barbara Hanke/Cordula Schmidt,
nach einem Entwurf von Hafen Werbeagentur, Hamburg
(Umschlagabbildungen: © Imagemore Co., Ltd./Corbis;
© Laurence Mouton/PhotoAlto/Corbis;
© Martin Gallagher/Corbis)
Satz DTL Dorian PostScript (InDesign) bei
Pinkuin Satz und Datentechnik, Berlin
Druck und Bindung CPI – Clausen & Bosse, Leck
Printed in Germany
ISBN 978 3 499 25497 0

Inhalt

Lustig, lustig, tralalalala

Hans Rath

Wir Weihnachtsmänner

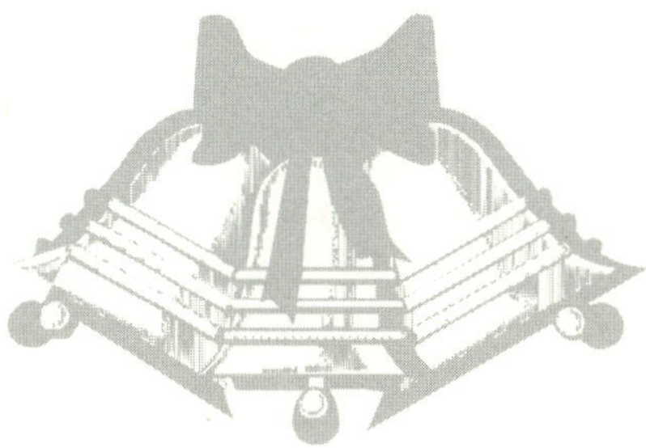

Der Weihnachtsmann nimmt noch ein Guinness», verkünde ich.

Karl schüttelt den Kopf. «Der Weihnachtsmann hat schon mehrere Drinks aufs Haus bekommen. Jetzt ist Schluss.»

Ich rücke meinen Bart zurecht, setze meine rote Mütze auf und greife nach meiner Rute. «Dann werde ich jetzt deine Gäste schikanieren.»

Karl seufzt. «Schon gut. Setz dich wieder hin. Du kriegst dein Guinness. Aber dann ist wirklich Schluss.»

Ich lasse mich wieder auf den Barhocker sinken, lege die Rute zur Seite, ziehe die Mütze ab und warte auf mein Bier. «Dafür, dass wir einen Tag vor dem Fest der Liebe stehen, bist du ganz schön hartherzig», sage ich.

Karl stellt mir mein Guinness vor die Nase. «Also, ich find mich ausgesprochen großzügig», bemerkt er locker.

«Ach ja?», frage ich. «Ein Weihnachtsmann, der sich im Kaufhaus für vier Mäuse die Stunde abrackert, muss hier um sein Bier betteln. Nennst du das etwa Nächstenliebe?»

Karl sieht mich mit ernster Miene an. «Felix, du bist seit Monaten pleite. Ich lass dich trotzdem anschreiben. Wenn das keine Nächstenliebe ist, dann weiß ich auch nicht. Ist dir eigentlich klar, dass ich meine Frau mit Juwelen behängen könnte, wenn du endlich mal deinen Deckel zahlen würdest?»

Karl hat ja recht. Angesichts meiner desolaten finanziellen Situation sollte ich den Mund nicht zu voll nehmen. Ich nippe etwas verlegen an meinem Bier. «Sind halt schwere Zeiten», murmele ich kleinlaut.

Er winkt ab. «Weiß ich doch, Felix. Geht mir ja nicht anders.»

«Wenn ich Maler wäre, könnte ich dir Bilder geben», sage ich. «Die wären dann in ein paar Jahren vielleicht ein Vermögen wert.»

Karl nickt abwesend und taucht ein paar Gläser ins Spülwasser.

«Aber ich bin nun mal leider kein Maler», setze ich nach. «Ich bin eben nur ein erfolgloser Schriftsteller.»

Karl hält inne und schaut auf. «Ach so. Du willst wissen, ob ich es gelesen hab.»

«Hast du?», frage ich nicht ohne Neugier.

Karl trocknet seine Hände, greift in eine Schublade und zieht ein paar zerknüllte Blatt Papier zutage. Er legt sie auf den Tresen und streicht sie notdürftig glatt.

«Was hast du damit gemacht?», frage ich. «Den Boden aufgewischt?»

Er ignoriert die Bemerkung. «Also», beginnt er und wirkt leicht ratlos. «Ehrlich gesagt, hab ich nicht verstanden, was Josse von Rebecca will. Liebt er sie jetzt oder nicht? Und wenn er sie liebt, warum sagt er es ihr dann nicht einfach?»

«Er sagt es ihr doch», werfe ich leicht indigniert ein. «Sogar mehrmals.»

«Aber er redet immer so geschwollen. Bestimmt versteht sie ihn nicht», erwidert Karl.

«Das ist nicht geschwollen, das ist Kunstsprache», gebe ich zurück und kann nur mühsam verbergen, dass ich nun leicht verstimmt bin.

«Willst du jetzt hören, was ich davon halte, oder nicht?», fragt Karl.

«Ja, will ich», erwidere ich patzig. «Aber eigentlich ist ja schon klar, dass dir die Story nicht gefällt.»

«Ich versteh den Typen einfach nicht», erklärt Karl ebenso hilflos wie dezidiert. «Warum sagt er Rebecca nicht klipp und klar, dass er scharf auf sie ist?»

«Aber das tut er doch!», erwidere ich aufgebracht. «Er tut es nur auf seine Weise. Warte mal. Hier …» Ich greife nach der letzten Seite des Manuskripts und halte sie Karl hin. «Hier sagt Josse zu Rebecca: ‹Mein Herz ist angebläut von deinem Lächeln, von deinem Blick gerötet.›» Ich sehe Karl an, als müssten sich damit alle seine Vorbehalte erübrigt haben.

«Genau das meine ich!», ereifert sich Karl. «So spricht doch kein Schwein!»

Ich werfe das Blatt zurück auf den Tresen. «Du hast überhaupt keinen Sinn für Poesie», motze ich.

«Und du bist offenbar angebläut», gibt Karl zurück.

«Felix!», höre ich in diesem Moment eine Stimme rufen. Ich drehe mich um und sehe einen Weihnachtsmann. Ein Kollege also. Ich glaube nicht, dass ich ihn kenne, aber offenbar kennt er mich.

«Hallo. Hey … Freut mich!», sage ich, um Zeit zu gewinnen. Vielleicht fällt mir sein Name ja noch ein.

«Hast du ’n paar Minuten?», fragt der Kollege. «Ich geb auch einen aus.»

Während der Mann einen Tisch in der Ecke ansteuert, schaue ich Karl fragend an. «Kennst du den Kerl?»

Karl schüttelt den Kopf.

Ich setze mich also zu dem vermeintlichen Kollegen. «'tschuldigung, ich weiß jetzt gerade nicht … Kennen wir uns vielleicht vom Job?»

Er legt Mütze und Bart neben sich auf den Tisch. Vor mir sitzt nun ein schlecht rasierter Mittfünfziger. Der Mann wirkt wahlweise sehr verlebt oder höllisch überarbeitet. Ich bin jetzt jedenfalls sicher, dass ich ihn noch nie in meinem Leben gesehen habe. Er kippt einen Schnaps und behauptet dann das Gegenteil. «Wir sind uns 1974 mal kurz begegnet.» Er spült mit einem großen Schluck Bier nach und reicht mir die Hand. «Claus, Santa Claus. Besser bekannt als der Weihnachtsmann.»

Ich überlege, ob ich ihn auslachen oder einfach aufstehen soll.

Er zieht eine Visitenkarte hervor, schiebt sie über den Tisch. «Ich brauch deine Hilfe. Kannst du morgen vorbeikommen? Dann erklär ich dir alles.»

Ich nicke bedächtig, während ich überlege, was ich mit dem armen Irren machen soll. Ich beschließe, ihm noch ein Weilchen zuhören. Schließlich bin ich ein netter Mensch. Außerdem ist morgen ja Weihnachten.

Santa Claus steht in schön geschwungenen Buchstaben auf der Karte, darunter ist, kleiner und in Druckschrift, eine Adresse in einer nicht sehr vornehmen Gegend zu lesen.

«Wohnt der Weihnachtsmann nicht am Nordpol?», frage ich leicht spöttisch. «Zumindest dachte ich das immer.»

«Eigentlich schon. Aber wir hatten Probleme mit dem Klimawandel», erklärt Claus und kippt einen großen Schluck Bier. «Außerdem waren die Räumlichkeiten irgendwann einfach nicht mehr bezahlbar.»

«Am Nordpol?»

«Genau. Am Nordpol», bestätigt er und fügt leicht irritiert hinzu: «Danach hast du doch eben gefragt, oder?»

«Sicher», entgegne ich und bemühe mich so zu tun, als wäre das hier ein ganz normales Gespräch. «Ich kenn das Problem. Die Immobilienpreise am Nordpol sind ja ziemlich in Bewegung. Hört man ja immer wieder, dass da alles teurer wird …»

Er sieht mich an und runzelt die Stirn. «Felix, willst du mich verarschen?», fragt er und klingt nun abrupt gefährlich.

«Nein!», erwidere ich, leicht erschrocken über seinen plötzlichen Stimmungsumschwung.

«Dann ist ja gut.» Er greift nach seinem Bart und seiner Mütze und erhebt sich. «Wir sehen uns also morgen früh. Ich freu mich.»

«Unbedingt!» Ich würde ihm alles Mögliche versprechen, Hauptsache, der Irre lässt mich in Ruhe.

Er will sich abwenden, hält aber nochmal kurz inne. «Sag mal, hast du das Buch eigentlich immer noch?»

Ich sehe ihn ratlos an. «Welches … Buch?»

«Du hast mir doch damals geschrieben, dass du dir *Moby Dick* wünschst. Und ich hab es dir auf den Gabentisch gelegt. Du hast heimlich im Wohnzimmer übernachtet, weil du den Weihnachtsmann sehen wolltest. Und tatsächlich bist du für einen kurzen Moment wach geworden, als ich gerade wieder verschwinden wollte. Erinnerst du dich?»

Er sieht mein immer noch ratloses Gesicht.

«Na ja», sagt er milde lächelnd. «Egal. Ist ja auch sehr lange her.»

Er nickt zum Abschied und verlässt die Kneipe.

Ich brauche fast zwei Stunden, um im Chaos meines Kellers jene Kiste zu finden, in der sich *Moby Dick* verbirgt. Ich habe in meinem Leben zwar schon alles Mögliche versetzt, es aber nur selten übers Herz gebracht, Bücher zu verkaufen. Ich werde fündig, wische den Staub vom Einband und blättere die erste Seite auf. «Frohe Weihnachten von Santa Claus», lese ich. Weiter unten ist in einer anderen Handschrift notiert: «Heiligabend 1974».

Seltsam. Vielleicht kann meine Mutter Licht ins Dunkel bringen.

«Du rufst spät an, Junge. Hier im Gefängnis mögen die das nicht so gern.»

«Mutter, du bist nicht im Gefängnis. Du wohnst in einer Seniorenresidenz.»

Ein kurzes Schweigen.

«Warum hast du uns Weihnachten nicht besucht?», fragt sie vorwurfsvoll.

«Weihnachten ist erst morgen», erwidere ich.

«Du hast dich über zwei Jahre nicht blicken lassen.»

Ich seufze leise. «Ich war letzten Samstag da, Mutter. So wie ich jeden Samstag da bin.»

«Dein Vater fragt auch ständig nach dir.»

«Schon gut, Mutter», beschwichtige ich und überlege gleichzeitig, ob es Sinn hat, sie heute nach einem uralten Weihnachtsgeschenk zu fragen. Offenbar habe ich einen ihrer weniger guten Tage erwischt. Ach, was soll's? «Erinnerst du dich noch daran, dass du mir *Moby Dick* zu Weihnachten geschenkt hast?»

Wieder Schweigen.

«Was soll das sein?», fragt sie dann.

«Ein Buch. Ein ziemlich bekanntes Buch. Man könnte sagen Weltliteratur.»

«Nein, Schatz. Ich mach mir doch nichts aus Büchern. Deshalb hab ich dir auch nie welche geschenkt. Das habe ich lieber anderen überlassen. Vielleicht hast du es von deiner Schwester geschenkt bekommen.»

Ich seufze leise. «Mutter, ich bin ein Einzelkind. Ich hab keine Schwester.»

Schweigen.

«Dann hat der Weihnachtsmann es dir gebracht. Wahrscheinlich, weil du ihm diesen Brief geschrieben hast.»

Ich horche auf. «Welchen Brief hab ich ihm geschrieben? Und wann?»

Schweigen. Sie scheint zu überlegen.

«Mutter?», frage ich nach einer Weile.

«Ich muss jetzt Schluss machen, Junge. Dein Vater kommt gleich nach Hause, und ich hab das Essen noch nicht auf dem Tisch.»

«Vater ist …», beginne ich und höre an einem Knacken in der Leitung, dass sie aufgelegt hat.

«… seit über zwanzig Jahren tot», vollende ich den Satz, obwohl sie mich längst nicht mehr hört.

Habe ich diesen Brief nun geschrieben oder nicht? Habe ich damals im Wohnzimmer übernachtet, um den Weihnachtsmann zu treffen? Und ist er mir dort tatsächlich begegnet? Ich kann mich nicht erinnern. Die Sache liegt lange zurück, und ich war in einem Alter, in dem Traum und Realität manchmal nur schwer zu unterscheiden sind.

Ich schlafe schlecht in dieser Nacht und erwache früh.

Während meine italienische Kaffeekanne sich fauchend und zischend mit der Zubereitung eines Espresso abmüht, fällt mein Blick auf die Visitenkarte von Claus. Gestern Nacht habe ich sie auf die Spüle gelegt, zusammen mit *Moby Dick*. Gerade stelle ich mir die Frage, wie es wohl wäre, wenn ich diesem seltsamen Kerl wirklich einen Besuch abstattete. Gefährlich schien er nicht zu sein. Wahrscheinlich ist er ein zwar verwirrter, aber harmloser Mann, der im Leben viel Pech gehabt hat. Schlimmstenfalls müsste ich wohl damit rechnen, mir einen Vormittag lang bizarre Geschichten anzuhören.

Darauf habe ich keine große Lust, denke ich und gieße mir Kaffee ein. Ich blättere die erste Seite des Buches auf und betrachte erneut die Widmung. Nebenbei fällt mein Blick auf die Visitenkarte. Ich zucke leicht zusammen und stelle die Tasse ab. Ich lege die Visitenkarte neben die Seite mit der Widmung und sehe, dass die Namensschriftzüge identisch sind. Ungläubig blicke ich abwechselnd auf die Karte und das Buch. Dann stecke ich beides ein und mache mich auf den Weg.

Die Adresse gehört zu einem scheinbar unbewohnten Haus in einer Abbruchsiedlung. Ich will schon wieder den Heimweg antreten, als ich am Klingelbrett einen winzigen Zettel bemerke: «Santa Claus – oberste Etage». Ich muss lächeln. Claus ist ganz gut organisiert, wenn man bedenkt, dass er offenbar verrückt ist.

Das Haus ist zwar renovierungsbedürftig, aber innen in einem nicht so desaströsen Zustand, wie man es von außen vermuten könnte. Auf halbem Weg in die oberste Etage kommt Claus mir entgegen. Im ersten Moment erkenne ich ihn nicht. Er trägt einen grauen Anzug mit Hemd und Krawatte, außerdem ist er heute rasiert. Erst auf den zweiten Blick fällt mir auf, dass der Weihnachtsmann noch genauso müde aussieht wie am Vorabend.

«Keine Zeit. Ich hab ein wichtiges Gespräch mit dem Vermieter.» Claus eilt an mir vorbei. «Ich hab Ruprecht Bescheid gesagt. Er ist oben. Frag nach ihm. Er erklärt dir alles.» Und schon ist Claus eine halbe Etage tiefer.

«Etwa … Knecht Ruprecht?», rufe ich durchs Treppenhaus.

Claus hält inne. «Ja, aber nenn ihn lieber nicht so. Er mag es überhaupt nicht, wenn man ihn ‹Knecht› nennt. Sag einfach Ruprecht.» Claus nickt aufmunternd. «Du machst das schon. Ich muss weiter.»

Eine der Türen in der obersten Etage ist nur angelehnt. Dahinter sind Stimmen zu hören. Ich klopfe. Niemand reagiert, also öffne ich vorsichtig die Tür, um mich bemerkbar zu machen.

Der Raum ist vollgestopft mit allerlei Krimskrams und sieht aus wie das miserabel organisierte Lager eines verwahrlosten Schrottplatzes. Was mich viel mehr irritiert, ist der Anblick eines Tisches, an dem ein Kartenspiel stattfindet. Die Spieler sind in Zigarren- und Zigarettenrauch gehüllt, eine Flasche Schnaps macht die Runde. Im ersten Moment glaube ich, fünf Kinder im Alter von vielleicht sieben oder acht Jahren vor mir zu haben. Dann wird mir klar, dass es sich bei den Zockern um kleinwüchsige Erwachsene handelt. Einer der Herren bemerkt mich.

«Lust auf eine Runde Poker?», fragt er, nimmt einen Schluck Schnaps und fährt sich mit der Hand über seine Bartstoppeln.

«Nein … ähm … ich … suche Ruprecht», stammele ich, weil ich immer noch verdattert bin. Der Kerl grinst und nickt dabei vielsagend.

«Ruprecht!», ruft er in einer Lautstärke, die ich ihm angesichts seiner Statur überhaupt nicht zugetraut hätte, und wendet sich seelenruhig wieder seinem Kartenspiel zu.

Ich starre immer noch auf die seltsame Pokerrunde. Das Geräusch schwerer Schritte holt mich in die Realität zurück.

«Felix?», höre ich eine tiefe Stimme fragen.

Ich drehe mich um und stehe nun einem Hünen gegenüber, der sich gut auf einem Plakat für ein Wrestling-Turnier machen würde. Er trägt lange, zerzauste Haare und ist in Felle gehüllt. Beides verleiht ihm ein martialisches Aussehen.

«Freut mich, ich bin der Ruprecht», sagt er, streckt mir eine seiner Pranken entgegen und lächelt. Das sieht nicht sehr gewinnend aus, weil Ruprecht praktisch alle Vorderzähne fehlen. Um nicht unhöflich zu erscheinen, ergreife ich trotzdem seine Hand.

«Freut mich ebenfalls», sage ich.

Ruprecht bemerkt, dass mir etwas mulmig ist. Er überlegt kurz und vermutet wohl, dass mich der Anblick der Pokerrunde verstört hat, denn nun schließt er die Tür und sagt mit einem bedauernden Schulterzucken: «Ist schon schlimm, mit ansehen zu müssen, wie die dadrinnen ihr Leben vergeuden. Schlimm. Wirklich schlimm.»

Ich nicke verständnisvoll. «Freunde?», frage ich.

«Weihnachtselfen», erklärt Ruprecht sachlich. «Nachdem wir Ende des neunzehnten Jahrhunderts die Spielzeugproduktion eingestellt hatten, haben uns die meisten Weihnachtselfen verlassen. Aber die dadrinnen scheinen einfach die Hoffnung nicht aufzugeben, dass eines Tages wieder bessere Zeiten kommen.»

«Soll das heißen, die pokern seit über hundert Jahren?», frage ich. «Sie sehen noch nicht so alt aus.»

«Elfen werden leicht ein paar tausend Jahre alt», erklärt Ruprecht. «Eine hundertjährige Pokerpartie fällt da nicht so sehr ins Gewicht.»

Ich nicke, um Ruprecht zu signalisieren, dass ich seine Ausführungen sehr interessant finde. Tatsächlich frage ich mich, ob ich unlängst irgendwelche Drogen eingeworfen habe. Wie sonst lässt sich das alles hier erklären?

Ruprecht errät meine Gedanken. «Die meisten Leute, die zu

uns kommen, wundern sich. Sie stellen sich den Weihnachtsmann als einen gutgelaunten und wohlgenährten adretten älteren Herrn vor, der in einem romantischen Häuschen auf dem Gelände einer gigantischen Spielzeugfabrik lebt und ständig von Tausenden fleißigen Helfern umringt wird.»

Ich sehe ihn an und zucke ratlos mit den Schultern. «Ehrlich gesagt, hätte ich es mir auch so vorgestellt.»

Ruprecht verzieht gequält das Gesicht. «Die Zeiten sind leider vorbei. Ich hab Santa Claus noch auf der Höhe seines Schaffens erlebt. Wir residierten am Nordpol und hatten wirklich die größte Spielzeugfabrik der Welt. In manchen Jahren haben wir mehr als zweihunderttausend Elfen beschäftigt. Damals war Santa Claus noch nicht ständig müde und übellaunig. Außerdem hatte er ein paar Kilo mehr auf den Rippen. Die vielen Sorgen haben ihm zugesetzt.»

Ruprecht hat eine Tür am Ende des Ganges geöffnet. Dahinter ist eine schmale Treppe zu erkennen. «Komm, ich will dir was zeigen.»

Wenig später stehen wir auf dem Dachboden. Durch ein großes Panoramafenster fällt kaltes Winterlicht auf einen riesigen roten Schlitten, der fast den gesamten Raum einnimmt. Von dem Gefährt geht ein milchiges Schimmern aus. Die rote Farbe scheint zu fluoreszieren.

Während ich die imposante Konstruktion aus Holz, Eisen und Samt umrunde, bemerkt Ruprecht lapidar: «Voilà. Der Schlitten des Weihnachtsmannes.»

Ich bin beeindruckt. «Woher kommt dieses Glänzen?»

«Feenstaub. Der gesamte Schlitten ist in ein spezielles Harz getaucht und dann mit Feenstaub bedeckt worden.»

«Damit er glänzt?», frage ich.

«Nein. Damit er fliegt», lächelt Ruprecht.

Ungläubig stehe ich vor dem ebenso seltsamen wie imposanten Vehikel. «Wie viele Rentiere braucht man dafür?»

«Vierundzwanzig», erwidert Ruprecht. «Leider mussten wir alle verkaufen. Futter und Unterkunft waren irgendwann nicht mehr finanzierbar.»

Ich betrachte den Schlitten, und gleichzeitig durchzuckt mich der Gedanke, dass mich hier jemand auf den Arm nehmen will. Bislang habe ich nur ein paar seltsame Typen kennengelernt, die mir weismachen wollen, dass der Weihnachtsmann verarmt ist und kaum noch seinem Job nachgehen kann. Vielleicht spielen hier alle nur Theater, denke ich. Vielleicht ist die Sache mit *Moby Dick* so arrangiert worden, dass jemand das Buch in meinem Keller deponiert hat. Die Weihnachtselfen könnten ebenso wie Ruprecht und Santa Claus Laienschauspieler sein, der Schlitten nur ein Requisit.

Wieder errät Ruprecht meine Gedanken. «Die meisten Leute, die zu uns kommen, möchten einen Beweis dafür haben, dass wir wirklich jene sind, für die wir uns ausgeben. Aber es gibt keinen Beweis. Der Schlitten fliegt nicht ohne Rentiere. Keiner von uns kann zaubern, und unser Quartier am Nordpol ist längst im ewigen Eis versunken.»

Ich überlege. «Wie war es denn überhaupt möglich, die Rentiere zu verkaufen?», frage ich argwöhnisch. «Es muss sich ja um fliegende Rentiere gehandelt haben. Die hätten doch sicher für Aufsehen gesorgt, oder?»

Ich sehe Ruprecht in die Augen und versuche herauszufinden, ob meine Frage ihn aus dem Konzept gebracht hat. Vielleicht gelingt es mir durch glasklare Logik, sein Lügengebilde zum Einsturz zu bringen.

Ruprecht lächelt nachsichtig. «Der Schlitten wird von normalen Rentieren gezogen. Damit sie fliegen können, streut man ihnen Feenstaub aufs Geweih. Wenn die Wirkung nachlässt, sind es wieder normale Rentiere.»

Er macht keineswegs einen nervösen Eindruck. Im Gegenteil. Er steht ruhig da und scheint auf meine nächste Frage zu warten. Offenbar ist Ruprecht es gewohnt, Zweiflern wie mir Rede und Antwort zu stehen.

«Okay», sage ich. «Wie hat der Weihnachtsmann sich denn bislang finanziert? Meines Wissens macht er den Job gratis.»

Ruprecht nickt. «Früher haben wir oft große Vermögen geerbt. Leute, denen als Kinder Wünsche vom Weihnachtsmann erfüllt wurden, haben sich als Erwachsene daran erinnert und ihre Dankbarkeit bewiesen, indem sie uns großzügige Spenden zukommen ließen.»

«Und wieso hat sich das geändert?»

«Logistische Probleme», erwidert Ruprecht. «Wir waren praktisch der erste Weltkonzern. In einem so großen Unternehmen gibt es natürlich Reibungsverluste. Außerdem haben wir diesen wahnsinnig engen Lieferzeitraum. Da blieb es nicht aus, dass Fehler passierten. Mit der Zeit wollte sich niemand mehr auf unsere Dienstleistung verlassen. Die Eltern fingen also an, die Geschenke selbst zu kaufen und eigenhändig unter den Weihnachtsbaum zu legen. Für uns war das der Anfang vom Ende.»

«Und wie finanziert ihr euch heute?»

Ruprecht seufzt. «Wir bekommen Hartz IV. Und wir haben Nebenjobs. Ich, zum Beispiel, nehme manchmal an Boxturnieren teil. Und Santa Claus arbeitet als Weihnachtsmann. In Kaufhäusern und auf Märkten.»

«Warum arbeitet er überhaupt noch?», frage ich. «Ich meine, in seinem ursprünglichen Job? Offenbar läuft Weihnachten doch ganz gut ohne den Weihnachtsmann. Wozu also der Aufwand?»

Ruprecht nickt. «Das hab ich ihm auch schon gesagt. Aber Santa Claus ist der Ansicht, dass wir wieder zu alter Größe zurückfinden können, wenn es uns gelingt, unsere Corporate Identity nach vorne zu bringen. Früher nannte man das mal den Geist der Weihnacht. Deshalb versuchen wir jedes Jahr, einige Weihnachtswunder zu initiieren in der Hoffnung, dass die Leute irgendwann wieder an den Weihnachtsmann glauben.»

Ich mustere Ruprecht skeptisch.

«Ich weiß», sagt er. «Ein ziemlich hoffnungsloses Unterfangen. Das predige ich schon seit über hundert Jahren, aber es gelingt mir einfach nicht, Santa Claus davon abzubringen. Er ist in dieser Hinsicht ziemlich stur.» Ruprecht lächelt. «In jedem Haus, das wir beziehen, steht der Schlitten im Dachgeschoss. Claus gibt die Hoffnung nicht auf, dass er eines Tages wieder anspannen und in den Nachthimmel hinausfahren kann.»

Ich kapituliere. Mit Logik ist diesem ausgebufften Kinderschreck nicht beizukommen, so viel ist sicher. «Okay. Und warum bin ich hier?»

Ruprecht lächelt gemütlich. «Wir gehen jetzt runter, und ich erkläre dir alles. Vorher lassen wir uns von unserem entzückenden Engelchen einen schönen Weihnachtspunsch zubereiten.»

«Unserem Engelchen?», wiederhole ich tonlos.

«Genau, unserem Weihnachtsengelchen», freut sich Ruprecht.

«Kann wenigstens das Engelchen fliegen?», frage ich, rechne aber nicht damit, dass Ruprecht die Frage bejahen wird.

Er wiegt nachdenklich den Kopf hin und her. «Im Moment eher nicht», antwortet er erwartungsgemäß. «Wenn es drauf ankäme, dann vielleicht.»

Das Weihnachtsengelchen entpuppt sich als eine pausbäckige, freundliche Dame mittleren Alters. Ich schätze, sie wiegt so um die dreihundertfünfzig Pfund. Das erklärt, warum ihre Flugfähigkeit aktuell etwas eingeschränkt ist. Sie heißt Eloa, aber Ruprecht nennt sie liebevoll Elli.

Die beiden sind ein Paar, das ist unübersehbar. Schon bei der Begrüßung strahlen sie wie zwei Christbaumkugeln. Während Elli uns auf ihrem altertümlichen Ofen Punsch zubereitet, flirtet sie mit Ruprecht, was das Zeug hält. Es ist ebenso amüsant wie anrührend, ein zentnerschweres Engelchen und einen Waldschrat ohne Vorderzähne im siebten Himmel zu sehen.

Elli scheint ihre Zeit damit zu verbringen, Tonnen von Weihnachtsgebäck zu produzieren, denn überall stehen Bleche und Schüsseln mit Naschwerk herum. Ich werde gebeten, mir zum Punsch doch ein paar Sanddornkekse, einen Holunder-Muffin oder eine Anis-Ingwer-Praline zu gönnen. Ich greife eher widerwillig zu, bin dann aber überwältigt von Ellis kulinarischen Zauberkünsten. Sie freut sich.

«Kommen wir zur Sache», sagt Ruprecht, setzt sich zu mir an den Tisch, fingert eine Lesebrille hervor und öffnet einen Aktenordner. Er blättert darin, findet offenbar, was er sucht, liest eine Weile, nickt dann, schließt den Ordner und nimmt die Brille ab. «Kennst du einen Laden namens Old Joe?»

«Karls Pub heißt so. Ich bin da ab und zu. Also eigentlich jeden Abend.»

«Um diesen Karl geht es. Seine Frau ist krank. Demenz. Er würde gern das Weihnachtsfest mit ihr verbringen, aber finanziell steht ihm das Wasser bis zum Hals. Also muss er seinen Pub an den Weihnachtstagen öffnen.»

Ich bin ebenso erstaunt wie erschüttert. «Das hat er mir gegenüber nie erwähnt.»

«Du bist vielleicht einer seiner Stammgäste, aber deshalb noch lange nicht sein Freund», bemerkt Ruprecht sachlich.

Ich nicke nachdenklich. Schon erstaunlich, wie wenig man von Menschen weiß, die man immerhin einigermaßen zu kennen glaubt.

«Ich soll also den Pub über die Weihnachtstage schmeißen, damit Karl bei seiner Familie sein kann», mutmaße ich.

Ruprecht nickt.

«Und was sage ich ihm, wenn er wissen will, warum ich das tue?»

«Das bleibt dir überlassen», erwidert Ruprecht. «Du kannst Karl sagen, dass der Weihnachtsmann dich auf die Idee gebracht hat. Du kannst dir aber auch eine andere Geschichte einfallen lassen. Santa Claus möchte Karl lediglich für eine gute Tat belohnen.»

«Was für eine gute Tat hat Karl denn vollbracht?», frage ich neugierig.

Ruprecht zuckt mit den Schultern. «Keine Ahnung. Über seine Beweggründe schweigt Santa sich grundsätzlich aus. 1717 wussten wir, dass es eine Weihnachtsflut an der Nordsee geben würde, haben aber nichts unternommen. 1777 hingegen mussten alle James Cook helfen, die Weihnachtsinsel zu finden. Ich hab es aufgegeben, Santas System zu verstehen.»

Ich überlege. Eigentlich kann ich froh sein, dass der Weihnachtsmann mir eine überschaubare Aufgabe gegeben hat. Bliebe noch die Frage, wie ich es arrangiere, mit meiner Mutter Weihnachten zu feiern, wenn ich bei Karl arbeiten muss.

Ruprecht scheint wieder einmal meine Gedanken zu lesen. «Deine Mutter ist überzeugt davon, dass Weihnachten dieses Jahr auf den 27. Dezember fällt. Ihr könnt also später feiern.» Er sieht mein verwundertes Gesicht und fügt hinzu: «Santa hat mit ihr gesprochen.»

Was soll ich da noch sagen? Offenbar ist die Sache beschlossen.

«Okay», sage ich. «Dann werde ich mich jetzt mal zu Karl aufmachen.»

«Aber nimm tüchtig Kekse mit», flötet Elli.

Im gleichen Moment öffnet sich die Tür, und einer der Weihnachtselfen erscheint. «Kann mir jemand fünfzig Gulden pumpen? Ich hab ein Jahrtausendblatt.»

Auf dem Weg zu Karls Kneipe rekapituliere ich, dass der Weihnachtsmann ein Hartz-IV-Empfänger ist, der mit einigen sympathischen Bekloppten den Geist der Weihnacht aufrechtzuerhalten versucht. Das ist völlig absurd, aber irgendwie auch nachvollziehbar. Trotzdem werde ich das Gefühl nicht los, dass man mich hinters Licht führen will. Da ich aber gerade sowieso nichts Besseres vorhabe und auf diese Weise bei Karl ein paar Schulden abstottern kann, stehe ich wenig später vor der Theke des Old Joe.

«Was machst du denn hier?», wundert sich Karl. «Bringst du Geld vorbei?»

«Nein, aber Kekse», erwidere ich und stelle eine große Tüte mit Ellis Spezialitäten auf den Tresen.

«Wie nett. Selbst gebacken?»

Ich nicke.

Während Karl die Kekse auf Teller und diese wiederum auf dem Tresen verteilt, hört er sich meinen Vorschlag an: «Ich kümmere mich über die Feiertage um deinen Laden, und du kannst bei deiner Familie sein. Im Gegenzug könntest du ja vielleicht meinen Deckel ein wenig reduzieren.»

Karl ist skeptisch. Vielleicht fürchtet er, dass ich ihm die Vorräte wegsaufe, vielleicht hat er auch Angst, dass ich der Aufgabe nicht gewachsen bin.

Also krempele ich die Ärmel hoch und mache mich an die Arbeit. Eine Stunde später ist Karl überzeugt, dass er mich im Old Joe allein lassen kann.

«Du machst das nicht zum ersten Mal, oder?», fragt Karl, während er mir die Schlüssel zu seiner Kneipe in die Hand drückt.

Ich schüttele den Kopf. «Richtig geraten. Ich hab mich schon einige Male mit Kellnerjobs durchschlagen müssen.»

Karl nickt anerkennend und bindet sich die Schürze ab. «Gut. Ich lass dich jetzt allein. Wir telefonieren morgen, okay?»

Ich nicke.

Karls Gesicht wird ernst, er sieht mir geradewegs in die Augen: «Du ahnst nicht, was es mir bedeutet, dass du das hier für mich tust.»

Ein wenig verunsichert winke ich ab. «Kein Problem. Frohe Weihnachten.»

«Ja. Dir auch frohe Weihnachten, Felix.»

Am nächsten Morgen fällt mir auf, dass ich *Moby Dick* in Ellis Küche vergessen habe. Ich beschließe also, dem Weihnachtsmann erneut einen Besuch abzustatten.

Das Buch ist verschwunden. Und mit ihm Ruprecht, Elli, die Elfen und Santa Claus. Ellis Küche ist leer, ebenso das Elfen-Pokerzimmer. Selbst der Schlitten ist verschwunden. Nichts erinnert mehr an meine gestrige Begegnung mit dem Weihnachtsmann und seinen Helfern.

Ratlos spaziere ich durch die leeren Räume, und dabei dämmert mir, dass ich mich festlich zum Affen gemacht habe. Ich sehe Karl schon bildlich vor mir, wenn er genüsslich zum Besten gibt, wie er mich mit etwas Pappmaché und ein paar Laiendarstellern dazu gebracht hat, kostenlos in seiner Kneipe zu malochen. Was für eine Blamage!

Ich habe große Lust, sofort ins Old Joe zu gehen, um Karl die Meinung zu geigen. Aber das macht die Sache nicht besser. Ich bin einem cleveren Kneipier auf den Leim gegangen. Ich habe mir tatsächlich weismachen lassen, dass es den Weihnachtsmann gibt. Das kann man nicht rückgängig machen. Mir bleibt nur, diese Schmach mit Würde zu ertragen.

Es ist der erste Weihnachtstag. Die meisten Läden sind geschlossen. Erst nach längerem Suchen finde ich ein Stehcafé, das geöffnet hat.

«Und? Wie war Weihnachten?», fragt die gepiercte Verkäuferin, während sie mir einen Kaffee zubereitet.

Ich zucke schicksalsergeben mit den Schultern.

«Genau!», setzt sie nach. «Alles falscher Zauber! Es geht nur ums Geld. Aber die meisten Leute wollen das einfach nicht wahrhaben.»

Ich stutze, denn sie liefert mir, ohne es zu wissen, die Lösung für mein Problem. Und die besteht darin, dass ich behaupte, den falschen Zauber von Anfang an durchschaut zu haben. Ich werde also auch die kommenden beiden Tage bei Karl Dienst schieben, und wenn er endlich damit rausrückt, dass er mich gefoppt hat, behaupte ich souverän, dass ich ihm keineswegs auf den Leim gegangen bin. Ich werde sagen, ich hätte Karl nur den Spaß nicht verderben wollen und Weihnachten ohnehin nichts Besseres vorgehabt. Brillanter Plan. Bleibt mir nur noch, den Weihnachtsbesuch bei meiner Mutter zu koordinieren.

«Aber Schatz! Wir sind doch Heiligabend verabredet!»

Ich habe schon wieder einen ihrer nicht so hellen Tage erwischt.

«Und wann ist Heiligabend nochmal?», taste ich mich vor.

«Übermorgen!», lacht sie. «Vergiss das bloß nicht! Ich freu mich auf dich!»

«Ich freu mich auch, Mutter.»

Zumindest in dieser Hinsicht hat Ruprecht tatsächlich recht behalten. Ich kann mich also an den Weihnachtstagen ganz auf meinen Kneipenjob konzentrieren. Bester Laune trete ich den Weg zum Old Joe an.

Karl schwärmt von einem wunderschönen Heiligabend im Kreise der Familie und bedankt sich erneut für meine Hilfe.

«Also, wenn du heute was anderes vorhast ...», beginnt er.

«Nein. Hab ich nicht», erwidere ich entspannt. «Meinetwegen kannst du auch morgen ganz zu Hause bleiben. Ich krieg das hier schon hin.»

Er nickt ernst. «Okay», sagt er dann. «Ich schulde dir was.»

«Dafür nicht», lächele ich und freue mich schon auf sein Gesicht, wenn ich ihm sage, dass ich seinen Schwindel längst durchschaut habe.

Seltsamerweise sagt Karl nichts dergleichen. Als ich am Tag nach Weihnachten bei ihm vorbeischaue, um ihm die Schlüssel zurückzugeben, macht er einen glücklichen und aufgeräumten Eindruck, erwähnt aber seine Weihnachtsinszenierung mit keinem Wort.

Auf dem Weg zu Mutters Altenheim komme ich zu dem Schluss, dass Karl die Sache auf sich beruhen lassen wird. Er hat, was er wollte, nämlich ein paar freie Tage. Da muss er mich ja jetzt nicht obendrein noch vorführen. Vielleicht hat er auch ein schlechtes Gewissen, weil ich mich freimütig und vorbehaltlos dazu entschlossen habe, ihm zu helfen. Wie dem auch sei, mir wäre es ganz lieb, wenn ich nicht zum Gespött der Leute würde.

Im Heim erwartet mich eine Hiobsbotschaft. Meine Mutter ist weg.

«Was soll das heißen: Sie ist weg? Mütter kommen doch nicht so einfach weg», ereifere ich mich.

Die sichtlich zerknirschte Stationsleiterin macht einen hilflosen Eindruck. «Wir haben schon überall nach ihr gesucht. Polizei und Krankenhäuser sind informiert. Bislang ist sie leider noch nicht aufgetaucht.»

Ich verbringe den Nachmittag damit, Bekannte und Verwandte zu informieren, der Polizei detaillierte Auskünfte über meine Mutter zu geben und zwei Krankenhäuser aufzusuchen, in denen verwirrte Frauen im entsprechenden Alter eingeliefert wurden. Beide Male handelt es sich glücklicherweise um Fehlalarm. Es ist bereits dunkel, als ich den Heimweg antrete. Ein freundlicher Polizist hat mir glaubhaft versichert, dass ich definitiv nichts mehr tun kann und mir nun ein wenig Ruhe gönnen soll.

Als ich meinen Hausflur betrete, traue ich meinen Augen nicht. Ein Mann eilt die Treppe hinunter und damit geradewegs auf mich zu. Es ist jener Kerl, der sich mir gegenüber als Weihnachtsmann ausgegeben hat. Ein schöner Zufall, denn dann kann ich ihm gleich mal die Hammelbeine langziehen.

«Ho! Ho! Ho!», sage ich spöttisch.

Er sieht mich und scheint höchst erfreut. «Felix! Da bist du ja endlich! Gott sei Dank. Ich kann keine Minute länger warten.»

Verständlich, dass er es eilig hat. Ich an seiner Stelle hätte auch keine Lust, mir jetzt eine saftige Abreibung zu holen.

«Oben ist alles vorbereitet», erklärt er hektisch. «Deine Mutter wartet schon sehnsüchtig.»

«Meine … Mutter», sage ich verdattert.

Er lächelt. «Kleine Aufmerksamkeit von mir, weil du Karl geholfen hast. Frohe Weihnachten, Felix!»

Bevor ich etwas erwidern kann, hat er das Haus verlassen.

Ich beeile mich, in die fünfte Etage zu kommen, weil dort ein Geisteskranker, der sich für den Weihnachtsmann hält, meine verwirrte Mutter allein zurückgelassen hat. Vielleicht klettert sie gerade über die Balkonbrüstung, vielleicht zündet sie auch die Wohnung an.

Keuchend erreiche ich mein Apartment, öffne die Tür und traue meinen Augen nicht. An einem reichgedeckten Tisch, in dessen Mitte ein Weihnachtsbraten thront, sitzt meine Mutter und strahlt mit dem hinter ihr stehenden Weihnachtsbaum um die Wette.

«Ich wusste, dass du es nicht vergessen würdest», sagt sie. «Aber ich hätte nie gedacht, dass du dir die Mühe machst, mich vom Weihnachtsmann persönlich abholen zu lassen.»

«Ähm … ja», sage ich. «Gern geschehen. Freut mich jedenfalls sehr, dass du da bist.»

«Setz dich, mein Junge. Sonst wird alles kalt. Dein Vater kommt später. Er hat angerufen. Wir sollen schon mal ohne ihn anfangen.»

Ich nicke. «Ich muss nur noch ganz kurz jemanden anrufen.»

Derweil ich die Nummer ihres Altenheimes wähle, zwänge ich mich auf meinen winzigen Balkon.

Bevor die Verbindung zustande kommt, klingelt mein Handy. Die Nummer von Karls Kneipe erscheint im Display.

«Kannst du eine Weihnachtsgeschichte schreiben?», fällt er mit der Tür ins Haus. «Aber keine Kunstsprache! Eine Freundin von einer Freundin, die bei einem Verlag arbeitet, sucht Weihnachtsgeschichten für eine Anthologie, und da dachte ich …»

«Karl, ist grad ein bisschen schlecht. Meine Mutter ist zu Besuch.»

«Oh! ’tschuldige! Sag das doch! Komm einfach morgen vorbei. Wir reden dann über alles. Bei einem Guinness.»

«Gern. Danke.»

«Ich hab zu danken, Felix.»

Erneut will ich die Nummer des Altenheimes wählen, da steckt meine Mutter den Kopf durch die Tür. «Kannst du mal kurz kommen? Der Weihnachtsmann möchte sich verabschieden.»

Ich stutze, packe das Handy weg, betrete meine Wohnung und lasse mich von meiner Mutter zum Dachfenster führen.

Über dem Haus schwebt die Kutsche des Weihnachtsmannes. Gezogen wird sie von ein paar Straßenkötern, einem Schwein, zwei Ziegen, drei Pinguinen, einer Katze und einem Esel.

Santa Claus, der in seinem billigen grauen Anzug abgekämpft, aber zufrieden wirkt, ruft: «Was hältst du von meiner neuesten Konstruktion, Felix?»

«Ist das nicht wunderschön?», fragt meine Mutter und lächelt selig.

Ich nicke ungläubig. «Großartig», sage ich.

Santa Claus lacht zufrieden. «Alles nur eine Frage der richtigen Einstellung! Frohe Weihnachten allerseits!»

Langsam setzt sich der Schlitten in Bewegung. Das Gefährt ächzt, die Tiere wirken ein wenig unkoordiniert. Im fahlen Mondlicht sieht man, wie der Esel über einen der Pinguine stolpert. Er rappelt sich aber sofort wieder hoch. Schlingernd und knarrend zuckelt der Schlitten des Weihnachtsmannes durch den Abendhimmel.

Hoffentlich sehen das jetzt keine Kinder, denke ich.

Hans Rath, *Jahrgang 1965, studierte Philosophie, Germanistik und Psychologie in Bonn. Er lebt in Berlin, wo er sein Geld unter anderem als Drehbuchautor verdient. Mit seinem Romanerstling «Man tut, was man kann» hat er die Bestsellerliste im Sturm erobert. Die Fortsetzung «Da muss man durch» erschien im Sommer 2010.*

Martina Brandl

Bärendienst

Um das gleich klarzustellen: Ich liebe Weihnachten! Meine grüne Plastikzweiglichterkette hängt bis Ende Februar im Fenster, und ab November fange ich an, Stanniolpapier für Lametta zu sammeln und mich auf Geschenke zu freuen. Was ich dagegen überhaupt nicht ausstehen kann, sind Plüschtiere. Diese Geschichte handelt von beidem. Und wenn ich ehrlich bin, muss ich zugeben, dass ich selbst durch meine Geschenkesucht meinen besten Freund Karl wahrscheinlich zu der peinlichen und verachtenswerten Tat getrieben habe, von der ich hier erzählen will.

Es war der 11. November, als Karl mich besuchte und, noch während er seine Jacke aufhängte, sagte: «Wenn man bei dir zur Tür hereinkommt, riecht man förmlich, dass bald Weihnachten ist. Wie machst du das nur immer?»

«Ich hab eine Gans im Ofen», antwortete ich trocken und ging schon vor in die Küche.

«Wie? Willst du schon mal probekochen?», fragte er, als ich den Vogel begoss und er mir von hinten über die Schulter schnupperte.

«Das ist eine Martinsgans», sagte ich mit der Bratenspritze im

Anschlag und schloss die Ofentür, «die mache ich jedes Jahr am Martinstag, das ist Tradition.»

Er ging zum Kühlschrank und holte sich ein Bier. «Seit wann bist du denn so katholisch?», fragte er, während er nach dem Öffner suchte.

«Ich war schon immer katholisch», gab ich zurück, ohne ihn anzusehen, «und der Öffner lag schon immer im Obstkorb. Außerdem ist St. Martin mein Lieblingsheiliger. Der verschenkt Mäntel.»

«Erstens», belehrte er mich, «war das nur einer, um genau zu sein: ein halber Mantel, und zweitens ist das ein sehr merkwürdiger Ort, um einen Flaschenöffner aufzubewahren.»

«Ich finde, Menschen, die ungefragt in meine Küche latschen und den Kühlschrank als eine Art Selbstbedienungstheke sehen, haben überhaupt kein Recht, meine Ordnung zu kritisieren», sagte ich, nahm ihm lächelnd das Bier aus der Hand und pumpte ein paar große Schlucke davon in meine von der Ofenhitze trockene Kehle, «vielleicht lege ich die Dinge ja nur deshalb an ungewöhnliche Orte, damit du sie nicht findest. Hast du daran schon mal gedacht?»

Er holte sich eine neue Flasche aus dem Kühlschrank. «Solang du nicht so weit gehst, umzuziehen, damit ich dich nicht mehr besuche.»

«Pfffhh», machte ich, «das könnte ich auch einfacher haben. Ich bräuchte bloß kein Bier mehr zu kaufen.»

«Da ist was dran», gab er zu, und wir stießen darauf an, als wäre das ein feierlicher Trinkspruch gewesen.

«Und?», fragte er mit einem Blick auf die Gans und ihre silberne Abdeckung, «wirst du die Alufolie hinterher abwaschen und in Streifen schneiden?»

«Du kannst dich gerne über meine Weihnachtsbräuche lustig

machen, aber das ist immer noch besser, als sich an Heiligabend mit Pflaumenwein zu betrinken. Und wenn du wüsstest, wie hoch der Energieverbrauch bei der Herstellung von Aluminium ist und wie viel Fläche …»

«Oh, bitte keinen Regenwaldvortrag!»

«Dann will ich kein Wort mehr über mein Recycling hören.»

«Du hast ja recht», lenkte er ein. «Ich versteh nur eins nicht: Wenn Aluminium so schlimm ist, wieso verwendest du es überhaupt? Wieso nimmst du zum Abdecken nicht einfach einen Deckel?»

«Wie soll ich denn daraus Lametta schneiden?», fragte ich zurück. Karl gab auf, und ich erinnerte ihn noch einmal an die Highlights seiner asiatischen Weihnachtserfahrung vom Vorjahr. Mangels Anwesenheitspflicht bei der Familie und aufgrund wachsenden Desinteresses an kultischen Handlungen hatte Karl in den letzten Jahren einiges ausprobiert: Anfangs gab er dem 24. Dezember noch einen feierlichen Anstrich und ging nachmittags in ein Orgel- und Trompetenkonzert oder wenigstens schön essen und danach zum Tanzen auf eine Party voller einsamer Menschen, die sich gemeinsam vormachten, auf die Feiertage zu pfeifen. Später war er dann, nachdem er zu Hause vorgeglühweint hatte, direkt in den Club getigert, in dem die Chance am größten war, jemanden abzuschleppen. Mit der Zeit wurden seine Heiligabendbeschäftigungen aber immer abstruser. Das ging vom Pokerabend im Internet bis zum DVD-Marathon-Gucken aller Zombiefilme von George Romero.

Einen vorläufigen Tiefpunkt markierte meiner Meinung nach sein Einfall, den 24. Dezember in einem Chinarestaurant bei Ente süßsauer zu begehen. In dem Glauben, Chinesen feierten keine Weihnachten, hatte er das für die zuverlässigste

Methode gehalten, sämtlichen Sentimentalitäten aus dem Weg zu gehen. Er hatte nicht mit der Freundlichkeit der Asiaten gerechnet. Die Wirtsleute hatten, um es ihren deutschen Gästen schön heimelig zu machen, den ganzen Raum mit kletternden Nikoläusen und klumpigen Wattebäuschen dekoriert. Auf jedem der rot eingedeckten Tische, zwischen abwaschbaren Sets, auf denen wahlweise Seerosen, Entchen oder verzweifelt ihre zu langen Ärmel in die Höhe haltende chinesische Damen zu sehen waren, stand ein kleines Plastikweihnachtsbäumchen, dessen batteriebetriebene Leuchtdioden alle fünf Sekunden die Farbe wechselten.

Da sie verstanden hatten, dass Weihnachten gar nichts ist ohne einen gewissen Alkoholkonsum, war Karl zur Begrüßung sofort ein Pflaumenwein serviert worden. Da war das Bäumchen gerade auf Lila gewesen, und er hatte sich noch nichts dabei gedacht. Den Begrüßungstrunk gab es ja mittlerweile in vielen Gaststätten. Fast so, als wolle man den Gast sicherheitshalber an den Tisch nageln, bevor er die Speisekarte las. Den zweiten, eindeutig aus der Reihe tanzenden und ausdrücklich für den besonderen Anlass kredenzten Gratisschluck stellte man ihm neben die Suppe, verbunden mit den herzlichsten Glückwünschen zur Geburt von Jesus Christus. Nach dem Essen, also knappe hundert Grüns, Blaus und Lilas später, stellten sie ihm das dritte Gläschen süßen Obstlikörs vor die Nase mit den Worten: «Heute geht auf Haus.» Karl bedankte sich artig, hob das Gläschen und hapste es weg. Daraufhin wurde hinter der Theke hektisch geflüstert, und man kam offenbar zu dem Schluss, der Gast habe durch das Heben des Glases signalisieren wollen, man möge mit ihm anstoßen, was man fatalerweise ignoriert habe. Schnell waren fünf weitere Gläser, diesmal doppelt so hoch, mit Pflaumenwein gefüllt, und die gesamte

Belegschaft, bestehend aus dem Koch, einer Küchenhilfe, einer Tresenkraft und dem Kellner, kamen an seinen Tisch, um mit ihm anzustoßen. An dieser Stelle möchte ich darauf hinweisen, dass Karl zu Hause den Nachmittag mit Prosecco begonnen und bis zum frühen Abend bereits zwei halbe Liter Winterbier, das gab es schließlich nur im Dezember, gezischt hatte, dann mit sich übereingekommen war, er müsse nun dringend etwas essen, und im Restaurant aus purer Gewohnheit noch ein drittes Bier bestellt hatte, diesmal eins aus Singapur.

Spätestens in dem Moment, als der Wirt, nachdem alle die Gläser wieder abgestellt hatten, grinsend eine neue Flasche hinter dem Rücken hervorzauberte und nochmal nachschenkte, «Zu Feia von heilige Dag», wünschte sich Karl sehnlichst, die Tür möge sich öffnen und eine Busladung voller Touristen zöge die Daueraufmerksamkeit der barmherzigen Weihnachtskobolde von ihm ab. Aber die Tür blieb zu, und die Flasche wurde geöffnet.

In den Augen seiner neuen Weihnachtsfreunde musste er ein sehr einsamer Mensch sein, denn er blieb der einzige Gast an diesem denkwürdigen Abend. Also versuchte man ihn aufzuheitern mit einer in Tannenform geschnitzten gebackenen Banane und noch einem, dem mittlerweile fünften Pflaumenwein. Den lehnte Karl ab, woraufhin hinter der Theke wieder hektisches Gemurmel entstand. Nun fühlte Karl sich schlecht. Ebenso die freundlichen Restaurantbetreiber. Schließlich kramte der Koch ein ganz besonderes Fläschchen aus dem Geheimwok: Selbstgebrannter vom Onkel aus Hanoi. Es stellte sich heraus, dass die Chinesen Vietnamesen waren und der Schnaps von allen gleichzeitig durch lange Bambusröhrchen aus einer braunen Tonvase geschlürft wurde, um die man einen Kreis bildete. Wer kann dazu schon nein sagen? Karl konnte es nicht. Ebenso wenig wie zu der Aufforderung, sich am Karaokesingen zu beteiligen. Schon gar nicht, nachdem er die herzergreifende Version von «Last Christmas» der Küchenhilfe gehört hatte. Er hängte sich voll rein, sang «Feliz Navidad» mit vietnamesischem Akzent und grölte drei große Züge aus dem Bambusrohr später «Do they know it's Christmas?» mit den anderen im Chor. Als er beim «Jingle Bell Rock» mit einem ausufernden Hüftschwung in die gestapelten Warmhalteplatten rasselte, beschloss er, sich kurz hinzusetzen und auszuruhen. Etwas später schalteten die Wirtsleute das blinkende Bäumchen aus, deckten ihn mit einem Kletternikolaus zu und gingen zu Bett. Karl erwachte am ersten Weihnachtsfeiertag mit dem Kopf auf der Tischplatte, und als er seinen steifen Nacken aufrichtete, klebte ihm das Seerosen-Plastikset an der Backe.

«Ich finde es immer noch schade, dass davon keiner ein Foto gemacht hat», sagte ich zu Karl in meiner Küche, «und es war ganz schön schnöde von dir, ohne ein Wort des Dankes aus dem Fenster zu klettern.»

«Haha», machte Karl müde und holte sich noch ein Bier aus dem Kühlschrank. «Wer kommt denn eigentlich zu Besuch?», fragte er mit Blick auf die Gans.

«Meine Mutter und meine Schwester mit den Kindern», antwortete ich. «Wir können dieses Jahr nicht zusammen feiern. Meine Schwester verbringt Weihnachten mit ihrer frisch geschiedenen besten Freundin auf Hiddensee, und meine Mutter fährt mit.»

«Dann können wir ja dieses Jahr zusammen feiern!», freute sich Karl. «Wir machen uns einen schönen ruhigen Abend, ohne Einkaufsstress und Geschenkezwang!»

«Karl», sagte ich gelassen, «du hast nichts verstanden. Weihnachten ist nicht ruhig. Es wird Essen eingekauft wie für den Kessel in Stalingrad, es wird in der ganzen Stadt nach dem besten Baum gesucht, und selbstverständlich will ich Geschenke. Mindestens drei Stück. So viele bekomm ich sonst auch. Von Mutti, meiner Schwester und den Kids. Die zähle ich fairerweise je nur als halbe Schenker. So läuft das. Wenn du alle diese Bedingungen akzeptieren kannst, sind wir im Geschäft. Ansonsten kannst du Weihnachten alleine beim Inder verbringen.»

Karl war einverstanden, und als der große Tag kam, saßen wir bei Würstchen und «italienischem» Salat, wie der mit Lachsersatz, Kapern, Käse, Essiggürkchen und siebenundzwanzig weiteren Geheimzutaten verfeinerte Kartoffelsalat in unserer Familie heißt, und schauten auf eine wunderschön mit selbstgemachtem Lametta aus gut abgehangenem Stanniol geschmückte Blautanne. Natürlich war das nicht aus der Folie geschnitten, mit der ich die Martinsgans abgedeckt hatte. Es stammte von Gansabdeckungen voriger Generationen, denn das Lametta wurde bei uns, seit ich denken kann, beim Baumabschmücken fein säuberlich wieder eingesammelt und umwickelt mit einer Banderole aus Butterbrotpapier bis zum nächsten Jahr im Karton mit den Weihnachtssachen auf dem Speicher verstaut. Ja, wir sind eine sparsame Familie. Man könnte auch sagen: Wir gehen schonend mit den Ressourcen um. Der Recycling-Gedanke ist in unserer Tradition tief verwurzelt. Wir verwenden so gut wie alles wieder: Senfgläser, Nylonstrümpfe, alte Zahnbürsten und diese kleinen gelben Plastikkapseln aus den Überraschungseiern.

Aber bei Geschenken hört der Spaß auf.

Karl schenkte mir eine CD von Norah Jones, ein lustiges Buch über Weihnachtsbräuche, und für das dritte Geschenk waren ihm offenbar die Ideen ausgegangen. Ich traute meinen Augen kaum, als ich das Kuscheltier auspackte. Es handelte sich um einen Teddy, und zwar um ein ausnehmend hässliches Exemplar. Eine Schande seiner Zunft. Ich konnte nicht fassen, dass er mir den schenkte, und drehte und wendete die hellbraune Missgeburt zwischen den Händen. Das Ding war gebraucht, das hätte man schon am verwaschenen Etikett sehen können. Aber nicht nur das. Mir fiel auf, dass das eine Ohr viel brauner war als das andere. Er hatte sich also nicht mal die Mühe gemacht, den Kaffeefleck zu entfernen. Ich erinnerte mich gut an diesen Fleck. Das war an dem Morgen gewesen, wo ich in der Küche über genau diesen Teddy gestolpert war, mir das Knie an der halboffenen Spülmaschinentür gestoßen und ihn deshalb wütend quer durch die Küche geworfen hatte. Voll auf die Kaffeemaschine, die daraufhin aus dem Gleichgewicht geraten und auf den Boden gescheppert war. Tausend Scherben, und der ganze Boden stand unter Kaffee. Jetzt fiel mir alles wieder ein: Am selben Tag war Karl zu Besuch gekommen, hatte den Teddy in der Ecke liegen sehen und gejammert: «Ach, das ist ja traurig, wie du mit dem armen Kuscheltier umgehst!»

Ich hatte das Teil aufgehoben, ihm an die Brust geklatscht und genölt: «Hier. Werdet glücklich zusammen.»

Wahrscheinlich war Karl das entfallen, als er fünf Minuten bevor er sich auf den Weg zu mir machte, schnell noch irgendwas suchte, das er als drittes Geschenk einwickeln konnte. Um den Weihnachtsfrieden nicht zu stören und weil ich meinen besten Freund nicht in eine peinliche Lage bringen wollte, beschloss ich, St. Martins Mantel über den Fauxpas zu decken, und als Karl weg war, kloppte ich das Tier in die Tonne.

Wie ich schon eingangs erwähnte, kann ich Plüschis nicht leiden. Die liegen doch nur in der Wohnung rum und sammeln

Staub. Und wenn einen hochrangige Journalisten für eine Homestory besuchen, muss man sie schnell alle vorher einsammeln und wegsperren, damit man nicht als infantil gilt. Einmal hat ein Kollege bei mir zu Hause auf der Suche nach dem Klo die Türen verwechselt und ist in dem Zimmer gelandet, wo ich die Plüschis vor ihm versteckt hatte. Seitdem gelte ich als Plüschtiersammlerin, die sogar ein extra Zimmer für ihre fusselige Menagerie hat, und bekomme noch mehr Kunstfellknäuel nachgeworfen.

Bei jeder Fete, die ich schmeiße, bleiben meine Freunde nach ihrer Ankunft im Türrahmen stecken und überreichen mir strahlend ein neues Pelzungetüm mit den Worten: «Guck mal, was wir für dich gefunden haben: So eines hast du garantiert noch nicht, oder?» Selbst wenn sie eine Flasche Wein mitbringen, hängt daran ein Plüschherz. Ein rotes Plüschherz mit Armen! Es hat ein lachendes Gesicht und Klettverschlüsse an den Händen, mit denen es sich um den Flaschenhals kettet. Ein Herzkopf mit Armen, der eine Flasche Wein umarmt! Wie krank muss ein Plüschdesigner sein, um sich so was auszudenken?

Ich hab zu Hause Kerzen aus Plüsch, ein Sortiment Plüschkondome, einen ganzen Korb voller Misch-Plüsch-Gemüse, darunter Auberginen, Blumenkohl und Spargel, eine braune Plüschkakerlake in Überlebensgröße, ein Kuschelhandy, eine komplette Plüsch-Caipirinha mit Limetten, Eiswürfeln und Plüschstrohhalm und ein Plüschmikrophon zum Anstecken mit integrierter Spieluhr, das «There's no Business like Show Business» spielt, wenn man an der Strippe zieht. Und das sind nur die Neuzugänge der letzten vierzehn Tage. Eins mehr oder weniger wäre gar nicht groß aufgefallen. Aber im Affekt hatte ich das Ding weggeworfen. Und ich wurde dafür böse bestraft.

Im Januar fragte Karl am Telefon: «Wie geht's denn meinem Teddy?»

«Na, bärig!», sagte ich schnell, in der Hoffnung, ihn mit diesem laschen Witz vom Teddy-Thema abzubringen. Aber auch beim nächsten Gespräch und den darauffolgenden fragte er immer wieder: «Gefällt dir der Teddy noch?», «Fühlt er sich auch wohl bei der großen Konkurrenz?», «Hätte ich dir lieber was anderes schenken sollen?» Schließlich kreuzte er persönlich bei mir in der Wohnung auf und wollte seinen Teddy sehen. Ich log, der sei in der Reinigung, wegen eines Zusammenstoßes mit der Kaffeemaschine. Allerdings verstand Karl die Anspielung nicht. Er lugte neugierig in verschiedene Ecken der Wohnung und schien mir gar nicht zugehört zu haben. Ein paar Tage hatte ich Ruhe. Dann kam folgende E-Mail:

Liebe Martina,

dir das hier zu schreiben, fällt mir sehr schwer, aber ich sehe keinen anderen Weg und hoffe im Voraus auf dein Verständnis. Sicher erinnerst du dich an den Teddy, den ich dir zu Weihnachten geschenkt habe, und wunderst dich, dass ich so oft danach frage. Ich will dir nun sagen warum. «Na, da bin ich aber gespannt», dachte ich. Dieser Teddy gehörte einst der Tochter einer russischen Bäuerin, die das Lager belieferte, in dem mein Großvater im Zweiten Weltkrieg in Gefangenschaft war. Mein Opa war mit der letzten Mobilmachung eingezogen worden. Ein blasser, zarter Junge von achtzehn Jahren, der gleich am zweiten Tag seines Einsatzes verwundet wurde (Heckenschütze) und nun mit zerschossenem Oberschenkel am Zaun des Lagers saß und die Zivilisten, die dort vorbeikamen, um Lebensmittel anbettelte. Die russische Bäuerin, die Kohl und Kartoffeln ins Lager lieferte, hatte so großes Mitleid mit dem fremden blonden Jungen, dass sie ihm jeden Tag heimlich etwas zu essen zusteckte: mal einen Kanten Brot, mal eine Steckrübe. Das kleine Töchterchen der Bäuerin aber schenkte meinem Opa seinen einzigen Teddy, denn es hatte sonst nichts zu geben, aber trotz seines geringen Alters schon eine große russische Seele. Dieser Teddy war das Einzige, was von meinem Opa von der Front zurück nach Hause kehrte. Meine Großmutter erhielt ihn in einem Paket zusammen mit dem Rosenkranz und seinem Wehrpass. Mich hat der Teddy von klein auf begleitet. Er war mir meine ganze Kindheit hindurch ein treuer Kamerad, und als Zeichen unserer Freundschaft wollte ich dir nicht nur irgendetwas kaufen, sondern etwas Besonderes schenken. Ich habe erst jetzt, nach dem Tod meiner Großmutter, die wahre Geschichte durch ihre hinterlassenen Briefe erfahren, und ich glaube, du verstehst, dass ich mich nun sehr schlecht fühle, ihn weggegeben zu haben. Ich komme am Montag vorbei, um ihn abzuholen, und verspreche, dir einen neuen, ganz tollen Teddy mitzubringen.

Dein Karl

Ich war fassungslos. Welchen Plüschbären wollte Karl mir da eigentlich aufbinden? Ich hatte gute Lust, ihn anzurufen und zu geifern: «Das ist ja ’ne unheimlich originelle Geschichte. Du solltest vielleicht Schriftsteller werden. Überhaupt würde es nicht schaden, wenn du dir mehr Dinge aufschreibst. Dann vergisst man nämlich nicht so viel. Den bescheuerten Teddy habe ich dir vor drei Jahren in meiner eigenen Küche in die Hand gedrückt, und ein Jahr davor habe ich ihn von Karin zur Wohnungseinweihungsfete bekommen. Und die war noch nie in Russland, Vollidiot!»

Ich hab nicht angerufen. Trotz allem war Karl mein bester Freund und tief in seinem Innern ein Sensibelchen. Vielleicht war ihm der Teddy in den letzten drei Jahren ja wirklich so sehr ans Herz gewachsen, dass er ihm nun fehlte. Und er fand es unmännlich, das zuzugeben. Immerhin hatte er sich eine so blumige Geschichte für den Teddy ausgedacht, dass ich fand, er hatte ihn sich verdient. Oder einen, der genauso aussah. Ich hatte den echten schon vor vier Wochen weggeworfen, auf der Müllhalde hatte ich keine Chance mehr. Also wühlte ich mich durchs Internet. Man glaubt nicht, wie viele Plüschtier-Tausch-und-Sammel-Seiten es im Netz gibt, und schon auf der zweiten wurde ich fündig. Das war auch nicht schwer, denn unser Teddy stand ganz oben auf der Rangliste von wertvollen Sammlerstücken. Er war sozusagen die blaue Mauritius unter den Teddybären. Unter seinem Bild stand: «Honeys Mohair ist goldblond gewirbelt, die Füllung besteht aus feinster Schafwolle. Honey hat schwarze Augen mit Sicherheitsscheiben, die Pfoten und Tatzen sind rasiert, und er hat eine ausdrucksstarke Brummstimme. Welcher moderne Teddy kann so etwas noch bieten? Entstehungsdatum: 1912, Verkaufswert: 8000 Euro.»

Mir wurde schlecht. Ich hatte ein Jahr mietfreies Wohnen plus einem All-inclusive-Urlaub in Costa Rica verschenkt, durch eine glückliche Fügung des Schicksals wiederbekommen und dann in die Tonne gekloppt. Genauso gut hätte ich den ganzen Dezember hindurch die Kerzen am Adventskranz mit brennenden 500-Euro-Scheinen anzünden können.

Ich stand noch voll unter Schock, als das Telefon klingelte. Es war Karin, und sie fragte tatsächlich: «Sag mal, kannst du dich noch an den Teddy erinnern, den ich dir zur Wohnungseinweihung geschenkt habe ...»

Ich schrie in den Hörer: «Ja! Und ich hab mir davon drei Häuser gebaut! Das sollte euch allen eine Lehre sein, mir nie wieder Plüschis zu schenken! Am besten, du rufst gleich Karl an und erzählst ihm das.»

Und damit endet meine Geschichte. Weder Karl noch ich haben das Teddy-Thema je wieder angesprochen. Aber ich fürchte mich heute noch jedes Mal, wenn ich den Computer anschalte, davor, eine Mail von Karin vorzufinden, in der sie mir schreibt, ihre Oma sei bei einem Gasunglück in einer Stofftierfabrik ums Leben gekommen.

Martina Brandl, *Komikerin und Sängerin, trat zunächst als musikalischer Gast auf Lesebühnen auf und schrieb dann selbst Kurzgeschichten. Ihre Romane «Halbnackte Bauarbeiter» und «Glatte Runde Dinger» sind Bestseller. Seit 1995 tourt sie mit ihren Programmen in ganz Deutschland, tritt im Fernsehen auf und spricht fürs Radio die Kanzlerinnen-Soap «Angie und die Westerwelle». Martina Brandl wurde für ihr Werk mehrfach ausgezeichnet. Im Frühjahr 2011 erscheint ihr neuer Roman «Schwarze Orangen». Weitere Informationen unter www.martina-brandl.de*

Steffi von Wolff

Geliebte Weihnachten

Geliebte haben es viel einfacher im Leben als verheiratete Frauen. Sie können sich ihre Zeit meistens frei einteilen, in jedem Fall aber am Wochenende, und was gibt es denn bitte Schöneres, als an einem Samstagnachmittag mit Speckstein zu arbeiten oder zum dritten Mal in diesem Monat die Fenster zu putzen? Eine Geliebte muss sich mit keinem nörgelnden Ehemann herumschlagen und hat keine Kinder zu versorgen. In den meisten Fällen zumindest nicht. Das heißt, sie kann ausschlafen, gemütlich im Bett frühstücken und dabei eine Dokumentation oder eine DVD schauen, sie kann herablassend und mit einer gediegenen Arroganz wie gerade jetzt im Dezember aus dem Fenster blicken, um genervten Eltern zuzuschauen, die Schlitten und Kinder zu einem der wenigen Hügel in Hamburg schleppen und dabei nach verlorengegangenen Handschuhen suchen müssen. Das alles muss eine Geliebte sich nicht antun. Nein, eine Geliebte ist eine beneidenswerte Frau. Und wenn man überlegt, dass …

Das ist doch Scheiße. Warum habe ich bloß ja gesagt, als die Schachtel mit dieser bekloppten Serie um die Ecke kam?

«Wir sollten mal wieder was aus dem Leben machen», hatte sie gesagt und mich wieder so mitleidig angeschaut mit einem dieser Blicke, die sagten: «Eine Langzeittherapie halte ich für den einzigen Ausweg.» Die Schachtel ist die Chefredakteurin des Magazins, bei dem ich freiberuflich arbeite, und sie wird deswegen so genannt, weil sie wie eine alte Schachtel aussieht, und das mit gerade mal einundvierzig. Die Schachtel ist listig und sorgt mit einem wunderbaren Gespür dafür, dass Wunden immer wieder zu nässen beginnen. Mit traumwandlerischer Sicherheit hat sie mir dieses Thema aufs Auge gedrückt und damit natürlich einen wunden Punkt getroffen.

Weil ich schlecht nein sagen kann, habe ich eben ja gesagt, und dieses Ja wird mir jetzt zum Verhängnis.

Dann diese Unverschämtheit, Geliebte als *Randgruppe* zu bezeichnen. Geliebte sind doch keine Obdachlosen oder verdienen ihr Geld grundsätzlich mit dem Säubern von öffentlichen Toiletten. Darüber sollte man mal was schreiben. Diese Leute bewundere ich nämlich.

Die könnten bestimmt Geschichten erzählen.

Aber nein, ich hab die Geliebten bekommen und dann noch ein anderes Randgruppen-Thema: bekennende Masochistinnen.

Ganz ehrlich: Ist das nicht ein und dasselbe?

Ist es, wenn man es ganz genau nimmt.

Und um noch ehrlicher zu sein, ich möchte deswegen nicht darüber schreiben, weil ich ungern über mich selbst schreibe. Denn ich heiße Lena und bin eine Geliebte. Ob ich masochistisch bin, weiß ich nicht, ich glaube aber schon, denn es ist ja, wie ich schon erwähnte, ein und dasselbe.

Seit drei Jahren und vier Monaten warte ich nun schon darauf, dass Clemens A. von Schlieffen sich endlich von seiner Gattin Sybille trennt. Nicht, dass ich auf eine Heirat mit Clemens spekuliere, na ja, nur ein bisschen.

Clemens heißt mit Zweitnamen Anton, was er aufgrund seines Restnamens nicht so prickelnd findet, er mag es geheimnisvoll, deswegen nennt er sich Clemens A. Leider mag er es nicht nur mit dem Namen geheimnisvoll.

Ich lernte Clemens während einer Hafenrundfahrt kennen, bei der die Barkasse mit einem Containerschiff zusammenstieß und die Passagiere evakuiert werden mussten. Hört sich dramatischer an, als es letztendlich war, aber selbstredend wurde das Ganze in den Medien so hochgeschaukelt, dass man hätte annehmen können, alle seien schon ertrunken gewesen und in letzter Sekunde reanimiert worden, und einer der Passagiere ist wahrscheinlich für den Satz «Ich habe literweise Wasser gespuckt» von irgendeinem Reporter fürstlich entlohnt worden. Ich war sogar recht froh, dass die Rundfahrt endlich vorbei war, weil ich die dummen Sprüche dieses Möchtegernmoderators («Wir nehmen keine EC-Karten, wir sind eine Bar…kasse!», «Sie müssen unbedingt Ihre Schwiegermutter auf den Michel hochjagen, das nennt man dann Drachen steigen lassen!») nicht mehr hören konnte, und noch weniger konnte ich das joviale Gelächter der Insassen ertragen. Aber was soll man tun, wenn man Zeit totschlagen muss?

Jedenfalls hat Clemens mir damals – es war August, er war mit Geschäftsfreunden aus Japan unterwegs, die ununterbrochen fotografierten – zur Seite gestanden. Ein Tourist kippte mir nämlich sein Bier über den Hosenanzug und ist dann auch noch frech geworden. Ich fragte ihn nämlich, ob er mir denn nicht seine Adresse geben wollte, an die ich die Rechnung für die Reinigung schicken könnte, da meinte er total barsch: «Na, junge Frau, *den* Anzug, den kann man doch *bestimmt* in der Maschine waschen!»

Clemens hatte das gehört und eilte mir verbal zu Hilfe. Ich hab's nämlich nicht so mit der Schlagfertigkeit. Meine Nichte

Bonnie, die damals mit mir von der Partie war, auch nicht, aber das mag daran liegen, dass sie zu diesem Zeitpunkt erst ein halbes Jahr alt war. Ich hatte mich dazu bereit erklärt, die Kleine für ein paar Stunden zu beaufsichtigen, weil meine Schwester – sie ist Unternehmensberaterin – bei wichtigen Kunden dafür sorgen musste, dass es in der Firma keine Toten gab.

Natürlich habe ich mich nach der ganzen Aufregung bei Clemens bedankt und wurde dabei von den japanischen Geschäftsfreunden fotografiert, und selbstredend habe ich ja gesagt, als Clemens mich fragte, ob ich auf den Schreck mit ihm an den Landungsbrücken noch einen Schluck trinken möchte. Bonnie, die glücklicherweise ein sehr ruhiges Baby war, schlief die ganze Zeit brav und wurde selbst dann nicht wach, als die Japaner auch sie fotografierten.

Während ich also mit Clemens und den Japanern einen Schluck nahm, fiel mir auf, dass Clemens ein sehr attraktiver Mann war. Und, auch das fiel mir auf, er trug keinen Ehering. Ich gehöre nämlich nicht zu der Sorte Frauen, die sich an verheiratete Männer heranmacht. So dachte ich damals. An diesem Abend dachte ich allerdings noch gar nicht daran, ich hoffte nur, dass diese verflixten Japaner irgendwann gehen würden und meine Schwester auftauchte, um Bonnie abzuholen, was dann auch irgendwann geschah, woraufhin ich mit Clemens alleine dasaß und über Gott und die Welt schwafelte. Über die Touristen, über die Beinahekatastrophe auf der Elbe, über Musicals, über Rotwein, über die Farbe Mauve, über schlimme Geburtstagsgeschenke (Clemens erzählte mir, er habe von seinem Cousin mal Boxershorts geschenkt bekommen, auf der sich schlaffe Penisse befanden, was er sehr geschmacklos fand, auch deswegen, weil außerdem die Sätze *Ich hab Kopfschmerzen, Liebling!*, und *Wer hilft mir hoch?* aufgedruckt waren, was dem

Ganzen seiner Meinung nach die Krone aufsetzte. Selbstverständlich wollte er mir damit eigentlich nur sagen, dass er sehr potent ist, was ich zwei Stunden später selbst feststellen konnte, denn wir sind zusammen ins Bett gegangen. Im Hotel Hafen Hamburg. Clemens hatte die Spendierhosen an und buchte kurzentschlossen ein Zimmer für uns, und ich war viel zu angedüdelt, um ihn zu fragen, warum wir denn nicht zu ihm oder zu mir gehen wollten. Außerdem fand ich das auch ein Stück weit aufregend, denn ich hatte noch nie Sex in einem Hotel gehabt. Aber, was soll ich sagen, der Sex war so na ja. Da hatte ich schon besseren erlebt. Ein wenig gestört hat mich auch, dass ich Clemens ununterbrochen versichern musste, was für ein toller Liebhaber er doch sei. Fast komisch fand ich das.

Aber ich kam mir ausgesprochen verwegen vor, als ich danach beim Zimmerservice noch eine Flasche trockenen Weißwein für uns bestellte, während Clemens dalag und befriedigt grinste.

Da war es 22 Uhr. Um 22.11 Uhr stießen wir an, und Clemens strich mir zärtlich über die Wange, um mich damit noch glücklicher zu machen. Ich war selig. In meiner Phantasie stellte ich mir schon unsere gemeinsame Wohnung vor, Altbau selbstverständlich, und ich malte mir aus, wie wir samstags über einen Hamburger Wochenmarkt schlenderten, von anderen Besuchern neidisch angestarrt, weil wir das pure Glück ausstrahlten. Ich sah Clemens schon mit einem Weidenkorb an einem Gemüsestand stehen, während ich Eier aus Freilandhaltung erstand, und ich hörte uns darüber reden, wen wir abends zum Essen einladen sollten, denn selbstredend würden wir einen großen Freundeskreis haben. Man würde uns gern besuchen, weil wir perfekte Gastgeber waren und einfach das Traumpaar schlechthin.

Zu diesem Zeitpunkt war ich seit einem halben Jahr geschieden (meinem Ex ging das damals mit der Hochzeit alles zu schnell, und er war sich sowieso nicht darüber im Klaren, was er überhaupt wollte), und seitdem hatte ich mich nicht aufraffen können, eine neue Beziehung zu wagen, noch nicht mal Sex war drin gewesen, von einem missglückten One-Night-Stand abgesehen, der in einem Desaster endete, weil der Typ mich mit den Namen diverser Exfreundinnen ansprach, aber nicht mit meinem.

Um 22.17 Uhr sagte Clemens: «Ich muss nach Hause.» Und um 22.19 Uhr wusste ich, dass er verheiratet ist und zwei Kinder hat.

Das Erste, was ich fragte, war: «Warum trägst du keinen Ring?», und Clemens antwortete, er und seine Frau, sie hätten damals auf Ringe verzichtet, weil sie kein Symbol für ihre Liebe bräuchten, aber das sei schon lange her. Kurz nach der Hochzeit hatte sie dann ihr wahres Gesicht gezeigt. Ein schlimmes natürlich. Sie war unzufrieden, mürrisch, nörgelte an allem herum, und nichts war ihr gut genug.

Das alles hatte ich selbstverständlich schon tausendmal in irgendwelchen Frauenmagazinen gelesen, die Ratschläge, was eine Frau tun sollte, wenn sie so etwas hört, die kannte ich auch. Dass sie die Beine in die Hand nehmen und abhauen soll.

Aber ich reagierte natürlich so wie die zigtausend anderen Frauen in dieser Situation: Ich hörte ihm zu, ich nickte verständnisvoll, und ich sagte hin und wieder: «Ach, du liebe Güte», oder: «Das hast du nicht verdient.» Ich fragte auch: «Warum lässt du dich nicht scheiden?», und erntete einen waidwunden Blick und die Worte: «Das will ich ja. Ich werde es ihr bald sagen. So geht es nicht mehr weiter. Aber ich brauche Zeit.»

Das also war vor drei Jahren und vier Monaten gewesen.

Und Clemens hat sich immer noch nicht von seiner Frau getrennt, obwohl es täglich schlimmer wird mit ihr, wie er nicht müde wird, mir zu versichern. Natürlich habe ich Mitleid mit ihm, aber andererseits finde ich auch, dass nun genügend Zeit vergangen ist und er sehr wohl mal eine Entscheidung treffen kann. Ja, ich weiß, die Kinder. Sie sind zehn und acht und hängen an ihrem Vater. Es sind hübsche Kinder, ein Junge und ein Mädchen. Clemens hat mir Fotos gezeigt. Ich habe natürlich «Reizend» gesagt.

Und heute ist der 24. Dezember. Meine Antwort war wie immer «Kein Problem», als Clemens mir eröffnet hat, dass er es an den Feiertagen vermutlich nicht schaffen wird, zu mir zu kommen. Trotzdem habe ich vorsichtshalber eingekauft, und im Ofen gart ein Perlhuhn vor sich hin. Ich kann nämlich sehr gut kochen. Clemens' Frau nicht. Eigentlich kann sie gar nichts. Ich stelle mir diese Sybille als keifendes, verhärmtes Waschweib vor, das nichts zu schätzen weiß und eine schrille Stimme hat. Und nur weil Clemens ein so gutmütiger Mann ist, ist er noch bei ihr. Wegen der Kinder natürlich auch.

Andererseits wäre das doch nicht die erste Ehe mit Kindern, die geschieden wird.

Weil ich nicht sonderlich viel zu tun habe – die Wohnung ist geputzt, die Wäsche gewaschen und gebügelt –, sitze ich also hier und versuche, den Randgruppen-Artikel zu schreiben.

Draußen wird es langsam dunkel. Natürlich hätte ich zu meinen Eltern fahren und feiern können, die ganze Familie ist da, aber immerhin könnte es ja sein, dass Clemens sich doch für eine Stunde freimachen und vorbeikommen kann, und wie soll ich dann so schnell von Bremen nach Hamburg kommen? Schon gar nicht bei diesen Witterungsverhältnissen. Also verbringe ich den Heiligen Abend, seitdem ich Clemens kenne, in meinen eigenen vier Wänden, höre Klassik Radio und schaue später einige Filme. An Silvester dasselbe, nur dass da keine Weihnachtsmusik im Radio mehr läuft, aber dafür im Fernsehen *Dinner for One*, die Neujahrsansprache der Bundeskanzlerin und Dokumentationen über die Herstellung von selbstgemachten Meisenknödeln auf einem ökologischen Resthof im Harz. Als ich ganz kurz mit Clemens zusammen war, also vier Monate nach unserem Kennenlernen, da hatte er an Silvester nämlich auch keine Zeit, und ich bin auf eine Party gegangen. Kurz vor Mitternacht rief er an und meinte, er könne später noch vorbeikommen, und ich bin acht Kilometer zu Fuß nach Hause gerannt und habe den Jahreswechsel an einer roten Ampel stehend erlebt, immer mit der Angst im Nacken, Clemens könnte schon vor meiner Tür stehen und ich noch nicht da sein. Um drei Uhr morgens rief er an und meinte, es würde doch nichts werden. Die Kinder, die Kinder. Julius hatte Bauchschmerzen vom fetten Fondue, und Cora hatte zum hundertsten Mal *Findet Nemo* geschaut, sich vor den Fischen gegruselt und konnte nicht einschlafen. Das würde ich ja wohl verstehen, dass er es da nicht übers Herz brächte zu gehen?

«Sicher», hatte ich gesagt. Mir war nach zwei Flaschen Wein sowieso alles egal. Auch dass meine Freundinnen damals anfingen, mir zu erzählen, dass ich ja wohl einen Riss in der Schüssel hätte. Das weiß ich selbst.

Es ist frustrierend, den Heiligen Abend und die Feiertage alleine zu Hause zu verbringen, wenn man nur den bedingten Hoffnungsschimmer hat, dass der, den man liebt, auf einen Sprung vorbeikommen könnte, was im Übrigen in all den Jahren noch nie vorgekommen ist. Und ich weiß jetzt schon, dass Clemens es bedauern wird, nichts von meinem Perlhuhn gegessen zu haben, dessen Überreste ich spätestens übermorgen in den Mülleimer werfen werde.

Wenn er mir ja wenigstens mal etwas Schönes schenken würde. Aber Sybille kontrolliert die EC- und Kreditkartenabrechnungen, und es würde doch auffallen, wenn da plötzlich ein großer Betrag von einem Juwelier abgebucht würde, nicht wahr?

Ein einziges Mal hab ich ihn gefragt, warum er denn nicht bar bezahlt, aber er meinte: «Das macht doch heutzutage keiner mehr.»

Wenigstens einmal hat er mir was geschenkt. Eine Kette mit einem goldenen Herzen dran. Er hat sie in einem Antiquitätengeschäft gesehen und sie mir gekauft, hat er gesagt. Wie er bezahlt hat, hab ich nicht gefragt, weil ich so froh war, überhaupt mal was bekommen zu haben. Und er tat so, als hätte er mir die Pyramiden von Gizeh geschenkt. Jedenfalls habe ich daraufhin das Geschenkethema nicht mehr erwähnt, auch weil ich nicht ungewollt beschenkt werden wollte.

Geschenke, die mussten schließlich von Herzen kommen, und ein Herz hatte ich ja jetzt. Auch wenn es nur an einer Kette hing. Aber schön war es trotzdem. Clemens hatte Geschmack.

«Bitte mach mir keine Vorwürfe», sagt Clemens eine halbe Stunde später am Telefon zu mir. «Das kann ich jetzt so gut brauchen wie ein Loch im Kopf. Ich kann mich unmöglich loseisen. Hier ist die Hölle los. Meine Schwiegereltern sind nur am Meckern, meine Eltern schweigen, was fast noch schlimmer ist, und Sybille hat es tatsächlich fertiggebracht, nichts für Heiligabend einzukaufen. Jetzt können wir schauen, was wir noch in der Tiefkühltruhe haben. Mach du dir doch einfach einen gemütlichen Abend, auf RTL gibt's doch bestimmt diesen Santa-Claus-Film. Den schaust du doch immer so gern.»

«Ich kann ihn nicht mehr sehen», erwidere ich halb resigniert, halb gereizt. «Und ich hab ihn in den vergangenen Jahren nur gesehen, weil ich nicht wusste, was ich sonst machen sollte.»

«Vielleicht schaff ich's ja später doch noch», schmeichelt Clemens mir. «Lust auf dich hätte ich schon ... Leg doch schon mal die roten Strapse raus.»

Da ich es überhaupt nicht einsehe, jetzt die Strapse rauszulegen, weil sie sowieso vereinsamen werden, sage ich nichts, was Clemens allerdings zu der Vermutung veranlasst, ich sei so scharf auf ihn, dass mir schlicht die Worte fehlen.

«Stell Champagner kalt», flüstert er, und ich nicke, obwohl er das ja gar nicht sehen kann. Außerdem steht immer eine Flasche davon im Kühlschrank. Manchmal viel zu lange. «Ich melde mich, mein Schatz.» Mit diesen Worten legt er auf.

Ich stehe auf und schaue auf die Uhr. Es ist kurz nach drei und wird schon wieder dunkel. Irgendwo läuten Kirchenglocken, klar, die Gottesdienste für die Kinder beginnen ja gleich. Trautes Familienglück erst während der Predigt, dann strahlende Kinderaugen unterm Tannenbaum, es duftet gut, man sitzt gemütlich beisammen und hat es gut. Okay, bei Clemens ist es ja immer ein Drama mit dieser Sybille, deswegen verstehe ich es noch weniger, dass er sie nicht verlässt.

Das Perlhuhn ist jetzt schon fertig, wie ich feststelle, nachdem ich in die Küche gegangen bin, und ich schalte den Ofen aus.

Ich habe keine Lust zu schreiben.

Und es ist noch nicht mal früher Abend.

Wie soll ich diesen Tag und auch die folgenden beiden rumkriegen? Ich könnte mich heulend ins Bett legen, davor ziehe ich meinen Flanellpyjama an, der ist so weich und warm, und Clemens kommt ja heute sowieso nicht mehr. Das ist so sicher wie das Amen in der Kirche.

Was soll ich tun? Ich kann mich doch nicht ständig betrinken.

Ich könnte in ein Restaurant gehen, aber dann kriege ich noch mehr das heulende Elend. Wer geht schon an Heiligabend aus? Nur Leute, die niemanden haben.

Ich gehe langsam ins Wohnzimmer zurück und bleibe dann vor dem großen Spiegel im Flur stehen. Ich werde nächstes Jahr vierundvierzig, aber das sieht man mir wirklich nicht an. Ich habe wenige Falten (noch – wenn es so weitergeht, werden es mehr werden), meine Haare sind leicht gelockt und dunkelbraun (ja, ich färbe den Ansatz nach, aber das muss ja nicht jeder wissen), und ich zwinge mich dazu, dreimal pro Woche in mein verhasstes Sportstudio zu gehen, weswegen auch meine Figur gut ist. Na ja, gut ist vielleicht übertrieben, sagen wir mal so: Sie ist ihrem Alter entsprechend akzeptabel. Ich bin nicht dünn, eher rundlich, aber das ist ja auch nicht schlimm, und die Medien erzählen einem doch sowieso die ganze Zeit, dass Models nicht mehr in sind.

Clemens jedenfalls mag meine Kurven, auch wenn er manchmal zu mir sagt, ich soll nicht so viel essen, sonst würde ich irgendwann mal so aussehen wie Sybille, die mit den Jahren auseinandergegangen ist wie ein Hefekloß und gar nicht mehr weiß, wie eine Boutique oder ein Friseur von innen aussieht.

«Wenn Sybille die Treppen hoch- oder runtergeht, denkt man, ein Elefant befindet sich im Haus», sagt Clemens. «Es ist nur noch eine Frage der Zeit, bis ich es ihr sage. Dieses Weihnachten noch. Das muss ich durchhalten. Die Kinder.»

Als das Telefon klingelt, bekomme ich einen Riesenschreck und freue mich gleichzeitig. Wer sollte mich um diese Uhrzeit anrufen außer Clemens?

«Ja?»

«Lena, du musst mir helfen!»

Es ist meine Freundin Ellen. Wir haben uns in der Redaktion kennengelernt, also sind wir eigentlich Kolleginnen, aber mit der Zeit eben Freundinnen geworden. Im Gegensatz zu mir ist Ellen der reinste Wirbelwind, und es vergeht kein Abend, an dem sie nicht unterwegs ist, weil sie es zu Hause so langweilig findet. Und sie lernt ständig neue Leute kennen, was mich ganz wuschig macht. Mir reichen ein paar gute Freunde, ich muss nicht ununterbrochen ausgehen.

«Was gibt es?»

«Du hast doch bestimmt heute Abend nichts vor», sagt Ellen klug, denn sie kennt meine Situation.

«Nicht wirklich», lautet demzufolge auch meine Antwort. Wenn sie vorbeikommen will, gut, dann können wir zusammen das Perlhuhn essen. Ich muss die Soße noch machen, aber das kann ich aus dem Effeff.

«Kannst du in einer halben Stunde in Uhlenhorst sein?», fragt Ellen aufgeregt.

«Nein.» Ich kann ja die Wohnung nicht verlassen. Wenn Clemens anruft und ich bin nicht da, dann wäre das eine mittlere Katastrophe. Im Normalfall könnte ich ihn natürlich jetzt anrufen oder ihm eine SMS schicken, aber das darf ich nicht. Ich darf gar nichts. Wegen Sybille.

«Er kommt doch sowieso nicht», argumentiert Ellen. «Und du kannst dich nützlich machen.»

«Womit denn?» Soll ich als Mietköchin engagiert werden?

«Es herrscht akuter Weihnachtsmann-Notstand», bekomme ich erklärt. «Nicht nur in Hamburg, sondern in ganz Deutschland. Wegen der Grippewelle. Deswegen hat der Mietweihnachtsmann bei meiner Freundin absagen müssen, er hat fast vierzig Grad Fieber, der Arme, und ein anderer ist nicht zu bekommen. Jetzt steht Maike da mit den Kindern und tausend anderen Bekannten, die den Heiligen Abend mit ihr feiern wollen.»

«Kann denn nicht einer der anwesenden Väter …», beginne ich, werde aber abrupt unterbrochen.

«Keine Chance», sagt Ellen mit Nachdruck. «Das würde auffallen, wenn einer der Väter plötzlich fehlt. So klein sind die Kinder nun auch wieder nicht. Komm, sag ja, du hast eine schöne dunkle Stimme, und was am wichtigsten ist, du bist gesund und hast Zeit.»

Da hat sie recht.

Ich überlege.

Na ja, allzu lange wird es ja nicht dauern, ein paar dumme Sprüche aufzusagen, die Kinder zu fragen, ob sie auch brav waren, und dann die Geschenke zu verteilen. Und sollte Clemens ausgerechnet in dieser Stunde, denn länger werde ich nicht wegbleiben, bei mir anrufen, dann hat er eben Pech gehabt. Aber vielleicht ruft er ja auch gar nicht an, sondern kommt einfach vorbei, was fast noch besser wäre, denn er hat mittlerweile einen Schlüssel, und ich kann ihm eine Nachricht hinterlassen. Um ganz ehrlich zu sein – ich weiß, dass er sowieso nicht kommen wird. Deswegen traue ich mich nun, diesen waghalsigen Schritt zu tun. Zum ersten Mal während unserer Beziehung traue ich mich, das Haus eigenmächtig zu verlassen.

«Gut. Ich komme», sage ich großmütig, und Ellen freut sich.

Behrendt steht auf dem Klingelschild an einem netten Mehrfamilienhaus. In einem ebenfalls netten Vorgarten haben irgendwelche Kinder unbeholfen einen Schneemann gebaut, der schon ein wenig umgekippt ist. Durch die Fenster im Erdgeschoss sehe ich Menschen in einer Küche, und ich kann gedämpft ihr Lachen hören. Irgendwo dudelt Weihnachtsmusik.

Nachdem ich geklingelt habe und durch das Treppenhaus in den zweiten Stock laufe, riecht es überall verführerisch nach Braten und Rotkohl.

Ellen steht in der Wohnungstür und hält den Zeigefinger vor die Lippen, dann zieht sie mich rein.

«Die Kinder dürfen dich ja nicht sehen, und du musst dich noch umziehen.» Sie reicht mir ein rotweißes Mantelkostüm, einen Bart, und nachdem ich alles angezogen, mir noch ein Kissen umgebunden und die Kapuze aufgesetzt hat, verabschiedet sich Ellen, die schon zu ihren Eltern weitermuss, und ich gehe mit Inge Behrendt, der Nachbarin, die uns freundlicherweise ihre Wohnung zur Verfügung gestellt hat, noch ein Stockwerk höher, wo es schon recht laut zugeht. Klar, die Kinder warten auf den Weihnachtsmann beziehungsweise die Geschenke. Ich atme nochmal tief durch und denke: Auf in den Kampf!

Später sitze ich mit den Müttern in der Küche und erhalte ein, wie sie finden, sehr verdientes Glas Rotwein, denn ich habe meine Sache gut gemacht.

«Als wären Sie Profi», gackert eine Blondierte, und ich schaue schon wieder auf die Uhr und auf mein Handy, um bloß keinen Anruf von Clemens zu verpassen. Aber es tut sich nichts.

«Freut mich, dass es Ihnen gefallen hat.» Ich proste den Frauen zu, und eine, nämlich die, die hier in dieser Wohnung wohnt, setzt sich neben mich. Sie ist sehr attraktiv, hat schwarze Locken und rote Lippen und weiße Haut, ein bisschen so wie Schneewittchen, auch wenn diese Dame hier älter ist und nicht in einem Glassarg liegt.

«Bleiben Sie doch noch ein bisschen», schlägt sie mir vor.

«Ich würde gern, aber mein Freund kommt später noch vorbei», sage ich und nehme noch einen Schluck.

Sie lacht auf, und ihre blauen Augen blitzen. «Haben Sie es gut. Mein Mann musste kurzfristig geschäftlich verreisen. Und das an Weihnachten, stellen Sie sich vor. Zum Glück haben wir einen großen Freundeskreis, sonst hätte ich allein hier gesessen. Bleiben Sie doch zum Essen. Ich habe so viel gekocht, dass es für hundert Leute reicht, und ich würde mich wirklich freuen.» Sie zwinkert mir zu. «Ihr Freund kann gern auch noch vorbeikommen.»

Ich bin immer noch unschlüssig.

«Wann wollte er denn bei Ihnen sein?», fragt das Schneewittchen.

«Das weiß ich noch nicht, also, das weiß er noch nicht.»

«Dann rufen Sie ihn doch an.»

Ja, das würde ich gern, aber das geht ja nicht.

«Ach …», sage ich wieder.

«Sie können es sich ja überlegen. Da fällt mir gerade ein, in der ganzen Hektik habe ich mich ja noch gar nicht vorgestellt. Mein Name ist Sybille von Schlieffen.»

Bevor ich mit dem Stuhl umkippen möchte, sagt sie dann noch: «Wir können uns auch duzen. Wir duzen uns ja alle hier.»

Fünf Minuten später – ich habe etwas davon gefaselt, heute zu wenig Wasser getrunken zu haben und deswegen hätte ich Kopfschmerzen und bräuchte einen Moment Ruhe – stehe ich im Badezimmer von Sybille von Schlieffen und starre mein Spiegelbild an. Es ist noch keine zwei Stunden her, dass ich dieses Spiegelbild in meinem Flur zuletzt gesehen habe, aber es hat sich rapide verändert. Ich bin aschfahl, habe schwarze Ringe unter den Augen, und meine Wimperntusche ist verschmiert, weil ich in diesem Weihnachtsmannkostüm so geschwitzt habe.

O mein Gott! Ich befinde mich in Clemens' Wohnung, genauer gesagt in seinem Badezimmer.

Er benutzt eine elektrische Zahnbürste, da steht so ein Apparat. Das hat er mir noch gar nicht erzählt.

Und da hängen vier Bademäntel. Der von Sybille, die beiden von den Kindern und seiner. Er ist dunkelgrün und aus Frottee.

Ich wusste nicht, dass Clemens einen Bademantel besitzt. Woher auch? Er hat ja nie bei mir übernachtet.

Er musste ja immer nach Hause zu der widerlichen Sybille, die aussieht wie eine Matrone und nicht kochen kann.

Die er verlassen will, bald schon.

Nun, es sieht nicht so aus.

Ich darf jetzt nicht durchdrehen.

Ich hasse Clemens A. von Schlieffen.

Und ich frage mich, wo er jetzt eigentlich ist.

Er hat mich angelogen. In jeder Hinsicht.

«Clemens ist ständig unterwegs», erzählt mir Sybille beim zweiten Glas Wein. «Jetzt musste er nach Dubai. Er ist Bootskonstrukteur und entwirft diese riesigen Yachten, von denen man immer Fotos in der *Gala* und in der *Bunten* sieht. Und die Eigner, die nehmen keine Rücksicht darauf, ob Weihnachten ist oder nicht. Er kommt erst nach Weihnachten zurück, aber dann fliegen wir alle für zwei Wochen in die Schweiz. Da haben wir eine Skihütte. Ich freue mich schon sehr, und die Kinder auch.»

Dass Clemens Bootskonstrukteur ist, wusste ich auch nicht.

Er meinte immer nur, er sei selbständig. Warum hab ich nicht gefragt? Ach, ist ja auch egal.

Das Schlimme ist, dass ich Sybille mag. Sie ist mir sehr sympathisch, und das macht die Sache noch komplizierter.

Wo ist Clemens?

Ich glaube, ich habe ein paar Minuten unter Schock gestanden, sonst wäre ich nicht einfach so aus dem Bad ins Wohnzimmer zurückgegangen, wo man meine Anwesenheit den Kindern als plötzlichen Besuch erklärt hatte. Jeder normale Mensch wäre ja wohl in dieser Situation völlig ausgerastet und wäre auf Sybille losgegangen, um ihr büschelweise die Haare auszureißen.

Aber ich saß nur ganz cool da und hörte ihr zu.

Und ich erfuhr sehr viel über ihn.

«Wir sind seit fünfzehn Jahren verheiratet», erzählt Sybille lachend. Sie trägt einen roten Hosenanzug, der ihr ganz ausgezeichnet steht. Sie sieht aus wie eins dieser Nichtmodels in der *Brigitte*, also natürlich und nicht so aufgedonnert wie ein richtiges Model.

Ich kotze gleich im Strahl.

«Als er damals mit den Eheringen vor mir stand und mir einen Antrag gemacht hat – da waren wir gerade auf Bali –, war ich so glücklich. Und ich bin es jetzt noch.» Verzückt schaut sie auf den schönen Ring aus Platin.

Mir hat Clemens erzählt, sie würden keine Ringe tragen. Wo ist seiner?

«Er hat seinen mal in einem Hotelzimmer vergessen, da war ich ziemlich sauer.» Sybille scheint meine Gedanken lesen zu können. «Er hat ihn abends immer ausgezogen, weil er nicht gern mit dem Ring am Finger geschlafen hat. Tja, und dann war er weg. Na ja, was soll's …»

In diesem Augenblick klingelt mein Handy, das vor mir auf dem Tisch liegt. *Clemens* steht im Display. Ich greife danach, vor lauter Nervosität fege ich es vom Tisch, und es fällt auf den Boden. Sybille bückt sich hilfsbereit und hebt es auf. «Ach», sagt sie mit ihrer freundlichen Stimme. «Sie kennen auch einen Clemens? Ist ja lustig. So häufig kommt der Name ja nicht vor.»

Während ich das Handy nehme und damit rausgehe, höre ich sie «Unser Weihnachtsmann wurde gerade von Clemens angerufen» sagen, und alle lachen.

«Hallo!» Wie absurd das alles ist. Ich stehe in Clemens' Flur und schaue auf einen seiner Mäntel.

«Ich schaffe es heute nicht mehr», sagt Clemens leidend. «Meine liebe Frau zetert schon wieder den ganzen Abend rum. Nichts ist gut genug für sie. Die Kinder sind total aufgedreht und haben sich vor lauter Aufregung schon übergeben. Dreimal darfst du raten, wer den ganzen Dreck wegmachen konnte. Und das am Heiligen Abend.»

Das kann ich so nicht ganz bestätigen. Sybille ist bester Laune, und gekotzt hat auch keiner. Noch nicht. Mir ist heiß, und am liebsten würde ich meine Bluse ausziehen, weil ich so schwitze, weil das aber natürlich nicht geht, beschränke ich mich darauf, die oberen beiden Knöpfe aufzumachen.

«Wo bist du?», frage ich dann und könnte mir im selben Augenblick auf die Zunge beißen.

Nun flüstert Clemens. «Ich bin in den Flur gegangen», bekomme ich erklärt, und beinahe erschrecke ich mich, dann aber muss ich lachen. Hier ist niemand außer mir.

«Du Armer.» Weil ich einen Vollschlag habe, beginne ich, die Situation witzig zu finden. Ein bisschen nur, denn nach wie vor interessiert es mich brennend, wo Clemens steckt.

«Drinnen singen sie blöde Weihnachtslieder», jammert er.

Auch das stimmt nicht. Drinnen unterhalten sich die Leute angeregt. Es ist ein gelungener Abend. Ein Weihnachten, wie es im Buche steht, bis auf die Tatsache, dass eine gewisse Person fehlt.

«Du Armer.» Pflichtschuldig bemitleide ich ihn. Würde ich jetzt zu Hause sitzen, wäre ich sauer. Noch saurer wäre ich, wenn ich die Strapse schon angehabt hätte. Aber ich hätte mir ja alleine in Strapsen *Der kleine Lord* oder weiß der Geier was anschauen können. Das hat ja auch was.

«Es gab Dosenfraß», geht es weiter. Ich glaube nicht, dass der leckere Rehbraten aus einer Konservendose stammt, aber das binde ich ihm nicht auf die Nase.

«Ich melde mich die Tage bei dir», verspricht mir Clemens. «Immer wenn ich telefonieren kann.»

«Ist gut.»

«Tschüs.»

Er fragt noch nicht mal, wie ich den Abend verbringe.

Während ich langsam zu den anderen zurückgehe, wird mir die Absurdität der ganzen Situation bewusst. Es ist so lächerlich. Und wenn ich bloß wüsste, wo Clemens sich gerade befindet. Bei wem er sich aufhält. Oder hat er sich eine Auszeit genommen und ist allein? Muss er nachdenken über alles und will zu einer Entscheidung kommen, bei der ich die Gewinnerin sein werde? Aber warum hat er mir das dann nicht gesagt?

«Noch einen Wein?», fragt Sybille gut gelaunt, und ich nicke. Natürlich möchte ich einen Wein. Sie gießt mir das Glas voll, und dann stockt sie plötzlich und starrt auf meinen Hals.

«Was ist denn das für eine Kette?», fragt Sybille von Schlieffen mich dann. Sie sieht ziemlich verwundert aus.

«Äh», mache ich. «Die hat mein Freund mir geschenkt.»

«Ihr Freund?»

«Äh, ja.» Nein. Nein. Bitte, lieber Gott, lass sie die Kette nicht kennen.

«Das ist doch Astrids Kette», sagt Sybille.

«Astrids Kette …», wiederhole ich dümmlich, versuche dabei zu grinsen und sehe wahrscheinlich aus wie ein Kastanienmännchen, das sich vor irgendwas furchtbar erschreckt hat. «Wer ist Astrid?», frage ich dann, ohne überhaupt irgendwas zu verstehen.

Sybille wirkt verwundert, aber nicht verärgert. «Na, Astrid ist die Freundin meines Mannes», erklärt sie mir mit ruhiger Stimme. «Die Kette hat er mir doch noch gezeigt und gefragt, ob sie mir gefällt beziehungsweise ob ich glauben würde, dass sie Astrid gefällt.»

«Ach so.» Bitte, was soll ich sonst sagen?

Sybille beugt sich noch ein Stück weiter zu mir. Jetzt sieht sie so aus, als würde sie mir gleich ein irres Geheimnis mitteilen und ich sei ihre einzige Verbündete, weil es sich bei dem Geheimnis um Mord oder so handelt.

«*Clemens …*», sagt Sybille. «Clemens ist mein Mann.»

«Das weiß ich.» Mein Mund wird trocken.

«Aber jetzt müssen Sie mir auf die Sprünge helfen. Sie sind doch wohl nicht seine Freundin? Sie heißen doch gar nicht Astrid. Oder habe ich mich verhört? Ihr Name ist doch Lena.»

«Das ist richtig.» Immer schön bei der Wahrheit bleiben.

«Und der Clemens, der eben bei Ihnen angerufen hat, das ist Ihr Freund? Ach, waren wir nicht beim Du? Also, dein Freund.»

Ich nicke.

«Ist dein Freund mein Mann?», will Sybille neugierig wissen.

Ich nicke und warte darauf, dass mir mit einem Tranchiermesser der Kopf abgetrennt wird. Aber nichts passiert. Sybille runzelt lediglich die Stirn und zieht die Augenbrauen nach oben. «Das finde ich jetzt aber nicht okay», sagt sie dann. «Wir führen nämlich eine offene Beziehung, weißt du. Und zu einer offenen Beziehung gehört meiner Ansicht nach die Wahrheit. Von dir hat er mir allerdings nichts erzählt.»

«Er mir von dir schon», sage ich und merke, wie sich ein dumpfes Gefühl in mir breitmacht. Meine Zunge fühlt sich pelzig an und mein Hirn irgendwie schwammig. Langsam wird mir das ein bisschen zu viel hier. So ganz langsam.

«Was hat er denn erzählt?», will Sybille wissen und sieht mich auffordernd an.

Natürlich könnte ich jetzt lügen und sagen «Nur das Beste, nur das Beste», aber ich habe keine Lust zu lügen. Vielleicht weil ich zu lange angelogen worden bin.

Also erzähle ich Sybille die Wahrheit.

«Das hat er wirklich gesagt?», fragt sie mich fassungslos und ist blass, während ich mir schäbig vorkomme.

«Astrid ist Anfang zwanzig», erklärt Sybille mir. «Und sie ist für Clemens so was wie ein Jungbrunnen. Ich hatte nichts dagegen, dass er was mit ihr anfängt. Ich hab ja selbst einen anderen, und davon weiß Clemens auch. Aber dass er so schlecht von mir redet, das finde ich unmöglich. Er hätte doch einfach die Wahrheit sagen können.»

«Wahrscheinlich wollte er sich eine Hintertür offen lassen», sage ich. «Und es war ja auch bequemer so. Er konnte die Familie ja immer vorschieben und ist nur dann zu mir gekommen, wenn er wollte.»

Und wenn er zu mir kam, ging es nur um Sex. Dauernd musste

ich Clemens bestätigen, was für ein toller Hecht er im Bett war. Dabei – mit Verlaub gesagt – hätte er sich bei anderen Männern mehrere Scheiben abschneiden können.

Ich bin so durcheinander, dass ich Sybille einfach so anglotze.

«Dann hat er mich also auch angelogen», konstatiert sie und denkt nach. «Das ist gegen unsere Abmachung. Das finde ich richtig mies.»

«Ich auch», flüstere ich heiser.

Clemens ist also bei einer Astrid, die für ihn ein Jungbrunnen ist.

Na, dann frohe Weihnachten.

«Hier», sie schenkt mir nochmal nach. «Jetzt wird getrunken. Das tut mir wirklich total leid für dich, Lena. Glaub mir, ich bin selbst völlig überrascht.»

Das nehme ich ihr sofort ab.

«Und Astrid weiß mit Sicherheit dann auch weder von mir noch von dir.»

«Wahrscheinlich nicht.»

«Und er hat wirklich gesagt, dass ich eine keifende, blöde Zicke bin, die vergessen hat, für Weihnachten einzukaufen?»

«Ich schwöre», schwöre ich.

«Dieser Arsch», sagt Sybille böse. Dann steht sie auf. Zum Glück haben die anderen von unserem Gespräch nichts mitbekommen, sie sitzen alle auf Sofas und Sesseln und unterhalten sich über belanglose Dinge, und die Kinder sind mit ihren Geschenken oder Fernsehschauen beschäftigt.

«Komm mal mit.» Ich stehe ebenfalls auf, und wir gehen in die Küche, in der es so wunderbar riecht.

«Hier, Semmelknödel, selbst gemacht. Nach einem original Salzburger Rezept.» Sybille wird immer böser. «Dreierlei Sorten vom Wild, das Wildschwein hab ich in Buttermilch eingelegt, schon vor Tagen. Da, Rosenkohl und da, Rotkohl. Hier, Feldsalat. Weißt du, wie lange es dauert, Feldsalat zu putzen? Der ganze Sand.»

«Es muss eine Heidenarbeit gewesen sein.» Ich muss an Clemens denken, der jetzt bei Astrid ist, die eigentlich die Kette bekommen sollte.

Warum hat Clemens mir das nur angetan? Jahrelang hab ich auf ihn gewartet, meine sozialen Kontakte beerdigt und lange Wochenenden mit Selbstgesprächen verbracht. Oder damit, Vorhänge zu waschen oder den Teppich zu schamponieren, immer mit einem Ohr am Telefon, ob er vielleicht doch noch anruft.

Ich fühle mich wie ein Stück Dreck. Und da kommt Sybille und legt den Arm um mich. «Hey», sagt sie. «Ich will nicht, dass es dir schlechtgeht. Ich mag dich nämlich wirklich, und das sag ich nicht nur so. Jetzt setz dich da mal hin. Ich hab nämlich eine Idee. Unser selbstgefälliger, von sich überzeugter Clemens, der kriegt jetzt mal sein Fett weg, darauf kannst du Gift nehmen.»

Am zweiten Weihnachtstag ruft Clemens an und fragt, ob wir uns sehen können. Irgendwie scheint er keine besonders gute Laune zu haben.

«Ich komme gegen vier vorbei», sagt er halb mürrisch und ein wenig genervt. «Und ich hab nur zwei Stunden Zeit. Bereitest du schon alles vor?»

Das heißt im Klartext, dass ich ihn sozusagen im frisch gemachten Bett und entsprechend ausstaffiert erwarten und ihn zwei Stunden lang bedienen soll. Klar auch, dass Champagner kaltsteht und sich ebenfalls im Kühlschrank ein paar ausgewählte Delikatessen befinden werden, die Clemens unglaublich gern mag, aber zu Hause nie bekommt, weil Sybille ja nie einkauft und schon mal gar nicht das, was Clemens gern isst.

«Warte im Bett auf mich», sagt er. «Ich hab ja einen Schlüssel.» Er will keine Zeit verschwenden.

Direkt nach dem Auflegen drücke ich Sybilles Nummer in die Tasten, und sie hebt sofort ab.

«Alles klar», sage ich. «Um vier.»

«Gut.» Ich sehe sie nicken. «Astrid weiß Bescheid. Auch von dir. Sie ist total sauer. Und natürlich ist sie dabei.»

Perfekt. Hervorragend.

Am 26. Dezember um Punkt 16 Uhr höre ich, wie sich der Schlüssel in meiner Wohnungstür dreht. Ich liege lasziv im Bett, habe eine Schmuse-CD eingelegt und bin bereit.

Ich höre Clemens' Schritte auf dem Dielenboden im Flur, und dann öffnet sich die Tür zum Schlafzimmer.

«Ich hab mich so nach dir gesehnt», sagt Clemens und ist schon dabei, sich auszuziehen. «Du dich auch nach mir? Das waren Tage, sag ich dir. Furchtbar. Meine Frau ist wirklich eine Gewitterziege. Dauernd am Meckern. Ich hatte ununterbrochen Kopfschmerzen. Aber jetzt bin ich hier bei dir, und wir machen es uns nett.» Schon ist er im Bett. «Ich bin doch der Beste, oder?»

Ich schaue so auf seinen Unterleib, als hätte ich vorher noch nie hingeschaut. «Na ja», sage ich dann langgezogen und versuche, wahnsinnig selbstbewusst und überzeugt auszusehen.

«Was heißt hier ‹na ja›?», fragt Clemens und wirkt unsicher.

«Um ehrlich zu sein, du bist es nicht. Und um ganz ehrlich zu sein, ich merke kaum was, wenn wir miteinander schlafen.»

«Was heißt das denn auf einmal?», will er böse wissen und glotzt mich an wie ein hungriger Eisbär einen Touristen, der versehentlich vom Weg abgekommen ist.

«Das heißt, dass ich seit Heiligabend weiß, wie gut es sich anfühlen kann, wenn man was merkt beim Sex», erkläre ich und bemühe mich, lasziv und gleichzeitig verächtlich zu klingen, was relativ schwierig ist.

«Aber ich war Heiligabend doch gar nicht hier», versucht er die Kurve zu kriegen, und ich wette, wäre er ein Pferd, er würde mit den Hufen scharren.

«Nein, warst du nicht. Aber mein neuer Freund eben.»

«Dein neuer Freund?»

«Ja. Er kommt übrigens gleich vorbei. Wenn du so lieb bist und mir den Wohnungsschlüssel gibst?»

Nun ist Clemens weiß wie die Wand und sieht so aus, als würde er gleich umkippen. Fast tut er mir ein bisschen leid. Aber nur fast.

«Der weiß, wie's geht», setze ich noch einen drauf. «Da brauch ich auch keine Lupe, so wie bei dir.» Clemens muss sich so mies fühlen, denn ich weiß ja, dass seine keifende Ehefrau ihm gestern genau dasselbe gesagt hat.

So etwas tut weh.

Aber mir hat auch so einiges wehgetan.

«Ach», ich nehme die Herzkette vom Nachttisch und werfe sie ihm zu. «Die brauche ich auch nicht mehr. Die kannst du einer anderen schenken.» Mittlerweile weiß ich nämlich, dass ich die Kette nur bekommen habe, weil sie Astrid nicht gefallen hat.

Clemens wird rot und dann wieder bleich. Und dann dreht er sich um und geht.

«Frohe Weihnachten!», rufe ich ihm hinterher, und: «Vergiss

nicht, den Schlüssel hierzulassen.» Das tut er dann auch. Als die Wohnungstür hinter ihm zufällt, fühle ich mich merkwürdig erleichtert.

Ein Jahr später.

«Auf dein Wohl.» Sybille und ich heben die Gläser, während Astrid die Kinder ins Bett bringt. Sie wohnt nun hier im Gästezimmer und ist Sybilles Nanny.

«Auf *dein* Wohl», ich nicke ihr zu.

«Was unser Ex wohl gerade macht?», sinniert meine Freundin vor sich hin.

«Das weiß ich nicht. Ehrlich gesagt, es interessiert mich auch nicht.»

«Ob er noch zu seinem Therapeuten geht?» Sybille kichert. «Das hat ihn hart getroffen, als nach mir und dir auch noch Astrid zu ihm meinte, dass ein Mann irgendwie anders gebaut sein sollte.»

Ich lehne mich zurück, trinke einen Schluck Merlot und denke über das vergangene Jahr nach.

Wie gut das war! Wie viele neue Leute ich kennengelernt habe. Wie oft ich unterwegs war. Wie ich wieder zu meinen alten Freunden und zu meiner Familie zurückgefunden habe. Einen neuen Mann gibt es noch nicht in meinem Leben, aber auch das wird noch kommen. Im Moment ist es gut so, wie es ist.

Natürlich war es fies von uns, Clemens auf diese Art und Weise einen Denkzettel zu verpassen. Aber seien wir doch mal ganz ehrlich: Hat er's nicht verdient? Wäre er ehrlich zu uns allen gewesen, wir hätten bestimmt nicht so reagiert.

Aber das hat er nun davon.

Ich proste Sybille nochmal zu. «Frohe Weihnachten, meine Liebe. Schön, dass wir heute Abend zusammen sind.»

«Ist doch klar», lacht Sybille. «Es ist doch unser Jahrestag. Und außerdem ist Weihnachten doch das Fest der Liebe.»

Und wir lachen uns an.

PS: Den Artikel über Geliebte hab ich dann doch noch fertiggeschrieben. Und er ist *richtig* gut geworden.

Steffi von Wolff *kam in Hessen auf die Welt, wohnt aber nun schon lange in Hamburg. Manchmal fehlt ihr der Handkäs, aber man kann eben nicht alles haben. Sie hat lange Jahre beim Radio als Moderatorin, Redakteurin und Comedy-Autorin gearbeitet. Letzteres tut sie ja auch heute noch – nur eben nicht mehr fürs Radio.*

Oliver Uschmann

Die Vorweihnachtsneurose

Ich sortiere Schrauben. Es ist nicht die dringendste aller Tätigkeiten, aber sie muss gemacht werden, genau wie all die anderen Dinge gemacht werden müssen und die Reihenfolge letzten Endes egal ist, solange ich nur jeden Augenblick handle. Heute Morgen von fünf bis sieben habe ich die Glasregalböden in den Küchenschränken gewischt und dazu Bauleuchten eingeschaltet, statt auf das Tageslicht zu warten. Danach katalogisierte ich die Pulverdosen und Gewürztütchen im Schrank und machte eine Inventur der Tiefkühltruhe.

«Mrrhaawou», brummt es vor der Garagentür, und ein großer, weißhaariger Mann verschränkt die Arme vor der Brust. Das leise, unverständliche Dröhnen, das seinem Leib entwichen ist, war ein «Hallo». Der Mann heißt Hermann Wantrup und ist Urwestfale, kein Zugezogener wie ich und zudem dreißig Jahre älter. Ihm gehören die Grundstücke südlich, westlich und nördlich von uns sowie zwei Dutzend weitere im Dorf. Es wäre eine Herabstufung seines Status, würde er mich mit einem verständlichen Wort begrüßen. Ich nicke bloß und überlege, wo ich die zwei Sechskantschrauben einsortieren soll.

«Na? Ist dir die Frau weggelaufen?», brummt Hermann.

Ich drehe mich ein wenig um, folge seinem Blick und sage,

mich ebenfalls um Unverständlichkeit bemühend, aber viel zu deutlich: «Sie ist bei ihrer Mutter.»

Meine Frau fährt in diesen Tagen immer zu ihrer Mutter. Es gibt jedes Mal gute Gründe dafür, und wir tun so, als ob sie stimmen, obwohl wir beide wissen, was der eigentliche Grund ist.

Hermann macht ein paar richtungslose Schritte vor der Garage und mustert dabei unser Haus und den Garten. Sein Blick fällt auf die verdorrten Reste einer Big-Daddy-Pflanze, die im Sommer knapp über der Erde wie einen Kranz telefonbuchgroße Blätter ausbreitet: «Mrrroooooh. Die werden ja im Winter richtig fies, ne? Haben viele Nachbarn mal gehabt, aber wir haben immer gesagt: Das lohnt sich nicht.»

Ich lege die Sechskantschrauben oben auf den Kasten mit den vielen kleinen Fächern und bin sehr deprimiert, da ich für sie keine freie Nische finde und sie zugleich nicht irgendwelchen anderen Sorten zuordnen will. Ich überlege, ob sie abgenutzt genug sind, um weggeschmissen werden zu können. Sind sie nicht. Ich überlege, ob ich sie irgendwo verarbeiten könnte, aber mir fällt nichts ein. Hermann löst eine Hand locker aus der Verschränkung vor seiner Brust und lässt seinen Zeigefinger nach oben steigen, sodass er eine kleine Sprungschanze bildet. Die Fingerspitze zeigt auf den Holzgiebel unseres Daches. «Bei Schröer haben sie jetzt sehr gute Allwetterfarbe im Angebot.»

Ich atme tief ein und kneife die Augen zusammen. Ich habe es in diesen Tagen sowieso schon schwer genug.

Hermann lacht. «Dem Senfke haben sie diesen Sommer seinen Giebel gestrichen, weil er achtzig Prozent Schwerbehinderung hat. Hier, so Gehilfen vom Arbeitsamt. Du musst nur was haben, schon kannst du dir einen Gemütlichen machen.»

Ich öffne die Augen wieder, halte Hermann die Schrauben hin

und sage: «Kannst du zwei Sechskantschrauben gebrauchen?» Er lacht so krümelig und stolpernd, als wolle er nicht mal für den Spott zu viel Energie verschwenden. Ich schließe die Faust um die Schrauben, werfe sie unter Schmerzen zu den großen Kreuzschlitz und sage: «Ich muss jetzt drinnen weitermachen!» Hermann tritt langsam zurück, damit ich die Garage schließen kann, und empfiehlt sich mit einem «Mhuuruwrar», das wie ein Gewitter in Island klingt.

Im Haus liegen auf dem Wohnzimmerfußboden neben der Regalwand 497 Bücher ausgebreitet. Unsere Regalwand ist groß. Sie fasst rund 5000 Bücher, und ich bin mir daher nicht sicher, ob es wirklich nur diese 497 sind, die ich immer noch nicht gelesen habe, oder ob ich damit noch zu niedrig liege. Ich bin die Sammlung schon seit Tagen durchgegangen und frage mich bei manchen Werken, ob man sie überhaupt in eine Kategorie wie «gelesen/nicht gelesen» einordnen kann. Muss man ein Lexikon komplett gelesen haben? Ein Wörterbuch? Eine Anleitung zum Erstellen von Fensterbildern? Und selbst wenn nicht, was mache ich mit den 489 Romanen, Sachbüchern und Biographien, die immer noch übrig bleiben? Obwohl ich weiß, dass es unmöglich ist, habe ich den Drang in mir, sie alle noch in den nächsten vier Wochen zu lesen. So, wie ich die 82 ungehörten CDs hören, die 49 ungesehenen DVDs sehen und die 32 Videospiele zu Ende spielen will, bei denen jedes einzelne für sich schon eine geschätzten Umfang von 20 Stunden hat. Ich will alle unausprobierten Kochrezepte einmal kochen, sämtliche Klamotten auf weitere Tragbarkeit überprüfen, und wäre meine Frau da, würde ich noch einmal jedes Brettspiel spielen, bevor neue dazukommen. Doch sie ist bei ihrer Mutter, und ich verstehe das. Man kann mich nicht ertragen in der Adventszeit, denn ich habe ein Syndrom, das keinen medizinischen Namen trägt und das meine Frau und alle anderen Menschen auf der Welt nur in seiner vernünftigen Form kennen. Ich bin ein Vor-Weihnachten-alles-fertig-haben-Woller. Die Betonung liegt bei mir auf *alles*. In seiner gesunden Form bedeutet diese Haltung, dass man zwischen den Jahren einen leeren Wäschekorb haben will. Oder ein sauberes Auto. In seiner pathologischen Form sitzt man verzweifelt vor 497 ungelesenen Büchern und wird verrückt, weil die Sechskantschrauben kein eigenes Fach bekommen können.

«Briiiiiöööööööööög!»

Es klingelt.

Ich stehe vom Wohnzimmerboden auf und gehe an die Tür. Es ist die scheue Perserin von Hermes. Die scheue Perserin von Hermes kommt alle paar Tage, denn hauptberuflich bin ich Journalist, was unseren Nachbarn Hermann an normalen Tagen veranlasst, draußen vor der Tür laut brummend «Nimm mal die Hände aus den Taschen!» zu sagen, obwohl er es ja ist, der in der Cordhose mit Gummizug vor der Tür herumlungert und nicht ich, der bloß der Perserin aufmacht. Die Perserin hält mir den Unterschriftencomputer für meine Sendung vor die Nase. Ein großer weißer Karton. Ich ahne es schon. Ich unterzeichne. Über die persische Schulter sehe ich auf Hermanns Wiese einen großen Hasen stehen und mit dem rechten Ohr wackeln.

«Danke», piepst die Perserin, und ich schließe die Tür, stelle das Paket auf den Küchentisch, schneide es auf und sehe, was ich befürchtet habe. Das Anschreiben lautet: «Sehr geehrter Herr Broich, anbei finden Sie für die Weihnachtstage eine Auswahl unseres aktuellen Verlagsprogramms. Vielleicht haben

Sie ja Lust, über den ein oder anderen Titel etwas zu machen. Herzliche Grüße, Ihre Annika Arweiler.»

Na toll.

Jetzt sind es 504 Bücher, die vor Jahresfrist noch ungelesen sind. Der Arweiler Verlag ist ein Kleinverlag, man muss seine Titel nicht rezensieren. Aber das spielt keine Rolle. Ich bin ein Vor-Weihnachten-alles-fertig-haben-Woller. Ich kann nicht anders.

Nachdem ich in dieser Nacht bis 3:27 Uhr gelesen habe und auf dem Wohnzimmerboden mit dem Kopf auf dem Brockhaus eingeschlafen bin, wache ich gegen sieben auf und verspüre plötzlich einen schrecklichen Drang. Er wirkt bereits in mir, noch bevor er als klarer Gedanke in mein Gehirn steigt, und ich kann ihn nicht fassen, da ich niemals gedacht hätte, dass sich meine Neurose noch steigern lässt. Ohne Dusche, Kaffee oder Sockenwechsel springe ich auf, haste in die Garage, reiße die Schraubenschublade auf, blicke auf die vielen kleinen Fächer mit Schlitz, Kreuz und Sechskant in rund 30 verschiedenen Größen und weiß, dass ich es tun muss. Dass es nicht anders geht. Ich überlege kurz, meine Frau anzurufen und sie zu bitten, mich aufzuhalten, aber ich kann nicht. Es könnte passieren, dass sie mich tatsächlich aufhält. Also fange ich lieber an.

Gegen 10 Uhr – meine Hände haben bereits Schwielen – steht Hermann wieder in der Garagentür.

«Mrrruooooooom.»

Ich reagiere nicht, da ich zu tun habe.

«Was gibt das denn, wenn's fertig ist?», fragt Hermann und betritt ungefragt die Garage. Auf der Werkbank stehen, hochkant an die Wand gelehnt, bereits fünf Bretter, in die jeweils an die 150 Schrauben hineingebohrt wurden. Da dies absolut keinen Zweck hat, habe ich die Schrauben zu Symbolen angeordnet, um die Bretter so als Kunst durchgehen lassen zu können. Ein Jesuskreuz, ein Pikass, eine Acht, ein Fußball und ein Mercedes-Stern zieren die Bretter.

«Die Schrauben müssen weg», sage ich und schere mich nicht mehr darum, wie wahnsinnig sich das anhört. Ich hätte auch einfach sagen können, dass ich einige Skulpturen für die kommende Documenta anfertige, aber meine Kraft reicht nur noch aus, um die Wahrheit zu sagen: Die Schrauben müssen weg.

«Wie bitte?»

Ich wedele mit der Hand in Richtung der Schraubenschublade, die sich bereits beeindruckend geleert hat: «Ja. Diese Schrauben da. Die müssen weg. Alle! Im neuen Jahr fange ich von vorne an!»

Hermann ist sprachlos.

Das erste Mal.

«Ja, was?», sage ich, lauter als gedacht, und er hebt die Hände offen vor die Brust und verlässt rückwärts mit langsamen Schritten die Garage.

Um 23:30 Uhr habe ich alle vorhandenen Schrauben ins Holz gebracht. Die Schraubenschublade ist nun leer, und auf der Werkbank stehen insgesamt 12 Bretterskulpturen. Ich lege mir eine Packung Knäckebrot von Januar, zwei angefaulte Birnen, einen Porree und eine alte Dose Pflaumenmus aufs Tablett, weil das alles dringend wegmuss, sinke erschöpft auf die Couch neben den 504 ungelesenen, auf dem Boden gestapelten Büchern und mache den Fernseher an. In einem Bericht sieht man, wie ein Mann mit hochrotem Kopf seinen Computer zertritt. Ein anderer rennt schreiend um sein Auto, das mit offener Motorhaube im Regen steht. Schnitt in eine Arztpraxis, wo sich diese Männer einen Krankenschein holen. Sie sprechen holländisch. Der Moderator erklärt: «In den Niederlanden wird ‹Wut durch Technik› mittlerweile von den Kassen und den Arbeitgebern als Krankheitssymptom anerkannt. Ich horche auf und hebe den Kopf über dem Teller, den ich mir knapp unters Kinn halte, weil der faule Saft der alten Birne bei einem tieferen Runtertropfen gar nicht mehr unten ankäme. Ich erinnere mich daran, was mein Nachbar Hermann mir gestern erzählt hat: «Dem Senfke haben sie diesen Sommer seinen Giebel gestrichen, weil er achtzig Prozent Schwerbehinderung hat. Du musst nur was haben, schon kannst du dir einen Gemütlichen machen.» Ich überlege, kaue den Birnenbissen zu Ende, habe eine Idee und stelle langsam den Teller ab. Ich lächle böse, obwohl es niemand sehen kann.

*

Im Wartezimmer von Dr. Schlottmann hängt ein Werbekalender des örtlichen Bauunternehmens. Das rote Quadrat zeigt den 16. Dezember an. Alle kennen sich hier untereinander. Firmenbesitzer, Ärzte, Lehrer, Landschaftsgärtner, Automechaniker, Vereinsvorsitzende. Ist man jung genug, ist man im Kader der Berzirksklassen-Fußballmannschaft. Ist man älter, schießt man den Vogel ab oder golft zu Menschenpreisen oben auf der Anlage am Schloss, wo die Schriftstellerin wohnt.

«Boah, ist ganz schön frisch geworden», sagt eine Wartende zu ihrer Bekannten, die eine Ausgabe der *Gala* in der Hand hält, auf deren Titelbild Brad Pitt immer weiter hinter seinem Bart verschwindet.

«Aber besser diese klare Kälte als dieses Feucht-Nasse», erhält sie als Antwort.

«Herr Broich, kommen Sie?», sagt die Sprechstundenhilfe. Ich stehe auf und bin ein wenig nervös, als ich durch den schmalen Flur zum Sprechzimmer schreite. Wann kommt es schon mal vor, dass man von seinem Hausarzt eine Überweisung an einen Psychiater erbittet, der das unerbittliche «Vor-Weihnachten-unbedingt-alles-fertig-haben-Wollen» als ernsthafte Krankheit anerkennen lässt, so, wie es die Holländer mit «Wut durch Technik» geschafft haben? Doch ich habe Hoffnung. Dr. Schlottmann tut zwei Dinge sehr gerne: nähen ohne Betäubung und den Staat ausnehmen. Zu nähen habe ich für ihn nichts, aber gelänge mir mein Vorhaben, müsste der Staat zahllosen Männern wie mir kostenlose Helfer in der Vorweihnachtszeit beiseitestellen, ganz so, wie er beim Senfke den Giebel streichen lässt.

Ich habe Erfolg.

Nur zehn Minuten später verlasse ich die Praxis mit einer Überweisung von Herrn Dr. Schlottmann an seinen Kollegen Herrn Dr. Gorlek. Dessen psychotherapeutische Praxis liegt efeuumwachsen am Feldrand in der Bauerschaft und ist dafür bekannt, ungewöhnliche Methoden anzuwenden. Gorleks Spezialität ist die von ihm markenrechtlich geschützte «Aktive Energierückgabe», kurz AER. Hierbei analysiert der Patient sämtliche Äußerungen und Verhaltensweisen seiner Mitmenschen auf die Energien hin, die ihm gegenüber schädlich scheinen, filtert sie wie Schwebstoffe oder Teichalgen heraus, zwingt sich zu einem Lächeln und sagt: «Diese Energie gebe ich freundlich an Sie zurück.» Eine Methode, über die in der Lokalzeitung bereits viel berichtet wurde und die bei Schwiegermüttern angenehme Irritationen hervorruft, bei Halbstarken auf der Straße aber nur selten funktioniert. Auf dem Schreibtisch von Dr. Gorlek steht ein winziger, plätschernder Springbrunnen. An der Wand hängt das alte Schwarzweißfoto eines asiatischen Kampfsportlers, der mit merkwürdig verrenkten O-Beinen vor der Kamera steht und die Hände wie einen Keil nach vorne schiebt. Wären vor ihm ein paar Büsche abgebildet, könnte man meinen, er hätte auf einem Rasthof kurz einmal groß austreten müssen. Im Regal hinter dem Schreibtisch stehen dicke Fachbücher sowie zehn verschweißte Ausgaben von Gorleks eigenem Werk «Umleitung – Erfolgreiche Konfliktvermeidung durch Energierückgabe».

Dr. Gorlek wird mich und mein «Vor-Weihnachten-unbedingt-alles-fertig-haben-Wollen»-Syndrom verstehen.

Nach einer kurzen, rund vierstündigen gesprächstherapeutischen Anamnese macht er einen Test, um die Ernsthaftigkeit meines Zwanges zu überprüfen. Er geht in sein Nebenzimmer, zerrt dort irgendetwas Schweres aus einem Schrank, kommt wieder und stellt mir eine 25-bändige Goethe-Gesamtausgabe aus dem Büchercl ub vor die Nase.

«Schenk ich Ihnen», sagt er. «Gehört Ihnen, noch dieses Jahr!»

Ich springe vom Stuhl auf und winke schreiend ab, als hätte er in der Konfrontationstherapie eine Tarantel auf den Tisch geworfen. «Nein! Nicht noch dieses Jahr! Nächstes Jahr vielleicht. Ich habe noch 504 Bücher, die ich schaffen muss! Neeeeeiiiiin!!!» Mein eigener Gefühlsausbruch wundert mich. Ich sinke neben dem austretenden Asiaten zu Boden und wimmere, während Dr. Gorlek Notizen macht. Er sagt: «Ich stelle Ihnen jetzt noch fünf Fragen. Beantworten Sie mindestens vier davon mit ‹Ja›, werde ich Ihr Syndrom mit Sicherheit noch dieses Jahr als ernsthafte Neurose bei der Krankenkasse durchkriegen. Und später auch als komplett eigene Krankheit beim Staat. Das dauert lediglich etwas.»

«Okay», sage ich, auf dem Laminat hockend.

«Haben Sie schon mal daran gedacht, jeden Ort in Ihrem Atlas nachzuschlagen, weil der sonst nicht als komplett gelesen gelten könnte?»

«Ja.»

«Essen Sie vor Jahresfrist verdorbene Lebensmittel, weil die alle noch wegmüssen?»

«Ja.»

«Nehmen Sie vor Jahresfrist eine Unmenge von Medikamenten, die Sie gar nicht brauchen, weil die Pillenschublade leer werden muss?»

«Nein», sage ich, schluchze aber, weil der Doktor mich auf eine Idee gebracht hat.

«Führen Sie ein Tagebuch aller gesehenen Fernsehsendungen und fragen Sie sich manchmal, ob Sie die einzelnen Beiträge innerhalb einer Folge Stern TV noch einmal als Filme für sich bewerten und deren jeweilige Autoren aufschreiben müssen?»

«Ja.»

«Haben Sie schon mal eine Inventur Ihres Gartens inklusive der Unkrautpflanzen gemacht?»

Ich heule auf: «Jaaaa.»

Dr. Gorlek lächelt: «Gut, dann sehe ich für Sie beste Aussichten.»

*

Nur eine Woche später hat Dr. Gorlek bei der Krankenkasse meine vorweihnachtliche Zwangsneurose durchgesetzt und beim örtlichen Arbeitsamt zwei Helfer für mich beantragt. Beides war sehr leicht, da Dr. Gorlek mit dem Filialleiter der Krankenkasse segeln geht und den zuständigen Sachbearbeiter Schorlemmer vom Arbeitsamt beim Straßenfest im Oktober auf der Toilette der Gaststätte Wolfsjäger bei unehelichen Vergnügungen erwischt hatte. Außerdem sei die Bereitstellung kostenfreier Haushaltshelfer seitens des Amtes ohnehin kein Problem. «Die stapeln sich doch sowieso hier im Flur und reißen uns den Putz von den Wänden», soll Schorlemmer gesagt haben. «Seit der Krise können wir uns vor Tagelöhnern nicht mehr retten.»

Und so stehen nun am Morgen des 23. Dezember zwei junge Männer vor meiner Haustür, die ich mit zu Schlitzen verklebten Augen öffne, weil mir überhaupt nicht gut ist. Ich habe sämtliche noch vorhandenen Medikamente geschluckt, damit die Schublade leer wird. Dr. Gorlek hätte diesen Vorschlag nie machen sollen. In meinem Magen öffnen sich die Schleimhäute und würgen rostige Nägel hervor, mein Mund schmeckt nach Blei und Asbest, und neben dem Beet mit der verdorrten Big-Daddy-Pflanze steht auch noch Hermann und beobachtet, wie ich den jungen Männern öffne. Morgen früh kommen Frau und Schwiegermutter her. Und nichts ist fertig.

«Wer seid ihr?», frage ich und sehe von einem zum andern.

«Eure Gehilfen», antworten sie.

«Es sind die Gehilfen», bestätigt leise der Nachbar.

Ich reibe mir die Stirn.

«Vom Amt», sagen die Gehilfen.

«Kommt rein», sage ich.

Zwei Stunden später sitzen die beiden Gehilfen mit eifrig aufgerissenen Augen zwischen den 504 ungelesenen Büchern und schmökern. Ich habe Kaffee gemacht und sie bislang beobachtet. Ich fühle mich, als würde ich träumen. Meine Füße sind taub. Ich hänge wie ein Kissen ohne Füllung auf der Couch. Die Gehilfen lesen.

«Es ist schwer mit euch», sage ich und vergleiche immer wieder ihre Gesichter. «Wie soll ich euch denn unterscheiden? Ihr unterscheidet euch nur durch die Namen, sonst seid ihr euch ja ähnlich wie Schlangen.»

Was rede ich denn hier?

«Wir sind eigentlich Musiker», antwortet der eine. «Wir spielen auch Weihnachtslieder. Auf der Gitarre.»

Ich antworte nichts, da mein Kopf pocht. Eigentlich müsste ich mich übergeben, aber das geht nicht, da sich unter den Medikamenten, die ich noch vor Jahresende eingeworfen habe, auch ein ganzer Streifen Vomex befand. Ich beobachte die Gehilfen noch eine halbe Stunde beim Lesen, dann sage ich: «Das ist doch Schwachsinn. So könnt ihr mir nicht helfen. Ich muss das selbst gelesen haben, sonst bin ich doch nicht befriedigt.»

«Wir können es dir zusammenfassen», sagen sie.

«Das ist nicht dasselbe!», brülle ich und erschrecke selbst. «Bring mir ein Telefon», sage ich, und der eine der beiden, Artur, holt mir den silbernen, kabellosen Hörer. Ich wähle die Nummer von Dr. Gorlek. Er geht sofort ran, da er an einer Sekretärin spart, um kein Geld zu verlieren.

«Gorlek?»

«Herr Doktor, Broich hier. Mir ist da gerade so ein Gedanke gekommen. Wäre es nicht eigentlich Ihre Aufgabe als Therapeut gewesen, mich von meinem Zwang zu befreien, statt mir Helfer senden zu lassen und mich auf die Idee zu bringen, meine ganzen restlichen Medikamente zu fressen?»

«Sie haben …?»

«Ja, sicher habe ich. Sie können doch einem Zwangsneurotiker so was nicht sagen und sich dann wundern, dass …»

«Stopp, stopp, stopp, Herr Broich, jetzt bitte ganz ruhig. Ich werde diese negativen Energien von Ihnen jetzt nicht an mich ranlassen. Ich gebe sie Ihnen in aller Freundlichkeit zurück.»

«Sie können meiner Krankenkasse das Geld für die Sprechstunde zurückgeben, Herr Doktor! Ich habe hier 120 Pillen im Bauch, und zwei Zwillinge vom Amt lesen stellvertretend meine Bücher, was mir gar nicht hilft.»

«Herr Broich, ich gehe mit meinen Methoden meinen Weg, und wenn Ihnen das nicht gefällt, dann können wir das gerne hier beenden.»

«Sie … das kann ja wohl nicht … Sie …»

«Seien Sie, wer immer Sie sein wollen», sagt Dr. Gorlek, «ich empfehle mich in aller Freundlichkeit.» Dann legt er auf. Ich schnaufe. Die Gehilfen sehen mich an wie erstaunte Katzen.

Das Telefon klingelt. Ich nehme sofort ab. «War das jetzt wieder ein Test, Dr. Gorlek?», frage ich, doch am anderen Ende der Leitung ist nicht Gorlek, sondern meine Frau.

«Wer ist Dr. Gorlek?», fragt sie.

«Hallo, mein Herz», sage ich.

«Mutter ist ins Krankenhaus eingeliefert worden», sagt meine Frau, und das Vomex klumpt in meinem Magen, was sie spürt.

«Nein, keine Angst, es ist nicht so dramatisch. Sie hat Blut gehustet wegen des ständigen Staubs von der Baustelle nebenan. Zur Sicherheit machen sie eine Lungenspiegelung und einige weitere Tests, um auszuschließen, dass es etwas Schlimmeres ist als Überreizung durch Baustaub. Sie muss allerdings über die Feiertage hierbleiben.»

Ich schaue zu meinen Gehilfen. Ich denke an die Bücher, die Platten, die Spiele, die Schrauben, den Atlas. Alles unwichtig.

«Ich komme», sage ich, «bin in drei Stunden da.»

«Hab dich lieb!», sagt meine Frau.

«Ich dich auch!», sage ich und winke derweil schon den Gehilfen.

Der Weg zur Schwiegermutter in der Kölner Klinik ist lang. Der junge Mann an der Rezeption schickt uns nicht quer über das Krankenhausgelände, wie es richtig wäre, sondern unterirdisch durch einen Tunnel, der die verschiedenen Trakte miteinander verbindet. Der Tunnel ist finster, kalt und lang. So lang, dass man sein Ende nicht sehen kann. Artur singt etwas in ihn hinein, und es wird als Echo zurückgeworfen. Am Rand der Röhre stehen verwaiste Rollstühle mit aufgeplatztem Polster. Nach drei Kilometern erreichen wir einen grauen Vorraum mit Aufzügen. Nur noch 12 Flure, dann sind wir da. Schwiegermutter und Frau sitzen an einem runden Tisch im Aufenthaltsraum der Station, reden mit anderen Patienten und freuen sich, als ich mit den Zwillingen im Gepäck das Zimmer betrete. Im Auto haben wir nicht CDs weggehört, die dieses Jahr noch offen waren, sondern einfach gesungen. Artur und sein Zwilling haben Gitarren dabei. Ich trage Sachen, die ich immer trage, und nicht die, die man ganz unten aus dem Schrank zieht, weil sie vor Jahresende noch einmal angezogen werden müssen.

«Mutter», sage ich und umarme sie. Dann küsse ich meine Frau. Eine Schwester begrüßt uns und bietet Kaffee an. Zu Hause ist nichts fertig. Artur stellt seine Gitarre ab.

Am Heiligen Abend sitzen wir nicht bei uns daheim und servieren das perfekte Dinner zur detailliert geschmückten Wohnung mit leerem Wäschekorb im Keller und komplett ausgelesenem Bücherregal. Nein. Wir hocken mit sieben anderen Patienten im Aufenthaltsraum eines schäbigen, unterfinanzierten Krankenhauses, essen Stollen und Plätzchen aus dem Billigsupermarkt, riechen Honigkerzen, die vom Rotkreuzstand übrig geblieben sind, und singen Weihnachtslieder, die Artur und sein Zwilling auf der Gitarre spielen. Mutter hat nichts Schlimmes, die Lungenspiegelung war ergebnislos, die Gewebebiopsie ohne Befund. Nur der Staub hat sie geplättet. Wir werden den Bauherrn verklagen, ich kenne da einen guten Anwalt bei uns im Dorf, er golft mit Dr. Schlottmann. Nun feiern wir erst mal Weihnachten, ohne dass irgendetwas fertig wäre. Und es macht mir nichts aus. Schwiegermutter singt kräftig die Weihnachtslieder mit und hat dabei Tränen der Rührung in den Augen, weil sie sich an ihre Kindheit erinnert. Sie ist christlich erzogen worden, hat sich dann als erwachsene Frau grimmig und klar für Elvis, Sinatra und den Atheismus entschieden, bekommt aber jedes Jahr Augenwasser, wenn die alten Lieder erklingen. Ihrer eigenen Tochter hat sie das Wort und das Songwriting Gottes nie beigebracht und so singt meine Frau nur einzelne Worte mit, während sie sehr süß mit den Augen nach Hilfe sucht.

Ich entschuldige mich einen Augenblick, zücke mein Handy, gehe den grau-beigen Flur hinab zu einem Fenster, vor dem es schneit, und wähle die Nummer von Dr. Gorlek. Es tutet. Ein AB geht ran. «Ja, Dr. Gorlek, Broich hier. Ich wollte Ihnen nur sagen: Prioritätenverschiebung. Das ist die Lösung. Falls mal wieder so einer kommt wie ich. Nur so als Tipp. Keine Energierückgabe. Keine suggestiven Fragen, die den Süchtigen nur auf die Idee bringen, jetzt erst recht zur Pille zu greifen. Einfach nur: Prioritätenverschiebung.» Ich lege auf.

Ahhh.

Ich fühle mich gut.

Draußen rieselt der Schnee auf das Klinikgelände. Unter der Erde die lange Röhre. Hier oben ein Aufenthaltsraum, in dem Artur gerade «Macht hoch die Tür» anstimmt. Zu Hause: Unerledigtes.

Es ist egal.

Und das bleibt es auch.

Dr. Gorlek hat sich für meinen Tipp niemals bedankt.

Im März verkaufe ich die Serie «Schraubenbretter 1–12, Neurose» an die Documenta.

Wer sagt's denn?

Oliver Uschmann, *geboren 1977 in Wesel, behandelt in seinen Romanen und Sachbüchern wie «Hartmut und ich», «Das Gegenteil von oben» oder «Fehlermeldung» auf humorvolle Weise die Neurosen der Männer und natürlich auch sich selbst. Vor Weihnachten leert er den Wäschekorb, den Posteingang und den Nachttisch. Von allen weiteren Zwängen hat seine Frau Sylvia Witt ihn befreit, mit welcher er gemeinsam Romane, Webseiten, Hörbücher, Ausstellungen, Live-Aktionen und Talentcoaching zu einem kreativen Gesamtkunstwerk vermischt. Sein Nachbar brummt ebenfalls.*

Mia Morgowski

Florians Weihnachtstagebuch

1. Dezember, Freitag

Dieses Jahr wird Weihnachten wunderbar. Ich fühle das. Ein Fest der Liebe, sozusagen. Habe erstmals seit 32 Jahren eine Beziehung! Also, an Weihnachten, meine ich. Kann mein Glück kaum fassen! Lena, die tollste Frau der Welt (die Weihnachten liebt und schon haufenweise Pläne hat, was wir gemeinsam machen werden) und ich sind seit zwei Monaten ein Paar. Bin sehr glücklich und habe ebenfalls haufenweise Pläne: heißer Glühwein vorm Kamin, noch heißerer Sex (auch vorm Kamin) und ab und zu einen Weihnachtsklassiker im Fernsehen anschauen. Dabei kiloweise Weihnachtsgebäck futtern und dann wieder vor dem Kamin verschwinden.

Wurde heute bei der Arbeit wegen meiner Weihnachtseuphorie ausgelacht.

«Spinnst du, Flo?», fragte meine Kollegin Heike. «Du musst total übergeschnappt sein. Ich meine, du bist IT-Berater. Du lebst sozusagen hinterm Mond. Du machst dir überhaupt keine Vorstellung davon, was es bedeutet, mit einer Frau – noch dazu in einer festen Beziehung – die Weihnachtszeit zu erleben.»

«Ach ja? Und woher willst du das so genau wissen, schließlich hast du denselben Beruf.»

«Aber *ich* bin eine Frau!»

Gut, das ließ sich vielleicht nicht leugnen, allerdings hat es mich auch nicht wirklich überzeugt. Was soll denn bitte schön so kompliziert daran sein, mit einer Frau gemeinsam Kekse zu essen, Weihnachtsfilme im Fernsehen zu schauen und zwischendurch heißen Sex vor dem Kamin zu haben? Den Rest des Jahres funktioniert das doch auch reibungslos.

2. Dezember, Samstag

Die tollste Frau der Welt erweist sich als wahrer Weihnachtsprofi! Gestern neu gelernt: Der erste Dezember ist nicht gleichzeitig auch der erste Advent! Hat mir so noch keiner gesagt. Bekam deshalb von Lena mildernde Umstände attestiert, als ich am Abend in ihrer Wohnung versehentlich die erste Kerze am Adventskranz angezündet habe.

«O Gott, Flo! Mach die sofort wieder aus, das bringt sonst Unglück! Morgen ist doch erst der erste Advent.»

«Wer sagt das?»

«Der Kalender!»

«Nein, ich meine die Sache mit dem Unglück?»

«Das weiß doch jeder!»

Frage mich ernsthaft, wie ich bislang nur ohne Lena klarkommen konnte!

Habe am Nachmittag beim Squashspielen mit meinem Kumpel Jens dann festgestellt, dass er offenbar unter demselben Informationsembargo stand. Konnte mit der Advents-Info ganz schön Eindruck bei ihm schinden.

«Was, echt?», hakte er ehrlich interessiert nach, «das ist aber neu. Bestimmt wurde das mit der Sommerzeit eingeführt.»

«Könnte sein. Dazu hat Lena sich nicht geäußert. Aber schon krass, ne? Da muss man sich doch tatsächlich jedes Jahr aufs Neue merken, wann denn nun eigentlich der erste Advent ist. Total unpraktisch.»

«Allerdings. Und ich sag dir noch was: Wenn in der nächsten Zeit irgendetwas schiefläuft, dann kannst du aber sicher sein, dass du die Schuld dafür bekommst.»

«Hä? Wieso das denn?»

«Na, weil du die Kerze zu früh angezündet hast und so etwas Unglück bringt. Das weiß doch jeder.»

3. Dezember, Sonntag, 1. Advent

Bin gestern nach dem Sport noch zu Lena gefahren. Hatten heißen Sex vor der Adventskranzkerze, und ich finde: Das hat was. Also, das mit nur einer Kerze, meine ich. Man bekommt das Gefühl, alles würde sich zum Fest hin noch steigern.

Glaube bei Lena in Bezug auf Weihnachten eine gewisse Unspontanität festgestellt zu haben. Halte es deshalb für unklug, wenn ich mich bezüglich meines Plans, während der Feiertage Weihnachtsklassiker anzuschauen, auf das Fernsehprogramm verlasse. Lenas Wunsch nach festen Regeln und Bräuchen deutet darauf hin, dass Zappen durch die Fernsehkanäle am Heiligen Abend eventuell nicht weihnachtlich genug rüberkommt. Halte es daher für geschickter, zu diesem Zweck eine kleine, aber exquisite DVD-Sammlung mit Weihnachtsfilmen parat zu haben.

Hier die ersten Ideen:

1. *Stirb langsam 1* (oder 3, bin noch nicht sicher)
2. *Nightmare before Christmas*
3. *Tödliche Weihnachten*

Haben heute nach dem Frühstück etwas total Abgefahrenes gemacht: Waren auf Lenas Dachboden und haben dort etliche geheimnisvoll aussehende Kartons zusammengesucht, die wir (ich) anschließend in ihre Wohnung geschleppt haben. Mein lieber Scholli, war da vielleicht ein Scheiß drin! Jedenfalls dachte ich das, nachdem ich einen ersten Blick hineingeworfen hatte. Doch dann lernte ich eine weitere Facette von Lenas vielseitiger Persönlichkeit kennen.

«Heute ist ja bereits der erste Advent und ich bin überhaupt noch nicht zum Dekorieren gekommen. Wäre supersüß von dir, wenn du mir dabei hilfst!»

Entdeckte daraufhin eine neue Facette *meiner* vielseitigen Persönlichkeit: Bin supersüßer Freund, der sonntagnachmittags kreative Hilfestellung bei der Weihnachtsdeko leistet.

Bin außerdem noch immer schwer beeindruckt davon, was die Menschen im Erzgebirge so leisten. Unfassbar! Davon kann sich die Firma Playmobil aber 'ne Scheibe abschneiden!

Gestern neu gelernt: Es gibt Kochengel, Baumengel, Orchesterengel, Lang- und Kurzrockengel, Spielzeugengel und sogar Bäckerengel. Alles handgefertigt. Und handbemalt. Bin immer noch voller Bewunderung für Lena, dass sie sich nicht nur mit Weihnachtsgepflogenheiten so gut auskennt, sondern auch noch Unterstützerin des aussterbenden Handwerks ist.

4. Dezember, Montag

Kollegin Heike glaubte heute Morgen, dass ich sie anlüge. «Du hast was getan? Weihnachtsdeko? Am Sonntag? Ich dachte, da spielst du in so einer komischen Online-Clique Computerspiele und knackst deinen eigenen Highscore vom Sonntag zuvor?»

«Man muss flexibel sein.»

«Bitte? Das sagst ausgerechnet du? Soweit ich weiß, verbringst du doch deine Sonntage seit acht Jahren so.»

«Das lag vielleicht daran, dass es bis gestern niemandem gelungen ist, die verborgenen Facetten meiner vielseitigen Persönlichkeit ans Tageslicht zu bringen.»

«Aha. Und was soll ich mir jetzt darunter vorstellen?»

«Ich bin ein verständnisvoller, geduldiger Typ, der über eine ruhige Hand verfügt und Hochachtung gegenüber deutscher Handwerkskunst empfindet.»

«Sag mal, nimmst du neuerdings Drogen?»

Zum Glück rief dann die tollste Frau der Welt an, um mich zu fragen, ob ich sie morgen zu einer Nikolausfeier begleite. Klar will ich! Leif, ein Anwalt aus Lenas Kanzlei, schmeißt 'ne Party, und viele Anwaltskollegen, Mandanten und Freunde von Lena werden auch dort sein. Bin sehr aufgeregt, da ich bislang nur eine Freundin von Lena kennengelernt habe (die ebenfalls Anwältin ist und eine extrem schrille und anstrengende Stimme hat. Möchte niemals in einen Rechtsstreit mit ihr geraten, da sie mich vermutlich taub quietschen würde). Weiß aber von Jens, dass junge Anwälte heutzutage cool sind, zu *Green Day* rocken und auch mal falsch parken.

Habe wegen Lenas Vorliebe für romantische Volkskunst die exquisite DVD-Zusammenstellung für die Festtage nochmal neu überdacht. Hier die neue Liste:

1. *Drei Haselnüsse für Aschenbrödel*
2. *Sissi, Schicksalsjahre einer Kaiserin*
3. *Der kleine Lord*

5. Dezember, Dienstag

War gestern erst spät im Bett, da ich feststellen musste, dass *Schicksalsjahre einer Kaiserin* bereits der dritte Teil einer hammermäßig schmalzigen Trilogie ist, und das geht natürlich nicht. Also, den dritten Teil zu isolieren, meine ich. Falls ich aber alle drei Teile anbiete und Lena, was zu diesem Zeitpunkt noch nicht auszuschließen ist, kein Heimatfilm-Fan ist, bin ich geliefert. Müsste dann Ersatz in petto haben, was irgendwie auch blöd wäre, da mir das kontraproduktiv erscheint. Will nicht so viele DVDs im Haus haben, damit wir nicht übermäßig vom Kamin abgelenkt werden. Harrr. Noch keine Lösung in Sicht.

Beginne damit, mir passendes Outfit für Party zu überlegen. Heike meint, in meinen Alltagsklamotten könnte ich da auf keinen Fall auftauchen. Will unter den *Green Day* hörenden Anwälten nicht unnötig spießig rüberkommen, aber auch nicht ärmlich aussehen. Schon gar nicht wie ein IT-Berater. Möchte weltgewandt und gesattelt wirken. Ich und mein lässiger Stil im Einklang mit Zeitgeist und Individualität. Auf keinen Fall darf ich neureich oder verkrampft wirken.
14 Uhr: Bin in der Mittagspause kurz nach Hause gefahren, um meinen Kleiderschrank zu inspizieren. Großer Schock! Stelle fest, dass er – und vor allem sein Inhalt – meinen Anforderungen an einen Abend unter *Green-Day*-Anhängern nicht gewachsen ist. Brauche diesbezüglich dringend professionelle

Hilfe (Heike scheidet aus, da sie ebenfalls Computerfreak ist und somit – ihren eigenen Angaben zurfolge – von Haus aus schlechten Geschmack hat) und rufe bei Jens an. Habe Grund zu der Annahme, dass er sich in Kleidungsfragen auskennt, da er noch studiert und laut seiner Aussage an der Uni haufenweise coole Jurastudenten rumhängen.

«Wenn die erst mit ihrem Studium fertig sind und sich jeden Tag für ihre Kanzlei konservativ verkleiden müssen», meint er, «dann lassen die privat auf jeden Fall die Sau raus. Jedenfalls kleidungsmäßig.» Er rät mir deshalb zu Lederhose und ärmellosem T-Shirt, was ich zu dieser Jahreszeit irgendwie problematisch finde. Jens nicht.

«Am geilsten wäre ein Shirt mit verwaschenem Tour-Aufdruck, zum Beispiel von den *Ramones*. Dazu Turnschuhe. Und wenn du das Ganze noch etwas aufpeppen willst, wickelst du dir zusätzlich ein Halstuch um. Das ist dann aber schon ganz großes Kino.» Meinen Einwand, dass draußen Minusgrade herrschen und ich auch keine verwaschenen T-Shirts habe, schon gar nicht mit Aufdruck (Hafengeburtstag 1998 und Miami Vice mit Foto von Don Johnson zählen nicht), tut er mit einem verächtlichen Schnauben ab. Auch die Tatsache, dass ich keine Lederhose besitze und die Kombination von kurzen Ärmeln und Halstuch irgendwie albern finde, überzeugt ihn in keinster Weise. «Also willst du nun cool aussehen oder nicht? Ja? Dann schwing deinen Hintern vor die Tür und geh schnell was kaufen. Wozu hast du in der Straße einen Secondhandladen. Da findste todsicher was!»

17 Uhr 12. Komme gerade zur Tür rein und kann Party ab sofort entspannt entgegensehen. Habe nach Feierabend im Secondlandladen geschnürte Lederhose und verwaschenes, ärmelloses T-Shirt erstanden (zwar nicht von den Ramones, aber dafür von den Toten Hosen), das meine trainierten Oberarme gut zur Geltung bringt. Werde den blassen Anwälten demonstrieren, dass man Kopf und Körper gleichermaßen in Schuss halten kann. Halstuch lasse ich weg, da ich nicht aussehen will, als hätte man mich beraten.

6. Dezember (Nikolaus), Mittwoch

6 Uhr 18. Scheisssssse, Scheisssse, Scheise! Der Abend warne Katastrofe! Werde berichten wassss passiert is, wenns mia wieda bessageht.
8 Uhr 35. Geht noch nicht besser. Rufe bei der Arbeit an und melde mich krank, wegen partieller Lähmungszustände im Gesicht (Zunge). Heike meint, das könnte vielleicht ein Schlaganfall sein. In meinem Alter wäre das nicht auszuschließen. Verspreche, zum Arzt zu gehen, und lege mich wieder schlafen.
12 Uhr 04. War nicht beim Arzt. Lähmung der Zunge immer noch schlimm, aber schreiben geht jetzt.

Scheiße, Scheiße, Scheiße! Die tollste Frau der Welt hasst mich. Ganz sicher! Weihnachten ist noch viel komplizierter als von Heike prophezeit. Falls ich beziehungstechnisch noch irgendetwas retten will, darf mir ab heute nicht mehr der kleinste Fehler unterlaufen.

Leifs Party war der absolute Supergau! Musste feststellen, dass die tollste Frau der Welt gleichzeitig auch die begehrteste Frau der Welt ist, da sich den ganzen Abend sabbernde Mandanten oder von Alkohol befeuerte Anwaltskollegen um uns herumdrückten, die mich und meine freigelegten Oberarme keines Blickes gewürdigt haben. (Okay, stimmt nicht ganz, aber dazu später mehr.)

Habe mich deshalb (also aus gutem Grund) betrunken und Lena damit außer zur begehrtesten auch noch zur bemitleidenswertesten Frau der Welt gemacht.

Hier die Chronik meines Abstiegs:

19 Uhr 15. Bei Lena eintreffen, um sie abzuholen. Feststellen, dass Sie nicht da ist. Zwanzig Minuten warten, dann klingelt mein Handy.

Großes Missverständnis! Wir fahren nicht gemeinsam zu Leif nach Hause, da Party in der Kanzlei stattfindet. Hat mir keiner gesagt, ich schwöre! Bin somit bei meinem Eintreffen bereits eine halbe Stunde im Verzug.

19 Uhr 48. Wäre lieber *zwei* Stunden zu spät als eine halbe Stunde zu spät und in Lederhose. Stelle fest, dass ich offenbar das Kleingedruckte auf meiner (nie erhaltenen!) Einladungskarte nicht gelesen habe. *Business casual.* Was das genau bedeutet, weiß ich nicht, aber es hat offensichtlich mehr mit *Gucci* als mit *Green Day* zu tun.

20 Uhr 21. Auf Frage nach meinem Getränkewunsch sage ich: «Ein Bier», was den Einstieg in meine neue Yuppie-Freundesclique zu einer Herausforderung macht. Hier trinkt man Champagner! Das kommt nur dummerweise im *Tote-Hosen*-Shirt weder weltgewandt noch stilsicher rüber.

21 Uhr 10. Werde von Leif, dem Anführer der Gucci-Anzug-Jünger, versehentlich (oder war es Absicht?) für Lenas schwulen Klienten aus der Musikszene gehalten. Ernte nach Aufklärung des Irrtums nur noch mitleidiges Schweigen. Die ersten angetrunkenen Aasgeier beginnen, ihre Kreise zu ziehen, um Lena anzubaggern.

21 Uhr 18. Erinnere mich, dass mein Kumpel Jens genau genommen Soziologie studiert, und das auch schon seit elf Semestern. Hätte ihn niemals als zuverlässigen Berater in Kleidungsangelegenheiten in Erwägung ziehen dürfen. Schon gar nicht, wenn es um Juristen geht. Ich Vollidiot.

21 Uhr 52. Unter den Gucci-Jüngern spricht es sich herum, dass ich NUR Lenas Freund bin. Von nun an ist den Aasgeiern jedes Mittel recht, um die tollste Frau der Welt anzubaggern.

22 Uhr 35. Werde in einen Hinterhalt gelockt! Lenas Freundin mit der schrillen Stimme quietscht mir mein linkes Ohr kaputt, was natürlich als mieses Ablenkungsmanöver gedacht ist und auch funktioniert. Lena ist verschwunden, und ich sitze in der Akustik-Falle.

22 Uhr 58. Entdecke Lena, wie sie von Sabber-Leif vollgesabbert wird. Gerade ist er dabei, sie auf den Balkon zu locken. Bei minus fünf Grad!

23 Uhr 15. Bin auf dem linken Ohr taub.

23 Uhr 28. Bin auch auf dem rechten Ohr taub. Habe mich nur kurz umgedreht, um mir ein neues Glas Champagnerbrause zu organisieren. Seit dem trötet mir die Quietschkuh nun ins andere Ohr.

23 Uhr 35. Lena steht immer noch am Ausgang zum Balkon. Sie blickt sich um, als würde sie nach mir suchen. Sooo süß!

23 Uhr 38. Will winken, um Lena auf mich und meine hoffnungslose Lage aufmerksam zu machen, da greift Sabber-Leif ihr mit beherztem Griff um die Taille (!) und versucht, sie hinauszuzerren. Hoffe, ihm wird sein Gesabber zu Eiszapfen gefrieren!

23 Uhr 58. Will den beiden hinterherstürmen, um Lena vor dem Kältetod zu retten und den Gucci-Idioten ganz nebenbei mit meinen durchtrainierten Armen bekannt zu machen, da klatscht die Quietschkuh neben meinem Mittelohr den Gipfel dieses Horrorabends herbei.

24 Uhr. Nikolaus!

24 Uhr 01. Mist! Habe kein Geschenk für Lena. Werde deshalb von schätzungsweise acht Lena-Bewunderern kalt lächelnd im Galopp überholt. Neben Sabber-Leif entpuppen sich jetzt auch noch Halstuch-Stefan (bin sehr froh, dieses modische Accessoire weggelassen zu haben), Nickelbrillen-Sascha, Lackschuh-Lars und Gelfrisur-Robert als Lena-Fans.

24 Uhr 11. Die Dame unseres Herzens bekommt von Lackschuh-Lars eine Karte für die Weihnachtsoperette (nicht schwer zu erraten, wer die zweite Karte innehält) geschenkt.

24 Uhr 15. Halstuch-Stefan überreicht Lena ein Parfum.

24 Uhr 22. Nickelbrillen-Sascha zückt eine Doppel-CD von Norah Jones.

24 Uhr 36. Gelfrisur-Robert wartet mit einem Bildband über die hippsten Hotels in Tokio auf.

24 Uhr 55. Sabber-Leif schießt den Vogel ab. Mit einem – für meinen Geschmack zu weit in die Mitte verrutschten – Kuss überreicht er Lena eine Schmuckschatulle, in der sich, politisch korrekt und treffsicher ausgesucht, ein schmaler silberner Armreif mit eingravierter Nummer befindet. Mit diesem Armreif unterstützt man die Nelson-Mandela-Stiftung. Und sieht gut aus.

1 Uhr. Finde, ich sehe dagegen ganz schön alt aus. Trinke von diesem Moment an meinen Champagner direkt aus der Flasche.

1 Uhr 15. Lena äußert sich nicht zum fehlenden Nikolausgeschenk. Wohl aber zu meinem Alkoholpegel. «Liebling, wollen wir vielleicht nach Hause? Ich glaube, du bist Champagner einfach nicht gewohnt. Und außerdem», sie macht eine Pause, in der sie mich mitleidig ansieht, «müssen wir ja morgen alle wieder arbeiten.»

1 Uhr 18. Überlege, ob Lenas mitleidiger Blick mir, meinem

Job oder meinen zugequietschten Gehörgängen gegolten hat, komme aber zu keinem Ergebnis. Gerade als ich angesichts unserer bevorstehenden Heimfahrt erleichtert aufjauchzen will, mischt Armreif-Leif sich ein. Er wittert seine Chance auf traute Zweisamkeit mit der umschwärmten Kollegin und bietet an, mich im Taxi abzuschieben. So könne Lena den wunderbaren Abend noch ein wenig genießen und ganz nebenbei ihren neuen Armreif schon mal ein wenig ausführen. Denn dafür würde sie ja wohl in Zukunft, an meiner Seite, nicht ausreichend Gelegenheit haben. (Okay, das hat er *so* nicht gesagt, aber gemeint. Ich bin ja nicht blöd!) Ich kotze nicht, sondern willige ein.
1 Uhr 33. Sitze im Wagen nach Hause und wünsche mir nichts sehnlicher, als diesen Abend ungeschehen zu machen.

Muss leider zugeben, dass Weihnachtszeit sich irgendwie nicht nach meinem Geschmack entwickelt. Habe zum ersten Mal eine Ahnung, was Heike mit ihrer düsteren Prognose gemeint haben könnte. Wenn man sich am Nikolaustag schon so übermenschlich ins Zeug legen muss, besteht wenig Hoffnung, dass ich den Heiligen Abend unbeschadet überstehe.

Fühle mich immer noch hundeelend. Glaube, ich habe eine Champagner-Allergie. Oder eine Gucci-Allergie. Eventuell sind es auch die Vorboten eines Hörsturzes, wer weiß. Jedenfalls hat sich mein Zustand seit heute Morgen rapide verschlechtert. Bemerke jetzt zusätzlich ein Ziehen in der Körpermitte und rufe deshalb bei Jens an, der daraufhin einen Kommilitonen befragt, der mir daraufhin ein nervöses Leberleiden ferndiagnostiziert. Frage nochmal bei Jens nach, ob der Typ auch wirklich Medizin und nicht etwa Soziologie studiert, aber dieses Mal ist Jens sich sicher.
16 Uhr 11. Kann mich endlich dazu durchringen, *nervöses Leber-*

leiden zu googeln und stelle fest, dass die Krankheit unheilbar ist und man eines kurzen, aber qualvollen Todes sterben wird. So kurz und so qualvoll, dass es nicht mal jemand geschafft hat, in einem der vielen Foren über seinen Krankheitsverlauf zu berichten. Vermutlich hat seine verbliebene Lebenszeit nicht mehr ausgereicht.

17 Uhr. Anruf bei Lena in der Kanzlei. Will sie – behutsam, aber nichts beschönigend – von meinem bevorstehenden Ende in Kenntnis setzen. Sie geht aber nicht ran. Vorzimmertussi, auf die das Gespräch nach sieben Klingelzeichen umspringt, behauptet, Lena sei in einem Mandanten-Meeting.

17 Uhr 13. Vorzimmertussi meint, das Meeting gehe etwa noch eine halbe Stunde. Glaube, sie lügt.

17 Uhr 43. Vorzimmertussi hat keine Erklärung dafür, dass das Meeting, das laut ihrer Aussage nur noch eine halbe Stunde dauern sollte, immer noch in Gang ist. Sie vertröstet mich und sagt, sie würde Lena bitten, mich zurückzurufen, sobald die Besprechung vorbei ist.

18 Uhr 09. Vorzimmertussi hat definitiv gelogen. Meeting ist vorbei, und Lena ist zu Hause. Vorzimmertussi auch, weshalb ich Lackschuh-Lars an der Strippe habe (der mit den Operettenkarten, das höre ich sofort an seiner Stimme). Er behauptet, Lena hätte schon seit einer Dreiviertelstunde Feierabend.

18 Uhr 41. Rufe bei Lena zu Hause an, und auf einmal wird mir alles klar: Sie ist mit Sabber-Leif unterwegs, um ihren silbernen Armreif auszuführen. Nach kurzer, aber gründlicher Überlegung scheint sie zu dem Schluss gekommen zu sein, dass reicher Sabberfreund im Gucci-Kostüm doch besser zu ihr passt als supersüßes Weihnachtsgreenhorn, dem die Facetten seiner vielschichtigen Persönlichkeit selbst noch nicht bekannt sind. Und das noch dazu todkrank ist.

19 Uhr 17. Wie kann sie nur so oberflächlich sein? Ich meine, wer Geld spenden will, der tut das doch im Stillen und verschenkt nicht mit lautem Getöse und schleimigem Gesabber silberne Armreife! Da müsste eine Unterstützerin erzgebirgischer Volkskunst doch eigentlich von selbst draufkommen!
19 Uhr 25. Jens meint, das dürfe man so nicht betrachten. Frauen wären eben so. Unberechenbar. Aber vermutlich sei Lena nur beim Sport.
20 Uhr. Bin medizinisches Wunder! Habe Leberleiden besiegt und gehe mit Jens zum Squash.

7. Dezember, Donnerstag

Bin vollständig genesen und fühle mich besser denn je!

Heike erzählte heute Morgen, dass Lena gestern zweimal angerufen hat. Zweimal! Dummerweise hat Heike ihr aber verklickert, dass es mir sehr schlechtgeht und man mich auf keinen Fall stören darf, da ich möglicherweise einen Schlaganfall hätte und Männer in meinem Alter so etwas nur überleben, wenn sie absolute Ruhe hätten. Blöde Kuh!

Warte ab, bis Heike zum Kunden muss, und rufe bei Lena in der Kanzlei an. Muss mich zum Glück weder mit lügender Vorzimmertussi noch mit Operettenkarten-Lackschuh-Lars herumschlagen, denn die tollste Frau der Welt ist direkt dran.

«Mein Gott, Flo, geht es dir besser? Ich habe mir ja schon solche Sorgen gemacht!»

Wie süüüüß!!!

«Also, na ja, das war doch alles halb so wild.»

«Halb so wild? Einen Schlaganfall nennst du halb so wild? Deine Kollegin sagte gestern, der Arzt hätte gemeint, du wärst dem Tod nur knapp von der Schippe gesprungen und ich solle dich deshalb auch auf keinen Fall anrufen.»

Ich glaub es ja wohl nicht. Heike, die Schlange!

«Äh, ja, zum Glück war es wohl nur ein ganz leichter Schlaganfall. Bisschen zu viel Stress.» Und zu viel Gucci.

«O Gott, ja! Alles meine Schuld! Das waren ja auch alles Fremde für dich, und ich hatte keine Zeit, mich ausreichend um dich zu kümmern. Da war aber auch was los!»

Denke spontan, dass sie aber offenbar ausreichend Zeit hatte, sich von Leif vollsabbern zu lassen, sage aber nichts dazu. Sie ist auch noch nicht fertig mit mir.

«Und dann noch das fehlende Nikolausgeschenk.»

Zucke zusammen und will gerade damit loslegen, dass es mir unendlich leidtäte, kein Geschenk für sie gehabt zu haben, dass ich diesen Tag aber, im Grunde genommen, auch nicht so wichtig fände, schließlich läge Weihnachten ja noch vor uns und da würde man sich ja ohnehin noch etwas schenken. Doch sie unterbricht mich.

«Nein, Flo, sag jetzt nichts. Ich wurde von meinen Kollegen dermaßen beansprucht, dass ich nicht dazu gekommen bin, dir dein Geschenk zu geben. Das ist unverzeihlich! Aber jetzt musst du erst mal wieder vollständig gesund werden.»

«Also eigentlich fühle ich mich schon wieder sehr gut.»

«Wirklich?»

«Wirklich! Ich könnte Bäume ausreißen.»

«Ach, toll. Wollen wir dann vielleicht morgen Abend gemeinsam ins Kino gehen? Ich besorge die Karten. Und am Abend bekommst du dann auch dein Geschenk. Versprochen!»

«Tja, äh … und du bekommst deins.»

«Ach, Flo, du bist sooo süß!»

Scheiße, Scheiße, Scheiße! Im Geiste hämmere ich mit dem Kopf auf die Tischplatte. Mist! Jetzt kann ich losziehen und ein Nikolausgeschenk kaufen. Irgendetwas in der Größenordnung zwischen einem Brillantring und einer Kreuzfahrt.

15 Uhr 30. Kann eher Feierabend machen und gehe sofort auf die Suche nach Geschenk. Keine Chance. Will mich finanziell nicht schon am Anfang des Monats verausgaben, immerhin muss ich mich zum Heiligen Abend ja noch steigern.

Fahre auf dem Heimweg deshalb noch schnell im Secondhandladen vorbei, um zu fragen, ob ich Lederhose zurückgeben kann. Der Typ, der dort arbeitet meint aber, dass ginge nicht, schließlich hätte ich sie ja getragen. Was ist denn das bitte schön für eine Logik? Bekomme Ärger, als ich ihn kleinkarierten Verkäuferspießer nenne. Er sei der Inhaber und ich ab sofort der, der Hausverbot hätte.

16 Uhr 41. Habe immer noch keine Idee für Nikolausgeschenk. Bin ziemlich gestresst. Hoffe, ich bekomme keinen Schlaganfall. Fühle mich aufgrund missglückter Party und Gucci-Konkurrenz extrem unter Druck. Werde mich von nun an mehr ins Zeug legen müssen, damit Weihnachten für Lena zu einem unvergesslichen Erlebnis wird.

18 Uhr 01. Immer noch kein Geschenk.

18 Uhr 55. Immer noch kein Geschenk, weiß aber zumindest schon mal, was ich nicht will: Irgendetwas, das den Rückschluss zulässt, ich hätte es auf den letzten Drücker erstanden!

20 Uhr. Mist! Die Läden schließen schon! Was ist denn das für ein Käse, ist das auch neu?! Ausgerechnet jetzt, wo ich endlich zwei Geschenkideen in der engeren Auswahl habe:

1. Erzgebirgischer Holzengel in Lederhose
2. Erzgebirgischer Holzengel im Gucci-Kostüm

20 Uhr 12. Verwerfe beide Geschenkideen wieder, da sie mir nicht exklusiv genug sind. Ich meine, ich trete immerhin gegen eine Operettenkarte (28 €), ein Buch über die hippsten Hotels (25 €), eine Doppel-CD (32 €) und einen silbernen Armreif (185 €) an. Die muss ich alle toppen, was wiederum am einfachsten wäre, wenn ich ein Geschenk im Gesamtwert von 270 € auftreiben könnte. Andererseits erscheint mir das kaltblütig geplant und lässt den Rückschluss zu, ich hätte mein Nikolausgeschenk erst NACH besagtem Geburtstagsabend besorgt. Harrr, verzwickt.

21 Uhr 45. Schon im Bett! Bin komplett erledigt und heilfroh, dass ich bald zwei Drittel der Weihnachtszeit geschafft habe. Bei dem Wirbel, den Lena bereits jetzt in meinem Leben verursacht, kann ich von Glück sagen, wenn ich die Feiertage überhaupt noch erlebe.

Habe zwar noch keine Geschenkidee, dafür aber – aufgrund von Invasion intellektueller Jura-Jünger – neu durchdachte Vorschläge für die exquisite DVD-Sammlung. Hier die modifizierte Liste:

1. Die Weihnachtsgeschichte im christlichen Kulturraum, anschließende Diskussion mit dem Regisseur sowie Aufzeigen widersprüchlicher Erzählungen der Evangelisten Lukas und Matthäus
2. Weihnachten – mehr als nur literarische Fiktion? Auf den Spuren des Ammergauer Archäologen Alfons Elsensohn
3. Weihnachten kritisch hinterfragt. Folgende Themen werden behandelt: War die Volkszählung rechtmäßig? Würden Geschenke wie Weihrauch und Myrrhe im Sinne der Steuergesetzgebung heute unter geldwerten Vorteil fallen? Hausgeburt im Stall – wieder im Trend?

8. Dezember, Freitag

Heike meint, ich sollte Lena ehrlich sagen, dass ich kein Nikolausgeschenk für sie habe. So etwas käme immer am besten. Außerdem wäre es in meinem Fall ohnehin die authentischste Lösung, da ich, Heikes Meinung nach, lieber gleich klarstellen sollte, dass ich ein stieseliger Kauz bin, der mit Festtagen nichts am Hut hat und sich außer dem Geburtsdatum von Bill Gates ohnehin keine Termine merken kann. Ich finde, dass das eine Unverschämtheit ist, die noch dazu jeglicher realistischen Grundlage entbehrt. Zumal Heike sehr wohl weiß, dass ich gerade selbst erst im Begriff bin, die vielen Facetten meiner Persönlichkeit zu entdecken. Mit Sicherheit stoße ich dabei auch bald auf den Wunsch, mir wichtige Termine zu merken. Und auf ein außergewöhnliches Geschick, das richtige Geschenk zum richtigen Anlass zu finden.

17 Uhr 30. Ja, ja, jaaaaaaaaaa!

Bin auf dem Weg zwischen Arbeit und Treffpunkt mit Lena in der Hamburger Innenstadt auf einen Feinkostladen gestoßen, in dem es pinkfarbene Rentiere aus Schokolade gibt. Kaufe ein riesengroßes für 45 € und glaube, damit auf der sicheren Seite zu sein.

10. Dezember, Samstag

Rentier kam super an! Vor allem deshalb, weil ich vergessen hatte, das Preisschild abzuziehen, und es am Ende des Kinoabends das Einzige war, das man noch identifizieren konnte. Rentier hatte sich leider in pinkfarbenen Stanniolbrei verwandelt, was Lena aber trotzdem «supersüß!» fand.

Ansonsten war Abend die Hölle. Habe ich neulich gesagt, Lena würde Wirbel verursachen? Sie ist ein Orkan! Sind gestern noch vor dem Filmstart mit Windstärke zwölf durch acht (!) Läden getobt, um einen Wasserkocher mit Zeitschaltuhr (!) zu besorgen, den Lenas Schwester auf ihrem Weihnachtswunschzettel (!) vermerkt hatte. Leider wurde besagter Kocher nur sehr unzureichend beschrieben, sodass Lena nach einer Dreiviertelstunde vergeblichen Suchens in Panik geriet und am liebsten nicht mehr ins Kino, dafür aber noch schnell auf die Jagd nach einem Geschenk für ihre Oma gehen wollte. Damit sie am Ende des Tages wenigstens ein Geschenk vorzuweisen hätte. Meinen Einwand, Weihnachten sei doch erst in zwei Wochen und somit bliebe noch ausreichend Zeit zum Shoppen, quittierte die pflichtbewussteste Frau der Welt mit einem sirenenartigen Aufjaulen. Im Nachhinein betrachtet, kann ich das sogar verstehen. Schließlich habe ich gerade erst am eigenen Leib erfahren müssen, wie stressig Geschenkekauf sich anfühlt, wenn man glaubt, unter Zeitdruck zu stehen.

Und hätte ich zu diesem Zeitpunkt bereits gewusst, dass mich im Kino eine Komödie mit Til Schweiger erwartet, hätte ich Lena unter allen Umständen zum Weitershoppen geraten. Dummerweise waren Kinokarten schon gekauft, sodass wir Shoppingtour rechtzeitig abbrachen, um – zwar nach verpasstem Werbevorspann, aber pünktlich zum Film – schweißgebadet im Kino zu sitzen. Film war furchtbar, aber Lena fand's großartig. Heuchele Begeisterung und hoffe insgeheim, dass sie sich nicht in Til Schweiger verliebt hat.

Bekam später am Abend noch mein Nikolausgeschenk: Das Buch zum Film. Lena meinte, das wäre viel besser.

Sooo süß!

14 Uhr 12. Habe gerade meine Trainingshanteln aus dem Keller geholt, da ich morgen mit Lena Tannenbaumschlagen gehe und deshalb meine zwar recht ansehnlichen, aber leider über den Winter etwas vernachlässigten Oberarme auf die bevorstehende Kraftanstrengung vorbereiten möchte.

14 Uhr 48. Bin topfit! Kann mit den Hanteln jonglieren wie andere mit Stofftieren und fühle mich dem morgigen Tag mehr als gewachsen.

16 Uhr 37. Gehe mit Jens zum Squash, damit ich morgen auch konditionell topfit bin.

20 Uhr 10. Wieder zu Hause. Bin in Bestform und kann morgigem Tag gelassen entgegensehen.

20 Uhr 15. Eventuell waren drei Stunden Squash doch ein bisschen viel. Immerhin habe ich vor drei Wochen erst mit diesem Hobby angefangen. Jetzt zittern mir die Hände, und ich habe Schwierigkeiten, die Programmknöpfchen der Fernbedienung zu drücken.

21 Uhr 23. Sage Biertrinken mit Jens ab, da ich beim Stehen Probleme habe, die Beine durchzudrücken. Lasse mir stattdessen heißes Bad ein.

21 Uhr 58. Liege nach anfänglichen Einstiegsproblemen in der Wanne und fühle, wie meine Muskeln sich entspannen. Es war die richtige Entscheidung, zu Hause zu bleiben!

22 Uhr 36. Es war die falsche Entscheidung, in die Wanne zu steigen. Versuche seit zehn Minuten vergeblich aufzustehen, aber meine Muskeln sind noch im Entspannungsmodus. Werde einfach noch ein bisschen warten.

22 Uhr 55. Lasse heißes Wasser nachlaufen, da Muskeln immer noch im Entspannungsmodus. Mir wird langsam kalt.

23 Uhr 15. Muskeln immer noch auf Entspannungskurs.

23 Uhr 35. Habe Kribbeln im rechten Bein, was bedeutet, dass

Muskeln vom Entspannungsmodus direkt in den Schlafmodus übergegangen sind. Werde sie mit kaltem Wasser zum Aufwachen zwingen.

23 Uhr 55. Liege seit zwanzig Minuten in der eiskalten Wanne, aber Muskeln schlafen nach wie vor. Bin auch sehr müde, kann aber vor Kälte nicht einschlafen. Lasse wieder heißes Wasser zulaufen.

2 Uhr 32. Schrecke hoch, weil mein Handy klingelt. Springe aus der Wanne und renne ins Wohnzimmer. Muskeln verlassen mich etwa in Höhe der Badezimmertür. Knalle auf den Boden, robbe Richtung Sofa, wo mein Handy liegt, und decke mich mit herumliegendem Wintermantel zu. Jens ist dran. Er lallt schon etwas und will wissen, ob ich noch ins Astra Eck komme, um mit ihm und seinen Kumpels Dart zu spielen. Ich erinnere ihn daran, dass ich morgen eine Tannenbaumschlagen-Verabredung habe, zu der ich fit und ausgeruht erscheinen möchte. Er nennt mich Spießer, was ich bei Gelegenheit auszudiskutieren gedenke. Dann legen wir auf. Erschrecke, als ich einen Blick auf meine Hände werfe: Sie sehen aus, als hätte ich die letzten vier Stunden in Salzsäure gebadet.

10. Dezember, Sonntag, 2. Advent

10 Uhr 35. Werde vom Handyklingeln geweckt. Lena ist dran und will wissen, wo ich bleibe. Schaue panisch auf die Uhr und stelle fest, dass ich bereits vor einer halben Stunde bei ihr sein wollte. Liege dummerweise immer noch nackt und mit Schrumpelfingern unter meinem Wintermantel.

18 Uhr 35. Hatte mir Tannenbaumschlagen nicht nur romantischer, sondern vor allem unkomplizierter vorgestellt. Und ungefährlicher. Liege mit verstauchtem Knöchel, blauem Auge und aufkommender Erkältung bei Lena auf der Couch und kann mich nicht entscheiden, welchen Knochen ich Sabber-Leif als Erstes brechen werde, falls ich mich je wieder erhole.

Aber der Reihe nach: Traf gegen 11 Uhr 20 mit meinem Mini bei Lena ein, um sie abzuholen. Trotz Verspätung war sie überaus verständnisvoll, was vielleicht damit zusammenhängen könnte, dass ich ihr erzählt habe, Verspätung läge an spontanem Besuch meiner Familie (Mutter, Vater, Bruder). Hätte alle Schlafplätze für die Nacht abgetreten, sodass ich selbst in der Badewanne schlafen musste (was ja nicht wirklich gelogen war) und deswegen heute Morgen schlecht hochkam. Lena schlug daraufhin sogar vor, Tannenbaumschlagen abzusagen, damit ich bei meiner Familie sein kann. Sooo süß! Habe natürlich abgelehnt. Meine Familie sei nur auf der Durchreise bei mir gewesen (wollte eigentlich nach Holland, wo eine entfernte Tante lebt, die Hilfe beim Umzug benötigt).

Auf der Autobahn in Richtung Lüneburger Heide bekam Lena plötzlich glasige Augen. «Hach, dieser Familienzusammenhalt, gerade jetzt, in der dunklen Jahreszeit – das ist einfach etwas ganz Wunderbares! Nur, äh … heißt das … du wirst an Heiligabend auch nach Holland fahren?»

Sooo süß! Klang, als hätte sie Angst um unser gemeinsames Fest.

«Nein, nein, natürlich nicht!»

«Aber wollt ihr denn das Weihnachtsfest nicht mit der gesamten Familie begehen?»

«Ach so, nein. Meine Eltern kommen bereits Ende der Woche zurück aus Holland und verbringen Weihnachten zu Hause. Also … äh … im Sauerland.»

«Im Sauerland?? Ach so. Das heißt dann, dass du Heiligabend

ins Sauerland fährst?» Hätte schwören können, einen Anflug von Panik in Lenas Augen erkannt zu haben. Sie konnte ja nicht wissen, dass ich die Feiertage mit ihr bereits generalstabsmäßig durchgeplant habe. Nicht nur was die exquisite DVD-Auswahl anbelangt.

«Nicht doch, Süße. Jetzt bist du doch sozusagen meine Familie. Ich bleibe natürlich hier.» Konnte beobachten, wie Lena erleichtert nickte, und bekam warmes Gefühl in der Magengegend. Die tollste Frau der Welt möchte unbedingt gemeinsam mit mir Weihnachten feiern! Superglücklich!

Beeilte mich dann, das Gespräch wieder von meinen Eltern weg auf das bevorstehende Ereignis Tannenbaumschlagen zu bringen. Dabei erfuhr ich, dass wir nicht allein und romantisch durch den Wald stapfen würden, wo ich – auf mich gestellt und nur mit der Kraft meiner Oberarme und der Liebe in meinem Herzen – der Angebeteten einen Baum zu Füßen legen würde, sondern dass die Aktion offenbar anders geplant war. So anders, dass ich gut daran getan hätte, sofort wieder umzukehren.

Ein Mandant der Kanzlei lädt jedes Jahr traditionell zu diesem geselligen Ereignis ein, bei dem, laut Lena, das eigentliche Tannenbaumschlagen gar nicht so sehr im Vordergrund stünde, sondern vielmehr das gesellige Beisammensein. Bei Glühwein- und Bratwurstverkostung – ein echtes Erlebnis!

Erste Zweifel, die Geselligkeit des bevorstehenden Tages betreffend, kamen mir, als wir am Zielort auf den hoffnungslos überfüllten Parkplatz einbogen. Und als Lena dann mit freudig erregter Stimme und erhobenem Zeigefinger auf einen Porsche Cayenne deutete und «Guck mal, Leif ist auch schon da» zwitscherte, ~~kamen mir die Tränen~~ wurde mir regelrecht schlecht.

Dann ging auf einmal alles sehr schnell. Sabber-Leif und die

Gucci-Jünger (die heute laut aufgesticktem Wappen am Jackett *Ralph Lauren* trugen) erwarteten uns (Lena) bereits und hatten auch schon einen fachmännischen Blick auf den Tannenwald geworfen. «Rechts rüber, da sind die *Nordmanntannen*. Ihr wollt doch eine *Nordmanntanne*, oder?»

«Ja, wollen wir, nicht wahr, Flo?», flötete die tollste Frau der Welt, ließ mir aber keine Zeit für eine Antwort. Hätte mich gern als Baumkenner vor dem Herrn geoutet. *Wieso Nordmann? Wie lauten die Alternativen? Wie verhält sich das kostenmäßig, und wäre es nicht umweltfreundlicher, einen Plastikbaum zu besorgen, den man die kommenden zwanzig Jahre benutzen kann?*, waren bloß einige der Fragen, die ich mir deshalb nur im Stillen stellte.

«Äh, ja. Klar. Nordmann. Was denn sonst», sagte ich stattdessen und fühlte, wie in mir langsam die Galle überkochte.

«Also dann, los geht's! Ihr seid ja mächtig spät dran. Nicht, dass wir am Ende keinen guten Baum mehr abbekommen!»

Überlegte daraufhin, ob man wohl in der IT-Branche tätig sein muss, um errechnen zu können, dass Tannenbaumfelder bis zum Horizont geteilt durch etwa hundert parkende Wagen für jeden mehr als 4,5 Tannenbäume ergeben würden. Und warum, zum Geier, hatte der Sabberspacken nicht einfach schon angefangen, sein Holz zu hacken?

«Weißt du», setzte Leif, der Baumkenner, zu einer Erklärung an und legte mir dabei in Großvatermanier seinen Arm um die Schulter, «unsere süße Lena hat wegen ihrer kleinen Wohnung ja keine große Auswahl an gutgewachsenen Bäumen. Aber sicher hast du (großväterlicher Seitenblick zu mir) eine coole Wohnung, in der ihr einen richtigen Baum stellen könnt, nicht wahr?» Worauf du einen lassen kannst.

«Ach», machte die tollste Frau der Welt mit einem Seufzen mein Loftbesitzerimage zunichte, «Flos Wohnung ist leider auch nicht sehr viel größer als meine, aber sie ist besser geschnitten. Wir werden also schon etwas Passendes finden, nicht wahr, Schatz?»

Leider auch nicht viel größer? Bislang war es noch jeder Frau recht, wie ich wohne. Gut, es sind nur zwei Zimmer, aber ich wüsste auch ehrlich gesagt gar nicht, was ich mit mehr Platz machen sollte. «Natürlich finden wir etwas Passendes», knurrte ich betont zuversichtlich und schüttelte nebenbei Leifs Arm ab, der sich für meinen Geschmack zu dicht an meiner Kehle befand. Zu diesem Zeitpunkt hatte ich allerdings noch nicht einmal den Hauch einer Ahnung, wie schwer es werden würde, meiner Aussage Taten folgen zu lassen. Etwas anderes waberte nämlich noch tonnenschwer durch mein Unterbewusstsein. Kaum dass sich unser illustres Grüppchen aufteilen musste (Tannen für Lofts stehen links auf dem Acker, die für Zwergenbehausungen rechts), hakte ich bei *unsere süße Lena* nochmal nach: «Heißt das etwa, der Baum soll später in meiner Wohnung stehen?»

Lena starrte mich an, als hätte ich gefragt, ob Leif seine Tanne später zum Frischhalten in einen selbst vollgesabberten Eimer stellen wird. «Aber natürlich, mein Schatz! Wenn wir bei dir ein bisschen umräumen, dann ist dort in der Ecke, wo jetzt der Fernseher steht, ausreichend Platz. Du wirst schon sehen. Aber vor allem hast du einen Balkon, auf dem wir den Baum bis zum Heiligen Abend lagern können.»

Hatte nur wenig Zeit, mir Bedeutung der Worte *umräumen*, *Fernseher wegstellen* und *Balkonlagerung* genau durch den Kopf gehen zu lassen, denn Lena holte gleich darauf zum nächsten Keulenschlag aus: «Ich hatte ja schon Angst, dass du Heiligabend zu deinen Eltern ins Sauerland fahren willst. Dann hätten wir das Baumschlagen nämlich abblasen müssen.»

DAS also, wurde mir schlagartig klar, war der Grund für Lenas feuchte Augen. Sooo gemein!

Wurde in den folgenden drei Stunden von Lena mit Vollgas von Baum zu Baum gejagt. Und jedes Mal, wenn ich gerade die Säge ansetzen wollte, fiel ihr noch ein besser gewachsener Baum auf. Als wir trotz aller Unwegsamkeiten endlich unsere Tanne gefunden hatten, ich zum x-ten Mal an diesem Tag mit meinen Chucks in eine Matschpfütze getreten war und meine Schrumpelfinger bereits anfingen, Raureif anzusetzen, tauchte die Gucci-Gang wieder auf. Unter den fachmännischen Tipps von Leif, der offenbar einer kanadischen Holzfällerangeberdynastie entsprungen ist, sägte ich dann auf wackeligen Beinen den ersten Baum meines Lebens. Wie man dabei die Säge am besten hält, was der Unterschied zwischen gewellten, gestauchten oder sogenannten geschränkten Sägeblättern ist und warum eine Nordmanntanne anders behandelt werden muss als eine Blautanne, waren nur ein paar der Klugscheißertipps, die die Gucci-Gang losließ, wenn sie mich ausnahmsweise mal nicht halbherzig anfeuerten.

Gerade als ich noch dachte, dass es ohne die Quasselidioten durchaus etwas gehabt hätte, der Frau meines Herzens einen Baum zu jagen – fiel er endlich. (Der Baum, nicht der Quasselidiot.) Unter lautem Gejohle riss Leif die Tanne vom Boden hoch, drehte sich mehrfach damit um die eigene Achse und vollführte eine Art idiotisches Freudentänzchen. Bei seiner letzten Drehung schlug er mich dann k. o. Also genau genommen bekam ich nur die Tannenbaumspitze ins Gesicht, konnte deswegen aber kurzzeitig nichts sehen, trat auf eine Baumwurzel, knickte um und ging zu Boden. Tausend halbherzige Entschuldigungen und einen supersüßen Kuss von Lena später stapfte ich dennoch tapfer – mit tauben Fingern, nasser Hose und in Erwartung, dass nun endlich der gemütliche Teil des Tages beginnen würde, dem Bratwurststand entgegen. Aber Fehlanzeige. Leider bereits Feierabend! Kein Glühwein und keine Bratwurst. Dafür aber ewig andauerndes Festgezurre des Baums auf meinem Wagendach. Wie viele Kratzer der Lack dabei abbekommen hat, werde ich zum Glück erst morgen bei Tageslicht sehen können.

11. Dezember, Montag

Liege immer noch auf Lenas Couch und fühle mich, als würde das Salzsäurebad nun auch langsam meine Eingeweide zersetzen. Nase sondert unaufhaltsam Sekret ab, Füße spüre ich nur, wenn ich aufstehe, um zur Toilette zu gehen. Weil dann nämlich die Blase schmerzt, die ich mir beim stundenlangen Wandern im feuchten Schuh geholt habe. Mein linkes Auge ist so dick wie zwei Vanillekipferl, und die Schramme, die sich durch mein Gesicht zieht, hat etwas von einem Peitschenhieb. Will, dass Weihnachten ganz schnell vorbeigeht. Habe keine Ahnung, wie das mit dem DVD-Gucken über die Festtage wird, da ich erstens nur noch Umrisse erkenne und ich zweitens ja den Fernseher werde abbauen müssen, damit der Tannenbaum ein adäquates Plätzchen findet.

Bin dennoch sehr froh, dass ich bei Lena sein darf. Meine Wohnung wurde nämlich auf acht Grad heruntergekühlt, da wir dort ein Übergangslager für den Tannenbaum schaffen mussten. Balkon war dummerweise voll mit parkenden Fahrrädern, einer alten Waschmaschine und einem riesigen Bücherkarton von Jens, den er eigentlich längst abholen wollte.

Verbringe den Tag mit Zappen durchs Fernsehprogramm,

Schlafen oder Naseputzen. Gegen 18 Uhr kommt die tollste Frau der Welt von der Arbeit, was ein echtes Highlight ist. Bin zu diesem Zeitpunkt leider schon zu schwach, um sie noch richtig zu drücken. Lena sehr besorgt. Sagt, wenn es mir morgen nicht bessergeht, würde sie ebenfalls zu Hause bleiben und sich um mich kümmern. Hoffe sehr, dass dem so sein wird.

18 Uhr 42. Bin mir sicher, dass dem so sein wird, denn gerade hat es an der Tür geklingelt, und ich höre Leif durch den Türspalt sabbern. Bin mir sicher, dass die rücksichtsvollste Frau der Welt ihn nicht hereinbitten wird.

18 Uhr 44. Die rücksichtsvollste Frau der Welt und der rücksichtsloseste Mann der Welt kommen ins Wohnzimmer und setzen sich zu mir. «Guck mal, Flo, das hat Leif für dich mitgebracht. Ich dachte, du würdest dich bestimmt gern persönlich bei ihm bedanken.» Bekomme eine Flasche Brandy in die Hand gedrückt und versuche, sie nicht nach Leif zu werfen.

18 Uhr 49. Ich glaub es ja wohl nicht. Der Sabbertyp hat es sich auf MEINEM Fernsehsessel gemütlich gemacht und zaubert jetzt auch noch ein Geschenk für Lena aus seiner Angeberguccilederanwaltstasche. Habe ich etwa schon wieder einen weihnachtlichen Feiertag verpasst?

19 Uhr 05. Habe Brandy bereits zur Hälfte geleert. Kann das Gesabber nüchtern nicht ertragen. Dachte erst, Leif würde Lena heute vielleicht ein Fabergé-Ei überreichen, stellte dann aber fest, dass es sich um einen tannenbaumschlagenden Engel aus dem Erzgebirge handelt.

Könnte kotzen, verkneife es mir aber.

19 Uhr 10. Bekomme beim Kotzenverkneifen einen Hustenanfall, sodass Lena besorgten Blick in meine Richtung wirft und den Sabbertypen zum Gehen auffordert. Sieg!

22 Uhr 30. Verbringen wunderbar romantischen Abend zwischen Engelskapelle und Adventskranz. Immerhin: schon zwei Kerzen. Bald habe ich es geschafft!

12. Dezember, Dienstag

Lena kann sich nicht freinehmen, um mich zu pflegen, da sie ein wichtiges Meeting hat, das von Sabber-Leif kurzfristig angesetzt wurde. Zufällig hat er dabei vergessen, dass ich halbtot und pflegebedürftig bin. Kehre deshalb in meine gefrierschrankkalte Wohnung zurück und organisiere die Balkonentrümpelung.

Gegen 15 Uhr kommt Jens vorbei, um seinen Monsterkarton abzuholen. Am Telefon war er zunächst etwas ungehalten. «Mensch, Alter, was soll denn der Stress? Ich dachte, das wäre okay, wenn der da 'ne Weile steht.»

«Das war es ja auch. Aber diese Weile dauert nun schon eineinhalb Jahre an, und jetzt brauche ich den Platz.»

«Aha. Und wofür, wenn man fragen darf?»

«Für einen Tannenbaum.»

15 Uhr 22. Jens begutachtet Tannenbaum und attestiert mir eine Persönlichkeitsspaltung. Bin deswegen aber nicht beunruhigt, da er ja schon mit der nervösen Leber hammermäßig danebenlag. Verdonnere ihn stattdessen noch dazu, mit mir gemeinsam die Waschmaschine vor die Haustür zu tragen. Dort heften wir einfach einen Zettel dran: *Zu verschenken.*

17 Uhr 01. Beobachte, wie zwei dunkle Gestalten Waschmaschine in ihr Auto laden. Bingo! In Ottensen kann Recyceln so einfach sein!

19 Uhr 30. Widme mich wieder voll und ganz meiner Krankheit. Glaube, ich bleibe morgen noch zu Hause.

19 Uhr 32. Lena ruft an, um zu fragen, wie es mir geht. Und um zu fragen, ob ich mich fit genug fühle, morgen nach der Arbeit mit ihr gemeinsam auf den Weihnachtsmarkt zu gehen. Sage nicht, dass ich mich noch nicht fühle. Glaube nämlich, in den letzten zehn Minuten eine minimale, aber richtungsweisende Besserung festgestellt zu haben. Verabrede mich für 19 Uhr auf dem Weihnachtsmarkt.

13. Dezember, Mittwoch

Heike kann nicht glauben, dass ich Tannenbaumschlagen war. «Und du hast den Baum selbst abgesägt? Ich meine – du rufst mich zu Hilfe, wenn du ein Regal aufbauen willst, für das es sogar eine Anleitung gibt, aber den Baum dazu, den erlegst du eigenhändig?»

Erwähne nicht, dass mir der Baum nur bis zur Brust ging, und auch nicht, dass es sehr wohl eine Anleitung gab. Eine mündlich vorgesabberte Leif-Anleitung, die darin gipfelte, dass der Idiot den Baum sogar zum Auto geschleppt hat, was aber, genau genommen, nur wegen meiner temporären Erblindung der Fall war. Aber das sind Feinheiten, für die hat Heike ohnehin kein Ohr. Bringe sie stattdessen endgültig um den Verstand, indem ich ankündige, am Abend auf den Weihnachtsmarkt zu gehen.

14. Dezember, Donnerstag

Melde mich krank, da nervöses Leberleiden zurückgekehrt ist. Rechne mit meinem Ableben spätestens gegen 17 Uhr.

17 Uhr 15. Wieder eine Fehldiagnose. Das Krankheitsbild ist aber auch wirklich tückisch. Heike meinte, ich würde vermutlich an einer Glühweinintoleranz leiden. So etwas sei bei den meisten Männern angeboren, dafür könne ich also gar nichts. Verspreche ihr, nie wieder auf den Weihnachtsmarkt zu gehen, und fühle mich danach auch gleich ein bisschen besser.

Weihnachtsmärkte werden ohnehin überbewertet. Ich meine, ~~ich~~ es war so voll, dass man das Weihnachtsthema zwischenzeitlich komplett aus den Augen verlor. Musste außerdem ständig Angst haben, dass mir jemand entweder seine halbgare Bratwurst in die Kapuze stecken oder seinen Glühwein über die gerade abheilende Gesichtswunde kippen würde.

Und dann dieses Schlangestehen. Furchtbar. Ständig mussten wir für etwas anstehen. Als ginge es darum, die letzte Leberwurst vor dem Inkrafttreten eines weltweiten Fleischverzehrverbots zu ergattern. Haben insgesamt zwei Stunden angestanden, um Folgendes zu kaufen:

- Lapplandmütze mit passenden Handschuhen
- Seerose aus Kerzenwachs
- Gedicht auf einem Reiskorn
- aus alten Kaffeedosen gebastelten Lampenschirm
- Herrnhuter Weihnachtsstern.

Werde Lena bei Gelegenheit darüber aufklären müssen, dass sie sich nicht für jedes aussterbende Handwerk verantwortlich fühlen kann. Und dass es bei manchen Gewerken auch gar nicht so verkehrt wäre, falls sie aussterben.

15. Dezember, Freitag

Hatte ich erwähnt, dass meine Eltern gar nicht im Sauerland wohnen?

«Für Heiligabend habe ich dieses Jahr Truthahn geplant, du magst doch Truthahn, Flöhchen? Tante Helga hat mir von einem Rezept vorgeschwärmt, stell dir vor, das hat sie von ihrem letzten Urlaub aus den USA mitgebracht.»

Wenn meine Mutter am Telefon mal eine Pause macht, muss man direkt hineinsprechen, sonst kommt man nicht zu Wort. Leider kommen diese Pausen so unverhofft, dass mir meist nicht das einfällt, was ich eigentlich sagen möchte. «Ich dachte, die wären im Sommer in Amerika gewesen. Wer macht denn da Truthahn?»

«Ach, mein Dummerchen, sie hat sich natürlich ein Kochbuch mitgebracht.»

«Das hätte sie doch auch hier kaufen können.»

«So ein Quatsch. Das ist doch dann alles nicht original. Da gibt es haufenweise Übersetzungsfehler, und die vertun sich auch schon mal mit den Maßangaben.» Wusste gar nicht, dass meine Mutter so amerikabegeistert ist.

«Na ja, du wirst es dann schon sehen, am Heiligen Abend. Wird dir bestimmt schmecken. Ist mal was anderes als immer Ente oder Kartoffelsalat mit Würstchen.»

Pause. Jetzt muss ich es sagen, sonst komme ich in diesem Gespräch eventuell gar nicht mehr zu Wort. «Äh, Mama, das kommt jetzt vielleicht ein bisschen überraschend, aber ich werde die Weihnachtstage nicht zu euch kommen.»

Laaaaange Pause.

«Mama? Bist du noch dran?»

Ich höre, wie sie den Hörer verdeckt und mit gedämpfter Stimme ruft: «Gerhard? Kommst du bitte mal? Unser Sohn wird Weihnachten nicht mit uns verbringen!» Und dann zu mir: «Aber du weißt doch, dass dein Bruder mit seiner Frau nach Stockholm zu ihren Eltern fliegt. Das bedeutet, du feierst bei uns.»

«Mama. Ich bin zweiunddreißig Jahre. Ich habe eine Freundin und werde mit ihr feiern.»

«Bei IHREN Eltern?»

«Nein, natürlich nicht. Ganz allein. Zu Hause. Bei mir.»

«Aber dann könnt ihr doch vorher zu uns kommen!?»

«Das geht leider nicht.»

«Und warum nicht?»

«Weil ihr im Sauerland wohnt.»

«Aber das tun wir doch gar nicht!

«Ich weiß. Das ist ja das Problem.»

16. Dezember, Samstag

Die gute Nachricht ist: Lena hat schon alle Geschenke und ist entsprechend entspannt. Die schlechte Nachricht: Ich habe noch nicht einmal eine Idee für ein Lena-Geschenk und bin entsprechend unentspannt. Surfe deshalb im Internet und vertrödele wertvolle Zeit damit, die exquisite DVD-Sammlung noch einmal umzumodeln. Falls ich den Fernseher bis Weihnachten überhaupt wieder an den Start bekommen sollte. Neue Vorschläge:

- *Pinocchio* (wegen der Holzschnitzereien)
- *Schnitzen mit Wolfgang* (Grundkurs)
- *Die wunderbare Reise des Nils Holgersson* (wegen der Lapplandmützen)

Lena ruft an und fragt, ob ich Lust habe, mit ihr in die Stadt zu gehen. Sie bräuchte nur noch ein paar Kleinigkeiten, und wir könnten deshalb die weihnachtlich geschmückten Straßen und Geschäfte ganz entspannt genießen. Später wolle sie mich dann noch auf eine Bratwurst und einen Glühwein einladen, da mir das beim Tannenbaumschlagen ja entgangen sei.

Urgs, schon wieder Glühwein???

Stimme begeistert zu, auch wenn sich mir schon allein bei der Erwähnung des Wortes der Magen umdreht. Was finden Menschen nur an diesem Zuckerwasser? Das Zeugs schmeckt, als hätte man eine Tüte *Nimm*-2-Bonbons in Fensterreiniger aufgelöst. Entsetzlich.

22 Uhr irgendwas. Glaube, ich liege auf meinem Bett, aber sicher bin ich mir nicht. Die Toilette, in die ich eben gekotzt habe, kam mir jedenfalls irgendwie bekannt vor. Lena sitzt im Wohnzimmer und sieht *Tatsächlich Liebe*. Eine Komödie mit Hugh Grant, der auf meiner Beliebtheitsskala ein immerwährendes Duell mit Til Schweiger führt. Und zwar um den letzten Platz. Verstehe nicht, was Frauen an Hugh Grant finden. Der Mann hat den Charme eines mit Frischzellen vollgepumpten, hundertjährigen Rauhaardackels. Genau wie Til Schweiger, nur entspricht der eher einem gebotoxten Beagle. Stehe auf, um eine Kopfschmerztablette zu nehmen, lege mich wieder ins Bett und versuche Folgendes nicht zu denken: Wie kann Lena, die tollste Frau der Welt, mit MIR zusammen sein, aber gleichzeitig auf

- erzgebirgische Orchesterengel
- Lapplandmützen
- seerosenförmige Kerzen
- Lampen aus alten Kaffeedosen
- silberne Armreife mit Nummern drauf
- Glühwein und
- Hugh Grant stehen?

Und was noch viel schlimmer ist: Wie soll man es aufgrund dieser Vorlieben schaffen, der Frau ein wirklich tolles Weihnachtsgeschenk zu machen? Aber was mir wirklich unlösbar erscheint: Wieso nur lasse ich mich regelmäßig dazu hinreißen, Glühwein zu trinken, obwohl ich den weder mag noch vertrage? Und wo werde ich den Fernseher unterbringen, wenn erst einmal der Tannenbaum steht?

Bin sehr verzweifelt und ziehe in Erwägung, Kaminromantik und DVD-Gucken sausenzulassen und Weihnachten stattdessen bei meinen Eltern im Sauerland zu verbringen.

17. Dezember, Sonntag, 3. Advent

Bin im Laufe des Abends noch auf ein weiteres Problem gestoßen: Habe gar keinen Kamin! War mir so noch nicht bewusst. Aber nun, da es einmal zu Ende gedacht ist, glaube ich, in meiner Kindheit verflucht worden zu sein. Ja, ein regelrechter Weihnachtsfluch wurde anscheinend über mir ausgesprochen. *Niemals sollst du ein unkompliziertes, stressfreies und gut organisiertes Weihnachtsfest erleben, an dem du deine Freundin und deine Familie durch innovative Geschenkideen, ungeteilte Aufmerksamkeit und ungebremste Weihnachtseuphorie glücklich machst.* Etwas in der Art muss es gewesen sein, das sich eine böse Hexe (vermutlich im Suff) für mich ausgedacht hat.

Na ja. Lena, die von Fluch zum Glück nichts ahnt, hat sich gestern jedenfalls noch rührend um mich gekümmert. Zwar erst, als sie mit Hugh Grant fertig und ich längst eingeschlafen war, aber ich konnte es spüren. Fühle mich heute wunderbar erholt und bereit für den dritten Advent. Kaufe Brötchen zum Frühstück, zünde die dritte Kerze am Adventskranz an und fühle mich bereits wie ein Weihnachtsprofi. Eventuell war das mit dem Fluch doch ein kleines bisschen Schwarzmalerei.

Draußen schneit es, was in meinen Augen ein guter Grund ist, um nach dem Frühstück wieder ins Bett zu gehen. Lena sieht das anders.

«Das geht leider nicht, mein Schatz. Du weißt doch, wir haben diesen Termin mit meinen Eltern.»

«Mit deinen Eltern? Einen Termin? Und davon weiß ich?»

«Natürlich. Habe ich dir gestern erzählt.»

Wohl zwischen dem vierten und fünften Glühwein.

«Wir treffen sie an der Michaeliskirche.»

«In einer Kirche??? Warum in einer Kirche?»

«Nicht in irgendeiner Kirche. Am Michel! Schatz, erinnerst du dich wirklich nicht mehr? Der Weihnachtsbasar. In der Krypta. Direkt unter der Kirche. Meine Eltern haben dort einen Stand.»

Bin sehr überrascht, womit manche Menschen ihr Leben vertun. Lenas Eltern verkaufen auf dem Weihnachtsmarkt selbstgemachte Lebkuchenhäuser. War ja klar, dass die tollste Frau der Welt nicht von schlechten Eltern ist. Aber Lebkuchenhäuser? Und dann noch selbst gemacht?

Habe den letzten Bissen Brötchen noch nicht heruntergeschluckt, da mahnt Lena bereits zur Eile. «Wir sollten nicht zu spät kommen, dann wird es so voll. Soll ich dir ein Hemd bügeln?»

«Wozu ein Hemd?»

«Na ja, es ist Sonntag, und wir gehen in eine Kirche.»

«Ich dachte, wir gehen unter die Kirche.»

«Das ist für meine Eltern vermutlich dasselbe.»

Finde ja, zwischen *über* und *unter* besteht ein himmelweiter Unterschied, das lernt man ja bereits in der «Sesamstraße», aber gut. Will Eltern der tollsten Frau der Welt nicht verärgern und mache mich auf die Suche nach einem Hemd. Also *dem* Hemd. Das Hemd, das ich zur Konfirmation meines Bruders anhatte, der jetzt bereits 28 ist.

Bin sehr aufgeregt wegen Konfrontation mit kirchlichen Eltern, nicht zuletzt deswegen, weil ich weder bibel- noch kirchenfest bin.

22 Uhr 51. Wieder zu Hause. Sehr aufgewühlt wegen Kirchenbasar. Also, genau genommen nicht wegen Basar, sondern wegen Lenas Eltern. Und wegen Weihnachten.

Bin außerdem ein Riesenscheißlügner, aber der Reihe nach.

Weiß jetzt, warum Lena die pflichtbewussteste Frau der Welt ist. Hat sie von ihren Eltern geerbt. Ihr Vater, ein frisch pensionierter Silberkopf, ist perfekte Mischung aus kolumbianischem Drogenfahnder und weltberühmtem Hirnchirurgen. Langweilt sich jetzt schon und lässt deshalb auf Kirchenbasar den Chef raushängen. Strahlt eine Autorität aus, die mir Angst macht. Und die mich augenblicklich in die Arme von Lenas Mutter flüchten und mich ihr hemmungslos ausliefern ließ. Sie ist Typ Lady Di, nimmt alles mit einem Lächeln, ist aber eigentliches Familienoberhaupt. Zwanzig Minuten nach unserem Kennenlernen stand ich auch schon mit der Lady Di des Kirchenbasars hinter mit Plauener Spitzendeckchen dekoriertem Tapeziertisch und verkaufte selbstgebaute, selbstbemalte und selbst in Zellophan verpackte Lebkuchenhäuschen, die noch dazu allesamt mit einem selbstgeschriebenen Weihnachtsspruch versehen waren. Flunkerte mich durch den Nachmittag, indem ich vorgab, folgende Dinge gehörten zu mir wie die Luft zum Atmen:

- regelmäßiges Sprechen von Tischgebeten vor den Mahlzeiten
- Mitgliedschaft in den Vereinen CVJM, Rettet die Bad

Salzuflener Kreuzkirche und dem Melsungener Weihnachtsmarktkomitee.
- ehrenamtliche Mitarbeit bei der Johanniter Unfallhilfe und den Hammelburger Domkatzen (erfunden) und den freiwilligen Alkoholikern (war ein Versprecher, hat aber keiner gemerkt)

Geflunker ging leider ziemlich bald nach hinten los. Als Lenas Drogenfahnder-Vater mit seiner Tochter von einem chefmäßigen Kontrollgang über den Basar zurückkehrte, trug Lady Di mein erfundenes Sozialengagement ihrem Mann vor und verhängte damit augenblicklich die Todesstrafe über mich. «Mein Junge», befahl der Silberschopf, «du kommst Weihnachten zu uns. Wo kämen wir denn hin, wenn wir unsere Helden des Alltags, wie du es offenbar bist, an Weihnachten allein ließen.»

Konnte nur schwer an mich halten, ihm nicht zu erzählen, dass ich den Heiligen Abend eigentlich leicht bekleidet zwischen nicht vorhandenem Kamin und Fernseher verbringen wollte, und zwar mit seiner Tochter.

Werde mich nun die komplette nächste Woche bei der Arbeit krankmelden müssen, da mir sonst nicht ausreichend Zeit bleibt, die christliche Weihnachtsbescherung bei Familie Lena durchzuplanen. Muss mindestens zwei Tischgebete, drei Weihnachtslieder und ein Gedicht auswendig lernen. Nicht zu vergessen die über Generationen in meiner Familie praktizierten Weihnachtsbräuche. Dann noch meinen Lebenslauf zwischen dem zehnten und siebzehnten Lebensjahr fälschen und Geschenke kaufen. Außerdem die DVD-Sammlung neu überarbeiten.

18. Dezember, Montag

Habe mich doch nicht krankgemeldet, da Lügen nicht zu meinem neuen sozialen Image passt. Googele stattdessen *Weihnachtsgeschenke für Kirchenbasaraktivisten*. Ergebnisse: null.

Lasse die Aktivisten weg und bin platt. Anzahl der Ergebnisse: 157. Hier die ersten fünf:

- Selbstgemachtes (scheidet wegen Zeitmangel aus)
- Foto in Glas (scheidet wegen Fotomangel aus)
- ~~PlayStation 4~~ (bin auf falscher Seite gelandet)
- Gebetswürfel mit Anregungen für Tischgebete, Abendgebete, Morgengebete und Kinderlieder (haben Lenas Eltern vermutlich nicht nötig)
- CD-ROM-Spiel *Mose* inklusive zusätzlicher Quizvariante für spannende Spiele. (Finde ich gute Idee, fürchte aber, dass das Quiz am Heiligen Abend schon zum Einsatz kommen könnte und meine christliche Unwissenheit enttarnt. Scheidet deswegen auch aus.)
- Cliff Richard, Live-CD

Cliff Richard Live??? Schaue nochmal, aber ja, die meinen das ernst. Offenbar ist der Mann in diesen Kreisen beliebt. Allerdings, und das lässt mich an Seriosität dieser Seite zweifeln, blinkt jetzt am unteren rechten Rand ein Button auf (gleich neben Anzeige für erzgebirgische Volkskunst): «Sind Sie schlauer als Paris Hilton? HIER geht es zum Test.»

Will das aber lieber nicht wissen.

19. Dezember, Dienstag

O Gott, nur noch fünf Tage bis Weihnachten! Lena sagt, ich solle mir wegen der Geschenke für ihre Eltern nicht solchen Stress machen. Sie seien sehr genügsam und hätten außerdem schon alles. Googele *Weihnachtsgeschenke für Genügsame, die schon alles haben*, und finde heraus, dass es zwar genügsame Halogenlampen, genügsame Wasserpflanzen, genügsame Städte (Hamburg) und genügsame Heimtiere gibt, aber keine genügsamen Menschen. Jedenfalls keine, die eine Tochter haben, deren neuer Freund ein bescheidenes (nicht zu billig), geschmackvolles (ist ja so relativ), unaufdringliches (Cliff-Richard-CD scheidet also aus) Geschenk sucht, das im Haushalt von Leuten, die schon alles haben, dennoch Innovation darstellt.

Jens schlägt vor: fünf Bücher aus seiner (von meinem Balkon geholten) Bücherkiste zum Supersonderangebot (5 €). Weiß aber, was in der Kiste für 'n Schund ist, und lehne ab.

20. Dezember, Mittwoch

Jetzt haben wir den Salat. Stelle fest, dass Heiligabend auf einen Sonntag fällt und mir somit ein Tag weniger für die Geschenksuche bleibt. Glaube, in den Gewerkschaften sitzen nur Frauen. Männer würden sich mit Sicherheit für einen verkaufsoffenen Heiligen Abend (24 Stunden) einsetzen.

21. Dezember, Donnerstag

Noch kein Geschenk!

22. Dezember, Freitag

Immer noch kein Geschenk. Anfängliche Panik hat sich im Laufe der Zeit in Schockstarre gewandelt. Unter anderem deshalb, weil ich gerade eine E-Mail von Lena bekommen habe, mit Programm für die Feiertage. Ziehe kurz in Erwägung, mit der tollsten Frau der Welt Schluss zu machen, da ich mich dem angekündigten Stress nicht gewachsen fühle.

Fasse Programm mal kurz zusammen:

23.12., 20 Uhr: Lena abholen, da sie fünf Kartons (!) mit Tannenbaumschmuck vom Dachboden braucht, die anschließend zu mir gebracht und später in der Tanne drapiert werden müssen. (Hatte Baum schon wieder ganz vergessen.)

Gegen 21 Uhr 30: Tannenbaumschmücken.

24.12., 8 Uhr: Aufstehen, duschen, danach leger kleiden, um zum Bahnhof zu fahren, wo Blumen für Lenas Mutter gekauft werden müssen. Danach *das* Hemd bügeln, Schuhe putzen, Bartwuchs überprüfen.

14 Uhr: Lena abholen, Abfahrt zu ihren Eltern.

14 Uhr 30: Spaziergang zur Kirche.

16 Uhr 30: Rückkehr aus der Kirche, Bescherung mit Gebet, Singen zweier Weihnachtslieder, Kaffeetrinken, Ansprache Lenas Vater, Schnaps trinken, Segen vom Papst, Abendbrot (ca. 2,5 Stunden), danach Telefonate mit der Verwandtschaft, blablabla.

Mir wird schwindelig, und ich überspringe den Rest.

Halt! Werde doch nicht mit der tollsten Frau der Welt Schluss machen müssen, da letzter Programmpunkt wieder neue Hoffnung in mir aufkeimen lässt:

Gegen 0 Uhr 30: Fahrt nach Hause, Beginn des gemütlichen Teils des Abends. Endlich! Dann Frage von Lena, die mich umhaut: «Kann es sein, dass der neu gehegte Wunsch meiner Eltern nach Kirchgang, Gedichten und Papstansprache in irgendeinem Zusammenhang mit dir steht? Waren Heiligabend sonst immer ganz gemütlich und entspannt zu Hause.»

Flippe gleich aus! Ich Riesenvollidiot! Warum musste ich nur so weit vorpreschen? Dachte, Kirchenbasar geschieht aus ehrlich gemeintem Engagement, aber langsam wird mir alles klar. Die langweilen sich nur! Scheiße, Scheiße, Scheiße!

Kann mich jetzt auch nicht als Lügner enttarnen. Muss da nun durch.

23. Dezember, Samstag

Bin fix und alle vom Tannenbaumschmücken!

Von allen Weihnachtsgepflogenheiten, die ich in der letzten Zeit kennenlernen durfte, erscheint mir Baumschmücken die komplizierteste zu sein. Und die anstrengendste.

Heute neu gelernt: Wenn eine Frau einen Mann bittet, ihr beim Tannenbaumschmücken zu helfen, benötigt sie im Grunde genommen nur jemanden an ihrer Seite, der sich herumkommandieren lässt. Und der noch dazu über die Geduld einer auf die Regenzeit wartenden namibischen Antilope verfügt. Und – ganz wichtig – der keine eigene Meinung hat. (Falls er dennoch eine haben sollte: unter allen Umständen geheim halten!)

Fing alles ganz harmlos an. Durfte mir Farbthema für den Baum aussuchen. Silber, Gold oder Farbig. Wählte farbig, wurde aber von Lena belehrt, dass *farbig* nicht gleich *bunt* bedeutet. Man müsse in einer Farbwelt bleiben, damit das Ganze hinterher auch harmonisch aussieht. Das macht Sinn, vor allem weil Harmonie an Weihnachten ja großgeschrieben wird. Lena gibt der Einfachheit halber Farbwelt vor: Braun. Suche daraufhin wie Trüffelschwein alle fünf Kartons nach braunen Kugeln, Kügelchen, Minikügelchen, Schaukelpferdanhängern, Schneemannanhängern, Glöckchenanhängern, Lamettanestern und Keramikengeln durch. Dann müssen Tannenzapfen, Zitronenscheiben und sonstige Waldaccessoires mittels braunen Garns im Baum platziert werden. (Baum soll später von allen Seiten gleich gut aussehen, auch wenn Rückseite ja von Wand verdeckt wird.) Als alles fertig ist, bekommt Lena Heulkrampf, weil braune Tannenbaumspitze kaputt ist und Baum nun unfertig aussieht. Kann die tollste Frau der Welt nicht weinen sehen und schlage vor umzudekorieren. Oder bei Karstadt einzubrechen, um braune Baumspitze zu stehlen. Lena wählt Variante des Umdekorierens, und somit ist Baum drei Stunden später schlüpferblau.

Falle anschließend todmüde ins Bett, was gut ist, so kann ich im Wohnzimmer nichts umwerfen. Lena fährt nach Hause, da sie noch Geschenke einpacken will. Sooo schade!

3 Uhr. Mist! Mir ist etwas Furchtbares eingefallen: Habe bei dem ganzen Stress vergessen, mich um die exquisite DVD-Sammlung zu kümmern! Scheiße, Scheiße, Scheiße. Jetzt müssen wir uns doch aufs Fernsehprogramm verlassen.

4 Uhr 12. O nein. Jetzt fällt mir noch etwas ein: die Geschenke! Habe weder Geschenk für Lena noch für ihre Eltern. Nochmal Scheiße!
4 Uhr 18. Glaube, nervöses Leberleiden ist wieder da. Werde mich morgen krankmelden und die Feiertage allein im Bett verbringen. Habe aber auch immer Pech!

24. Dezember, Heiligabend

9 Uhr. Lena ruft an, um zu kontrollieren, ob ich Zeitplan einhalte. Bringe es nicht übers Herz, ihr zu sagen, dass ich aufgrund von nervösem Leberleiden nicht an den Feierlichkeiten teilnehmen kann. Lüge stattdessen. Hemd sei schon gebügelt und Bart bereits ab.
9 Uhr 33. Habe, nach halber Stunde gründlichen Suchens, Hemd in Squash-Tasche gefunden. Keine Ahnung, wie es da hineingekommen ist, auf jeden Fall muss es jetzt erst mal gewaschen werden.
11 Uhr 01. Hemd ist gewaschen, Schuhe sind geputzt!
11 Uhr 45. Hatte ich gesagt, Baumschmücken sei anstrengend? Das war ein Witz. Erklimme gerade den hormonellen Großglockner. Blumenladen hat zu! Habe folglich nicht nur kein Geschenk, sondern jetzt auch noch keine Blumen. Hemd ist auch noch nicht trocken. Gehe jetzt wieder ins Bett.

25. Dezember, Montag, ein Tag nach Heiligabend

8 Uhr 11. Sitze allein vorm schlüpferblauen Tannenbaum und versuche mich zu spüren. War Vorschlag von Jens, um bei

Stress wieder runterzukommen. Habe ihn gestern um 13 Uhr 38 ~~heulend~~ um Rat fragend angerufen. Er meinte, die indischen Yogis würden das auch machen. Jedenfalls behauptet das ein Kommilitone, der Sinologie studiert. War dieses Mal gleich skeptisch, da Sinologie meines Wissens nach nichts mit Indien zu tun hat, aber Jens meinte, das sei in diesem Fall unwichtig. Der Typ wüsste trotzdem Bescheid. Atme noch ein bisschen und werde dann berichten.

9 Uhr 52. Heiligabend war ein Albtraum! Bin sehr froh, dass ich es hinter mir habe. Werde nächstes Jahr definitiv verreisen. In ein buddhistisches Land, in dem die Sonne scheint, man nur ungebügelte T-Shirts trägt und alles Stressige einfach wegatmet.

Nachdem Jens mich vom hormonellen Großglockner wieder heruntergeholt hatte, sodass ich ~~mit dem Heulen~~ mit den blockierenden, verzweifelten Gedanken aufhören konnte, ging auf einmal alles sehr schnell. Bekam plötzlich Angst, die tollste Frau der Welt könnte Weihnachten mit Sabber-Leif verbringen, falls ich kurzfristig ausfiele, und wurde schon wieder panisch. Sprang daraufhin in noch feuchtes Hemd und fuhr zu Lena. Sie sah soooo hübsch aus! Wie aus einem Weihnachtsmärchen. War sehr froh, dem Sabber-Typen nicht das Feld überlassen zu haben! Gelang mir leider nicht, Lena vom Zuhausebleiben zu überzeugen. Die pflichtbewussteste Frau der Welt meinte, ihre Eltern wären ganz versessen darauf, mir ein Weihnachtsfest zu bereiten, wie ich es verdient hätte. Glaubte da bereits zu ahnen, was auf mich zukam.

Bei unserem Eintreffen waren der Silberschopf und Lady Di bereits sehr nervös wegen Kirchgang. Genau wie ich. Spazierten kurz darauf schweigend zur Kirche, bekamen dort aber zum Glück nur noch Platz in der letzten Reihe. Schlief sofort ein! Sehr peinlich. Wurde von Lena geweckt, als wir uns zum Gebet erheben mussten, woraufhin ich Lenas Vater weckte, der neben mir saß und ebenfalls schlief.

Rückweg von Kirche hat mir kräftemäßig den Rest gegeben. War sogar zu müde, um mich wegen meiner fehlenden Weihnachtsgeschenke zu sorgen.

Zurück in Lenas Elternhaus, wurde zwar sofort der Kaffeetisch gedeckt, allerdings galt es noch abzuwarten, bis Lenas Mutter die Weihnachtsgeschichte vorgelesen hatte. Sehr ermüdend. Kannte Geschichte schon! Wurde, nachdem fertig gelesen war und ich Kuchen schon fast im Mund hatte, von Lady Di aufgefordert, das Tischgebet zu sprechen. Hatte dann zum Glück super Einfall: «Bei uns ist es üblich, dass der Gastgeber das Gebet spricht.»

Lenas Drogenfahnder-Vater sah kurz aus, als würde er mich foltern wollen, murmelte dann aber müde: «Danke für die Torte», und legte mit dem Essen los. War sehr erleichtert! War noch erleichterter, als Lenas Mutter verkündete, dass sie sich bereits seit Jahren nichts mehr schenken, weil sie erstens bereits alles hätten und deshalb zweitens lieber großzügig für Bedürftige spendeten. Glaubte zwar, dass sie log, war mir aber egal. Entgegnete, dass dies ganz in meinem Sinne sei, und war sehr froh, Cliff-Richard-DVD nicht gekauft zu haben. Statt zu singen, lauschten wir nach dem Kaffeetrinken andächtig und hochkonzentriert den Regensburger Domspatzen. Von *O Tannenbaum* bis zu *Es ist ein Ros entsprungen* hielt ich tapfer durch, dann brach mir das Auge. Erinnere mich erst wieder daran, dass ich zum Abendbrot geweckt wurde. Ein holpriges Tischgebet und einen Karpfen später folgte dann die Papstansprache. Ungekürzte Fassung, dank Satellitenfernsehen! Kann kein Italienisch und wurde deshalb, direkt nach verschlafenem zweitem Teil, mit den Worten «Vielen Dank für den netten Tag, das war auch für uns mal etwas ganz Besonderes» verabschiedet. Bin mir heute noch nicht sicher, wie das gemeint war.

Auf dem Nachhauseweg sah ich dann, dass Lena sich auf die Unterlippe biss. Drei rote Ampeln später brach es aus ihr heraus: «Also, versteh mich jetzt nicht falsch, Flo, aber ... so, wie du anscheinend Weihnachten feierst ... also ... diese vielen Bräuche und Gebete – das ist schon ganz schön anstrengend, finde ich.» Machte daraufhin Vollbremsung und versuchte das Gesagte zu begreifen. «Äh ... wie genau meinst du denn das?»

«Ach, Süßer, jetzt sei doch nicht gleich sauer. Aber ein derart straffes Programm am Heiligen Abend – ich weiß nicht. Das sollten wir nächstes Jahr anders gestalten. Ich meine Weihnachten – das Fest der Liebe und der Besinnlichkeit ... da darf man doch nicht so durchhetzen.»

Mir fehlten die Worte, und auch Lena war zum Glück zu kraftlos, um Thema weiter auszudiskutieren. Sind zu Hause bei mir nur noch todmüde ins Bett gefallen (ohne Sex vorm nicht vorhandenen Kamin zu haben) und sofort eingeschlafen.

10 Uhr 33. Sitze allein vorm schlüpferblauen Tannenbaum und versuche, nicht daran zu denken, dass Heike mit ihrer Weihnachtsprognose recht hatte. Heute, am 25. Dezember, habe ich aber zumindest eine vage Vorstellung davon, was es bedeutet, mit einer Frau – noch dazu in einer festen Beziehung – Weihnachten zu feiern.

24 höllengleiche Tage, die in etwa so entspannend waren wie ein Nachmittag unter meuchelmordenden Freibeutern, liegen hinter mir, und ich frage mich ernsthaft, wie Lena das Wort *besinnlich* definiert. Es klang ja so, als sei ihre Welt vor

dem gestrigen Heiligabend noch in bester Ordnung gewesen. Wie kann das sein? Was glaubt sie denn, wie besinnlich ihr Geschenkekaufmarathon auf mich gewirkt hat? Oder unsere zwei Weihnachtsmarktbesuche? Fand sie die etwa besinnlich? Und das Tannenbaumschlagen mit ihren sabbernden Rechtsanwaltskollegen. Ein beschaulicher Nachmittag? Wirklich? Ich meine, was glaubt sie denn, wie es sich anfühlt, wenn man erst k.o. geschlagen und anschließend mit Brandy vergiftet wird? Ganz zu schweigen von der ohrenbetäubenden Nikolausparty und dem Baumschmücken im Kasernenton. Besinnlich? Wohl kaum. Vor allem nicht, wenn man dreimal innerhalb von vier Wochen einem nervösen Leberleiden zum Opfer fällt. Und wie besinnlich kann denn bitte schön Weihnachten in Gegenwart von Til Schweiger *und* Hugh Grant sein? Genauso besinnlich wie ein schlüpferblauer Weihnachtsbaum! Oder eine erzgebirgische, achtzig Mann starke Orchestereinheit!

Wie, um alles in der Welt, kann sie nur all das *besinnlich* finden?

Telefoniere kurz herum und erhalte folgende Antworten.

Jens meint: Zu dem Thema hätte er in seiner Bücherkiste einen Ratgeber. Zum super Sonderangebot von 3,99 €.

Heike meint: Das sei herausgeworfenes Geld. Man könne nämlich nur eines haben, eine Beziehung oder besinnliche Weihnachtstage.

Lege mich zur schlafenden Lena ins Bett und kuschele mich an sie. Ich atme ihren Duft und frage mich: Was sind schon 24 nervenzerschmetternd stressige Tage? So gut wie nichts! Im Grunde genommen bin ich sogar ein Glückspilz. Denn im Gegensatz zu Lena, in deren Leben es pro Jahr offenbar nur 24 besinnliche Tage, nämlich die Weihnachtstage, gibt, beginnt für mich ab heute die schöne Zeit. 341 Tage, die wir wunderbar besinnlich verbringen können. Mit DVD-Gucken zum Beispiel. Werde gleich mal eine kleine, exquisite Sammlung zusammenstellen.

Mia Morgowski *wurde in Hamburg geboren, studierte Mode- und Graphikdesign und hat viele Jahre in verschiedenen Hamburger Werbeagenturen gearbeitet. Später arbeitete sie freiberuflich für eigene Kunden und schrieb nebenbei ihren ersten Roman. 2008 erschien «Kein Sex ist auch keine Lösung», der sich bereits 150 000-mal verkaufte und zurzeit verfilmt wird. Die Fortsetzung «Auf die Größe kommt es an» erschien im März 2010. Mia Morgowski lebt mit ihrem Mann in Hamburg-Ottensen und sucht eine neue Wohnung in Eimsbüttel, in der Hundehaltung erlaubt ist.*

Dietmar Bittrich

Szenen aus dem Stadttheater

Wer ins Theater geht, muss leiden. Normalerweise. Regisseure und Autoren möchten ihr Publikum aufrütteln, verstören und ermahnen. Jeden Abend sollen die Zuschauer verunsichert nach Hause gehen und ihr Leben überdenken. Nur nicht zur Weihnachtszeit. Da ist Entspannung erlaubt, Freude, Entzücken, Genuss. Da gibt es auf einmal Stücke, in denen die Welt noch in Ordnung ist. Wie herrlich! Es sind die Weihnachtsmärchen. In ihnen siegt das Gute. Manchmal.

An einem regnerischen Dezemberabend saß ich mit Konrad zwischen plappernden Kindern und aufgeschlossenen Eltern im Stadttheater. Die Wandleuchter waren mit Lametta behängt, Sterne leuchteten von gerafften Gardinenstoffen, und auf dem purpurnen Vorhang glitzerte ein Winterwald. Wir saßen in einem Konzert aus Rufen und Quengeleien und dem Klappen von Sitzen, das untermalt war vom Knistern Hunderter Bärchentüten und dem begleitenden raumfüllenden Schmatzen.

Ein Mann im Nikolauskostüm trat vor den Vorhang.

«Der Intendant», raunte die Mutter des kleinen Mädchens neben uns. «Er macht es immer so stimmungsvoll.»

Der weihnachtliche Intendant erklärte den Kindern, es gehe nun geradewegs hinein in das Märchenzauberland. Und dieses Land sei so beschaffen, da verwandele sich immer ein Märchen in das nächste, wie durch Zauberhand. In der Zeitung hatte es nüchterner geheißen, es handele sich um eine Revue der beliebtesten Märchenszenen, um ein *Best of* der Brüder Grimm.

«Vieles werdet ihr erkennen», versprach der Intendant. «Und diejenigen von euch, die alle Märchen erkennen, die also jedes Mal richtig raten, die bekommen am Ende eine Überraschung! Von mir! Vom Weihnachtsmann!»

Unsere Nachbarin nickte uns streng zu wie den Konkurrenten in einem sportlichen Wettbewerb. Der Vorhang öffnete sich. Wir sahen eine Prinzessin um einen Brunnen aus Pappmaché hüpfen. Sie warf einen goldenen Ball in die Luft und gleich darauf in den Brunnen. «Oh! Mein goldener Ball! Ist er verloren?»

Sie rang die Hände und setzte sich auf den Brunnenrand. «Froschkönig!», riefen die allerklügsten der kleinen Kinder, auch das Mädchen neben uns. Konrad nicht. Die Prinzessin nickte stumm und wrang ihr Taschentuch aus. Schon tauchte aus dem Brunnen ein beachtlicher Frosch empor. Statt einer goldenen Krone trug er eine rote Weihnachtsmütze, doch er versprach, den goldenen Ball zu holen, wenn die Prinzessin ihn nur heiraten wolle. Ja, sicher, doch, das wollte sie. Aber als er gleich darauf mit Gold im Maul wieder emportauchte, entriss sie ihm den Ball und lief davon.

«Nein, du musst ihn heiraten!», riefen die Kinder. «Er ist ein Prinz!» Die Prinzessin hörte nicht. «Das ist ein Prinz!», riefen die Kinder. Der dicke Frosch watschelte hinter ihr her. «Du musst ihn küssen!», riefen die Kinder. Die Prinzessin starrte den Frosch an. An die Wand werfen konnte sie ihn nicht. Er war zu schwer. Also küsste sie ihn. Blitz und Donner, Nebelschwaden. Aber da stand kein Prinz. Der Frosch hatte sich in den Weihnachtsmann verwandelt! Die Kinder jubelten. Die Prinzessin schien ein wenig überrascht.

Unsere Nachbarin nickte uns zu. «Der Intendant hat immer diese lustigen Ideen.»

«Heute, Kinder, wird's was geben!», versprach der Weihnachtsmann. «Aber was? Was, meine holde Prinzessin, möchtest du essen zu unserem Hochzeitsmahl? Karpfen? Gänsebraten? Milchzicklein?» Die Prinzessin wirkte ein wenig ratlos. Entweder war die Szene nicht genügend geprobt worden, oder der Dialog hätte anders ablaufen sollen. «Milchzicklein?», wiederholte sie ungläubig.

«Na schön, in Ordnung, Milchzicklein», bestätigte der Weihnachtsmann. «Das kann ich besorgen. Dazu muss ich allerdings in meinen Wolfspelz schlüpfen.» Den holte er unter Bravos und Beifall aus seinem Jutesack. «Ach, und zum Nachtisch?», fragte er die Prinzessin, während er sich in das Wolfskostüm zwängte. «Kuchen vielleicht? Und ein wenig Wein?»

Die Prinzessin nickte stumm. Ihr fiel nichts mehr ein. Doch das war auch nicht nötig. Es gab einen Ruck, die Bühne setzte sich in Bewegung, und der dicke Weihnachtswolf tappte schwerfällig an der Rampe auf und ab, während die Bühne sich drehte. Einige kleine Kinder mussten angesichts der räudigen Kreatur beruhigt werden.

Schon öffnete sich ein bescheidenes bäuerliches Zimmer. Der Wolf hob das Haupt und schnupperte. Die Tür sprang auf. «Rotkäppchen!», rief Konrad etwas voreilig. Sieben Ziegen, von Kindern gespielt, hüpften zur Tür herein. «Der Wolf und die sieben Geißlein!», rief das Mädchen neben uns. «Sie müssen Ihrem Sohn mehr vorlesen», belehrte mich die Mutter.

Jetzt klopfte der Wolf an die Tür des Geißlein-Häuschens.

«Oh, wer mag das sein?», riefen die sieben Geißlein. «Hoffentlich nicht der große böse Wolf!»

«Ich bin's, eure liebe Mutter!», rief eine beleidigend schlecht verstellte Männerstimme. «Oh, unsere liebe Mutter!», riefen die Geißlein. «Nein! Nein!», schrien die Kinder im Publikum. Die sieben Geißlein ließen sich nicht abhalten: «Schnell! Öffnen wir unserer Mutter die Tür!» – «Nein, es ist der Wolf!», schrien die eifrigsten Kinder. «Der Weihnachtsmann!», rief Konrad.

Die Mutter des kleinen Mädchens musterte mich ernst.

Zu spät stoben die Geißlein auseinander. Grimmig griff sich der Wolf das erste und zog ihm einen Sack über den Kopf, schleifte das zweite hinter einem Stuhl hervor, das dritte unter dem Sofa. Jedes der sechs wurde gefangen und in einen Sack gesteckt. Einige Kinder im Publikum weinten und bekamen Schokolade zum Verschmieren der samtenen Sitze.

«Und das siebente?», fragte der Wolf. «Hier wohnen doch sieben Geißlein? Bisher habe ich nur sechs!» Er trat an die Rampe: «Wisst ihr, wo das siebente ist?» Einige Kinder wollten sofort damit herausplatzen, doch die Eltern zischelten: «Scht!» Der Wolf klappte seine Schnauze über den Kopf, sodass Rauschebart und rote Mütze sichtbar wurden. «Ihr braucht keine Angst zu haben, ich bin's doch, der Weihnachtsmann! Na? Wo ist das siebente Geißlein?»

Ich konnte Konrad nicht bremsen: «In der Uhr! Es ist in die große Uhr gekrochen!» Er hatte recht, doch es war blamabel. «Petze!», zischte das kleine Mädchen neben uns. Seine Mutter lächelte in spöttischem Mitleid. Der Wolf klappte zufrieden seine Schnauze herunter: «Danke, mein Junge!» Ging stracks zur Standuhr, öffnete sie und griff sich das siebente Geißlein. «So, ihr dürft wieder spielen!», sagte er zu den anderen sechs und nahm ihnen die Säcke vom Kopf. «Dieses hier sieht am leckersten aus, das reicht für die Prinzessin und mich! Nun brauche ich nur noch Kuchen und Wein!» Mit dem siebenten Geißlein im Sack, unter Gekreisch der Kinder, begab er sich auf den Weg.

Hinter mir klirrte eine Flasche zu Boden. Ihr schäumender Inhalt umspülte kurz meine Schuhe, bevor er die leichte Schräge abwärts zur Bühne rann.

Dort trat nun ein Mädchen in Tracht auf. Es hatte dunkle Haare und ein blasses Gesicht und hätte ganz gut einen giftigen Apfel essen können. Wohl deshalb und gestärkt durch die gute Zusammenarbeit mit dem Wolf, vermutete Konrad: «Schneewittchen!»

Grinsende Eltern vor uns drehten sich um, umsitzende Kinder krähten vor bösem Vergnügen. Die Mutter rückte ab, um nicht für unsere Verwandte gehalten zu werden. «Rotkäppchen!», riefen alle, denn das Mädchen spazierte mit einem Korb in der Hand die Rampe entlang und pflückte unsichtbare Blumen. Ich beschloss, Konrad zum Fest ein leicht fassliches Märchenbuch zu schenken und es Punkt für Punkt mit ihm durchzugehen.

Der Wolf sprach Rotkäppchen an. Was es da im Korb habe? Kuchen und Wein? «Ah ja, perfekt.» Und wohin es gehen solle? Zur Großmutter? «Aha. Danke!» Er trabte zufrieden weiter, der sich öffnenden Szene entgegen. Einige Kinder wollten aufs Klo. Die Eltern tuschelten, gerade jetzt werde es spannend. Wir sahen Großmutters Waldhaus von innen. Die alte Dame lag im Bett. Der Wolf klopfte an. Großmutter richtete sich schwächlich auf. «Bist du es, Rotkäppchen?» – «Richtig geraten», sagte der Wolf und trat ein. Großmutter erschrak: «Aber Rotkäppchen, was hast du für große Ohren!» – «Das ist nur ein Kostüm», sagte er und zog es aus. «Ich bin der Weihnachtsmann.»

Die Schauspielerin der Großmutter war auf dieses Stichwort

nicht vorbereitet. «Aber was hast du für große Hände?», fragte sie stur. – «Das ist nun mal so», sagte er und stülpte ihr einen Sack über den Kopf. «Und jetzt Ruhe.»

Einige Kinder, angestachelt von ihren begleitenden Großeltern, protestierten vergeblich. Auch neben uns wurden Bedenken geäußert. Während die Großmutter sich kraftlos wehrte, steckte der Weihnachtsmann sie in den Wolfspelz, zog den Reißverschluss zu und legte diesen neu gefüllten Wolf ins Bett. Sie hustete bellend. «Ja, sehr gut!», lobte er. «Das klingt echt.»

Nun trat Rotkäppchen ein. «Ei, Großmutter, was hast du für große Ohren!» – «Das kannst du dir sparen, sie kann dich nicht hören», antwortete der Weihnachtsmann. – «Ei, Großmutter, was hast du für große Augen!» – «Sie kann dich auch nicht sehen», sagte er. «Um es kurz zu machen: Ich bin am Haus vorbeigekommen und habe so ein Schnarchen gehört, da habe ich gedacht, Mensch, der Alten fehlt vielleicht was, und trete ein. Na, da liegt der Wolf im Bett und schnarcht. Ich denke: Hat der sie etwa gefressen? Und schneide ihm den Wams auf, und ja, tatsächlich, da ist die Großmutter drin! Hier!» Er zog den Reißverschluss des Wolfkostüms auf. «Bitte sehr: Sie lebt noch!»

Rotkäppchen stand sprachlos da. Zweifellos hatte die Darstellerin den Wortwechsel auf der Probe anders gelernt. Der Weihnachtsmann kam ihr zu Hilfe. «Du willst jetzt sicher wissen, wie du es mir danken kannst», vermutete er. Rotkäppchen nickte unsicher.

«Dann gib mir einfach deinen Korb mit dem Kuchen und dem Wein», fuhr er fort. «Das soll mir genug sein.» Kurz entschlossen nahm er ihr den Korb aus der Hand und verließ die Szene. «Ach, noch etwas», rief er, während die Bühne sich zu drehen begann. «Wenn die Großmutter rausgeklettert ist, rate ich dir, den Bauch des Wolfs mit Wackersteinen zu füllen. Sonst frisst er euch am Ende doch!»

Der Weihnachtsmann trat an die Rampe. «Keine Angst, ihr lieben Kinder», sagte er. «Jetzt habe ich mein Zicklein, ich habe meinen Kuchen, meinen Wein. Jetzt gehe ich zurück zur Prinzessin, auf mein Schloss, jetzt kehre ich heim.»

Doch das war nicht möglich. Das Schloss war überwuchert von üppigen Rosenhecken. Selbst an den Türmen rankten sich Blüten und Dornen empor. «Prinzessin!», rief der Weihnachtsmann. Alles blieb still. «Prinzessin! Lass dein goldenes Haar herunter!» Die Mutter neben mir beugte sich flüsternd zu ihrer Tochter. «Rapunzel!», kreischte das Mädchen. «Das ist nämlich nicht leicht», erklärte mir die Mutter. Nun fielen auch andere ein. «Rapunzel! Rapunzel!»

Stattdessen betrat eine verschleierte Dame die Bühne. «Die Prinzessin hat sich an einer Spindel gestochen», erläuterte sie. «Sie ist in einen tiefen Schlaf versunken. Dann wuchs die Hecke riesengroß. Du musst über die Dornen klettern und sie wieder wecken, durch einen Kuss.»

«Dornröschen!», schrien alle, auch die allerkleinsten Kinder. Konrad nicht; er hatte sein Pulver verschossen. «Weck sie auf! Du musst sie wecken!», riefen die Kinder. «Du musst rüberklettern!»

Der Weihnachtsmann kratzte hier, schabte dort, nahm eine Rosenschere aus dem Mantel und pikte in die Pappe. «Tut mir leid», gab er schließlich bekannt. «Das ist mir zu stachelig!» – Die Fee war nicht vertraut mit dieser Wendung. Sie sprach streng: «Aber du musst die Hecke überwinden! Wenn du es nicht tust, muss die Prinzessin hundert Jahre schlafen!» – «Es gibt ja noch andere Frauen», meinte er zuversichtlich.

Die Unruhe im Publikum wuchs. Von den Müttern war

Murren und Protest zu vernehmen. Die Fee wandte sich zum Souffleurkasten. Von dort kam nichts, oder sie konnte es nicht hören, weil die Kinder forderten, der Weihnachtsmann müsse sofort Dornröschen küssen.

Stattdessen trotteten auf seinen Wink hin sieben Zwerge aus den Kulissen. Sie trugen einen gläsernen Sarg. Darin lag ein blasses Mädchen mit schwarzem Haar.

«Das, mein Kleiner», sprach die Mutter neben uns und beugte sich zu Konrad, «ist Schneewittchen. Sag mal deinem Papi, er soll dir das vorlesen.» Die Kinder riefen es schon. Die Zwerge setzten gerade umständlich zum vorgeschriebenen Straucheln an. «Vorsicht!», rief der Weihnachtsmann. «Stolpert bloß nicht! Sonst wacht sie auf!»

«Das finde ich jetzt falsch», sagte die Mutter des kleinen Mädchens. «Irgendeine Prinzessin muss er doch heiraten.» Es kam nicht dazu. «Husch, husch, zurück in eure Höhle», befahl der Weihnachtsmann den Zwergen. «Und gebt bloß acht beim Tragen!»

Vergeblich winkte Schneewittchen aus ihrem beschlagenen Glaskasten. Umsonst kreischten die Kinder. Von der anderen Seite humpelte schon eine Hexe herein. Verwirrte Bühnenhelfer schickten jetzt das verfügbare Personal auf die Bühne. «Ah, meine liebe Frau!», sprach der Weihnachtsmann. «Mit ihr will ich ein Pfefferkuchenhaus backen. Vielleicht können wir ein paar hungrige Kinder anlocken!»

Er hatte kaum noch Rückhalt im Publikum. Etliche Eltern machten Anstalten aufzubrechen. Er hielt es für angebracht, sich direkt an die Kinder zu wenden. «Erst warmen Pfefferkuchen, dann ein kühles Bier!», sagte er. «Denn heute back ich, morgen brau ich, übermorgen hole ich das Christkind ab. Ach, wie gut, dass niemand weiß, wie ich heiß!»

«Weihnachtsmann?», wisperte Konrad unsicher. «Rumpelstilzchen!», riefen die anderen Kinder. «Ja, liebe Kinder», sprach der Weihnachtsmann. «Jetzt, zum Schluss spiele ich für euch das Rumpelstilzchen. Denn ich verfüge über Zauberkraft. Ich kann Gold zu Stroh spinnen. Und nun kommt die Überraschung für euch, aber nur für die, die richtig geraten haben!»

Das kleine Mädchen neben uns rutschte aufgeregt auf dem Sitz hin und her.

«Für euch, die ihr richtig geraten habt, spinne ich Gold zu Stroh. Bittet also eure Eltern um alles Gold, das sie tragen. Ich nehme Armreife, Broschen, Uhren, Halsketten. Bringt es mir auf die Bühne. Aus diesem Gold zaubere ich speziell für euch reines, trockenes Stroh! Echtes Weihnachtsmannstroh! Kommt, bringt es her zu mir!»

Die Kinder redeten aufgeregt auf die Eltern ein. Handgemenge entstand. Das kleine Mädchen neben uns zerrte an Armreif und Kette der Mutter. Vor uns, hinter uns, überall wanden sich Eltern wie unter einer Bande kindlicher Gangster. «Ich nehme auch Autoschlüssel und Smartphones!», rief der Weihnachtsmann in den Aufruhr. «Das ist zu viel», ächzte die Mutter neben uns außer Atem. «Das geht zu weit.» Die meisten Eltern hatten sich von den Plätzen erhoben und fuchtelten, als wollten sie Ungeziefer abschütteln. Die Kinder schrien nach Schlüsseln und Gold. Zufrieden und mildtätig, so herzensgut, wie nur ein Weihnachtsmann aussehen kann, betrachtete der Anstifter von der Bühne aus das unermessliche Gemenge und Gewirr und Gezeter.

Da betrat ein unscheinbarer Herr im Sakko die Bühne. Beruhigend, wenn auch erfolglos hob er die Hände und setzte an, etwas zu erklären, das unterging in Protest und Getümmel. Die Mutter neben uns starrte auf die Bühne. «Das», sagte sie verwundert und gab ihrem handgreiflichen Kind eine Ohrfeige, «ist der Intendant!»

Dann ging alles sehr schnell. Bühnenhelfer schleppten einen meterlangen blonden Zopf herein, Rapunzels Haar. Das schnappte sich der Weihnachtsmann und warf es dem Intendanten zu. Der wollte fangen, griff in die Luft und rutschte aus. Alle liefen zusammen, um ihm aufzuhelfen. Nur der Weihnachtsmann nicht. Der zog sich rasch und diskret in die Kulissen zurück.

«Ich dachte, der Intendant hat mitgespielt», staunte die Mutter. «Ich dachte, er hatte die Hauptrolle. Aber dann war das wohl …» Sie dachte nach.

«Der Weihnachtsmann», sagte Konrad.

Und diesmal hatte er recht.

Dietmar Bittrich *lebt als Autor in Hamburg. Er gewann den Hamburger Satirikerpreis und den Preis des Hamburger Senats. Bittrich ist erblich vorbelastet: Sein Urgroßvater gründete 1905 den ersten Weihnachtsmann-Service Deutschlands. Mehr erfahren Sie unter www.dietmar-bittrich.de.*

Roberto Capitoni

Krippenspiele in Balordo

Ciao. Mein Name ist Roberto Emilio Francesco Sergio Enzo Leonello Capitoni, und ich bin halbitalienischer schwäbischer Allgäuer. Mit anderen Worten: Ich führe ein Leben zwischen Spätzle und Spaghetti. Mein Papa ist nämlich in den sechziger Jahren als Gastarbeiter aus Italien nach Deutschland gekommen. Eigentlich wollte er ja bis Stuttgart, aber weil seine alte Vespa die Tour über die Alpen nur bis Isny im Allgäu durchgehalten hat, ist er dort klebengeblieben. Das hing sicher auch mit meiner Mutter zusammen, mit der er sich über den Verlust seines geliebten Motorrollers hinwegtröstete und die ihm drei Kinder gebar, von denen ich als letztes das Licht der Welt erblickte.

Als meine Geschwister und ich noch sehr klein waren, haben wir die Ferien immer zu Hause verbracht. Erstens, weil meine Eltern uns eine so anstrengende und lange Reise nicht zumuten wollten, vor allem aber, weil wir unmöglich zu fünft auf die Vespa passten, die sich mein Vater inzwischen wieder zugelegt hatte. Denn, sowenig man das auch im ersten Moment glauben mag: So eine Fahrt hinunter nach Sizilien mit fünf Personen auf einem gebrauchten Roller kann sich ganz schön ziehen. Sobald es unsere finanzielle Situation jedoch zuließ, schaffte sich mein Vater ein Automobil an, selbstverständlich einen Italiener, selbstverständlich einen Fiat. Ich weiß gar nicht mehr genau, um welches Modell es sich dabei handelte, aber es war auf alle Fälle ein Kombi. Und in dem ging es dann hinunter nach Sizilien, genauer gesagt in ein kleines Dörfchen namens Balordo, nicht weit entfernt von der Metropole Palermo gelegen. Denn aus Balordo stammte mein Vater, und in Balordo lebte damals noch immer der gesamte italienische Zweig unserer Verwandtschaft. Und diesen Zweig wiederum hatte meine Großmutter, meine *nonna*, unter ihren Fittichen. Meine Großmutter hieß Maria, weil alle Großmütter in Sizilien Maria heißen. Und meine Großmutter sah so aus, wie Großmütter in Sizilien aussehen müssen: Sie war stämmig, trug ihr grauweißes Haar zu einem Dutt hochgeflochten, ihre Kleider waren immer schwarz, die Haut ihres Gesichts erzählte die Geschichte eines einfachen, von Arbeit geprägten Lebens auf dem Lande, und ihre Hände waren ebenfalls so rau, dass sie den Parmesan an ihren bloßen Handflächen über die Pasta reiben konnte, was sie mitunter aus Bequemlichkeit auch tat. Kurzum: Sie war vielleicht keine Schönheit im klassischen Sinn, aber sie war meine *nonna*, und sie hatte ein Herz aus Gold. Das klingt jetzt vielleicht etwas schmalzig, aber schließlich ist das ja auch eine Weihnachtsgeschichte, und da darf man so was.

Die Fahrt hinunter nach Balordo war für uns Kinder kein Zuckerschlecken. Vor allem die erste Tour habe ich in schlechter Erinnerung, weil wir dabei alle touristisches Lehrgeld zahlen mussten. Gameboys oder so etwas gab es ja damals noch nicht. Generell kann man wahrscheinlich sogar sagen, dass das Freizeitangebot im Fond eines Fiat Kombi insgesamt recht überschaubar war. Es beschränkte sich für uns Kinder im

Wesentlichen auf Schlafen und Prügeln. Mein Vater verzichtete zumindest während der Fahrt aufs Prügeln. Die Sache mit dem Schlaf hatte er leider nicht ganz so gut im Griff. Zum Glück war der Verkehr damals noch nicht besonders dicht, sodass seine Ruhephasen während der Fahrt, die meine Mutter immer bis kurz vor den Herzstillstand trieben, gottlob ohne Folgen blieben. Aber zumindest was den Lärm auf der Rückbank anging, zeigten sich meine Eltern gelehrig und verabreichten uns Jungs fortan vor Fahrtantritt immer ein wirksames Schlafmittel, das ihnen von einem befreundeten Landtierarzt zur Verfügung gestellt wurde und das sie uns traditionell mit einem Glas schweren Rotweins durch einen Trichter servierten. So kam es, dass meine Mutter zeitweise die einzig wache Person im Wagen war, was im Endeffekt dazu führte, dass sie endlich auch ihren Führerschein machte.

Für meine *nonna* war es das Größte, wenn wir sie zu Weihnachten besuchten. Auf meine Mutter hätte sie dabei getrost verzichten können, weil sie schließlich eine Fremde war, und auch auf meinen Vater war der Rest der *famiglia* nicht gut zu sprechen, seit er eine Deutsche geheiratet hatte. Aber bei den *bambini* war ihr das egal. Sobald wir mit dem Auto auf den kleinen Hof vor ihrem Haus fuhren, stürmte sie aus der Tür heraus, klopfte sich dabei im Laufen das Mehl von den Händen an ihrer schwarzen Schürze ab, riss eine der Hintertüren des noch immer langsam fahrenden Fiats auf, zerrte einen von uns zappelnden Jungs heraus und drückte ihn mit beiden Armen an ihren gewaltigen Busen. Und sie löste ihren Griff erst in dem Moment, als das letzte schwache Zucken eines Knabenbeines, das direkt aus ihrem bebenden Brustkorb herauszuwachsen schien, davon zeugte, dass der Erstickungstod unmittelbar bevorstand. Das war aber bloß der Auftakt zum zweiten Teil des Schauspiels. Denn während sie einen von uns, ich sage der Einfachheit halber einmal: mich, während sie also mich aus meiner lebensbedrohlichen Lage befreite und von sich streckte, fing ich an zu husten und nach Luft zu schnappen. Genau diesen Moment der absoluten Hilflosigkeit nutzte sie aus, um mich auf Gesichtshöhe zu wuchten und mich mit saugnapfähnlichen, überaus nassen Küssen zu übersäen. So muss es sich anfühlen, wenn man plötzlich in der Tiefsee von einem der sagenumwobenen Riesenkraken attackiert wird. Zwischen den einzelnen Küssen fand sie allerdings immer noch die Zeit, mich mit unzähligen verbalen Liebkosungen und spitzen Freudenschreien zu überhäufen, durch die ich bis heute an einem leichten Hörschaden leide. Nach einer gefühlten Ewigkeit setzte sie dann einen an Leib und Seele gebrochenen Roberto wieder auf dem Boden ab. Aber abgesehen davon liebte ich meine Großmutter abgöttisch, und weil ich ja wusste, dass sie es nicht böse meinte, konnte ich es ihr nachsehen. Dennoch hoffte ich darauf, dass sie sich für das Abschiedsprozedere einen meiner Brüder aussuchen würde.

Außerdem war ihr Begrüßungszeremoniell nichts im Vergleich zu dem von Onkel Luigi. Onkel Luigi ist der jüngere Bruder meines Vaters und lebte damals noch mit meiner Großmutter, die ja auch seine Mutter war, im selben Haus. Das war und ist für alleinstehende italienische Männer nichts Ungewöhnliches. Wie alt Onkel Luigi damals war, kann ich nicht sagen, weil ich nicht weiß, wie alt er heute ist. Bei manchen Menschen kann man das Alter nur schwer schätzen. Ich traue mir zu, sein momentanes Alter zwischen sechzig und achtzig anzusiedeln, mit anderen Worten: genauso alt, wie ich ihn damals auch schon geschätzt habe. Das ist aber freilich nur theoretisch möglich, weil Onkel Luigi der jüngere Bruder meines Vaters ist, und der war damals schließlich höchstens fünfundvierzig. Wie auch immer: Onkel Luigi sah in meiner Erinnerung genauso aus wie heute. Also gehört er entweder zu den Menschen, die nicht altern, oder zu denen, die als Kind schon so aussehen wie ihr eigener Großvater. Da wäre allerdings auch noch Variante drei. Vielleicht hat Onkel Luigi ja auch ein klein wenig nachgeholfen, um den Eindruck zu erwecken, er habe sich irgendwann entschieden, nicht mehr älter zu werden. Quasi ein italienischer Oskar Matzerath. Schönheitskorrekturen sind bei italienischen Männern im Übrigen nichts Außergewöhnliches und beschränken sich bei weitem nicht nur auf die dortigen Regierungschefs. Die Idee dahinter ist wohl: Wenn man mit Mitte fünfzig noch bei Mutti wohnt, dann will man sich wenigstens ein bisschen hübsch machen für sie.

Bei Onkel Luigi beschränken sich diese Korrekturen allerdings – wenn überhaupt – auf das Färben seiner Haare. Jedenfalls ist sein Haar auch heute noch pechschwarz. Zugegeben: Abgesehen davon ist auch um seine Augen herum nicht die Spur eines Fältchens zu erkennen, was aber weniger an sorgfältiger Pflege als vielmehr an seiner großen, ebenfalls pechschwarzen Sonnenbrille liegt, die er niemals, wirklich niemals absetzt. Soweit ich weiß, hat er sogar in seinem Testament verfügt, dass er auch im Falle seines hoffentlich noch fernen und hoffentlich natürlichen Todes mit seiner Sonnenbrille auf der Nase aufgebahrt wird. In Italien ist es eben sehr wichtig, bis zum Ende *bella figura* zu machen. Wobei *bella figura* im Falle meines Onkels vor allem bedeutet: *grande figura*. Er ist nämlich groß, und zwar in alle Richtungen. Um einen Eindruck von seinen Dimensionen zu bekommen, hilft vielleicht die Vorstellung, dass mein Onkel von seinen Ausmaßen her eine Kreuzung aus einem Buckelwal und Pavarotti sein könnte, wobei Pavarotti dabei lediglich für das italienische Äußere verantwortlich wäre. Und genau diese imposante Erscheinung war es auch, die mich davon abhielt, ihn zu fragen, ob denn seine Haare nun gefärbt seien oder nicht. Ich will nicht sagen, dass mein Onkel ein brutaler Schläger war – zumindest uns Kindern gegenüber war er es nicht –, aber sein Körpergefühl war im Gegensatz zu seinem Hungergefühl deutlich unterentwickelt. Und damit wären wir wieder beim schon erwähnten Begrüßungszeremoniell: War der Empfang durch meine Großmutter zwar demütigend, jedoch weitestgehend schmerzfrei, so verstand sich Onkel Luigi bestens auf die perfekte Symbiose aus Erniedrigung UND Schmerzen. Aber er tat es eben nicht aus bösem Willen, er konnte einfach nichts dafür: Genauso wie ein Elefant daran scheitern dürfte, ein Ei zu pellen, so scheiterte Onkel Luigi daran, ein Kind zu begrüßen – wobei ich mir beim Elefanten nicht sicher bin. Ich denke schon, dass Onkel Luigi seine Freude nicht gespielt hat, wenn er uns sah, er hat sie bloß ganz einfach in Kraft umgewandelt. Das Prozedere war immer das gleiche: Er öffnete die Haustür, stieg in seinen direkt davor geparkten Wagen und fuhr die fünf Meter bis zu unserem Auto. Dann stieg er aus, beugte sich, so gut es ging, zu uns Jungs hinunter und zwickte uns mit seinen Schaufelradbaggerhänden in die Wangen. Das Positive für mein weiteres Leben war, dass mich dieses Kneifen so abhärtete, dass ich fortan bei jedem Zahnarztbesuch auf Betäubungen verzichten konnte. Nach dem Kneifen folgte das spielerische Tätscheln der Wange, was unsere akkurat gescheitelten Kinderfrisuren in freche Yeti-Looks verwandelte. Abgeschlossen wurde die Begrüßung durch herzhaftes Auf-den-Rücken-Schlagen mit der flachen Hand. Seitdem laufen mir kalte Schauer den Rücken hinunter, wenn ich Leute beim Teppichklopfen sehe.

Und genau diese Prozedur durchliefen wir jedes Mal, wenn wir die *famiglia* in Balordo besuchten. Selbst Weihnachten machte da keine Ausnahme. Bei Onkel Luigi wurde eben aus dem Fest der Liebe, man möge mir diesen billigen Kalauer verzeihen, kurzerhand das Fest der Hiebe.

In Italien lieben die Menschen die Vorweihnachtszeit. Das ist in Deutschland ja auch nicht anders. Aber es gibt schon gewisse Unterschiede: In Italien spielen zum Beispiel die Weihnachtskrippen eine große Rolle. In fast jedem Haus gibt es eine, die etwa zwei Wochen vor dem eigentlichen Fest im Wohnzimmer aufgestellt wird. Und auch im Hause meiner *nonna* und meines Onkels war der Tag des Krippenaufstellens ein großer Moment, zu dem alle zusammenkamen. Ich habe schon gesagt, dass das Verhältnis zwischen meinen Eltern und dem sizilianischen Teil des Clans nicht frei von Spannungen war. Darunter litt vor allem mein Vater, für den Harmonie in der *famiglia* von großer Bedeutung war. Und um die leicht aus der Balance geratene Harmonie mit den Seinen wieder ein wenig einzupendeln, beschloss er, dass wir in jenem Jahr eben schon pünktlich zur Krippenschau in Balordo zu sein hätten. Meine Brüder und ich waren damals zwar noch klein, gingen aber alle schon zur Schule.

«Wie stellst du dir das vor?», fragte meine Mutter.

«Vorstelle was?», fragte mein Vater zurück, dessen Deutsch trotz vieler Jahre in Deutschland ein wenig fossilisiert war, weil er der Beschaffung des Lebensunterhaltes stets mehr Aufmerksamkeit geschenkt hatte als dem Erlernen einer ihm ohnehin einigermaßen verhassten Sprache: «Habe ich genuge zu tue damite, dass ich stopfe die vier die immer hungerige Maule. Kann ich nix auch noch stopfe die fremde Buchstabe da!»

Meine Mutter präzisierte ihren Zweifel:

«Na, wie stellst du dir das vor, dass wir mit den Jungs schon vor den Ferien nach Italien fahren?»

«Ache, die wasse! Seide ihr in die deutse Lande immer so pingelige! Nehme wir die Bube einfake bissi fruher mit. Wo iste die *problema?*»

«Das kann ich dir sagen: Das Problem besteht darin, dass wir hier in Deutschland zwei Wochen vor Ferienbeginn nicht in die Kategorie ‹ein bisschen früher› einordnen. Das ist das Problem!»

«Ah, sei du nix die *pessimista*! Sehe du, werde ich schon schaffe!»

Am nächsten Tag ging mein Vater dann auch tatsächlich zu unserem Direktor und brachte sein Anliegen vor. Ganz sachlich, wie er betonte, und mit der Unterstützung von fünf Zwanzigmarkscheinen, die er dem Schulleiter in einem neutralen Umschlag über den Tisch schob.

Das Hausverbot konnte mein Vater verschmerzen, schließlich gehörte das Innere eines Schulgebäudes noch nie zu seinen häufig frequentierten Stätten. Aber dass ihm der Schulleiter damit drohte, die Polizei zu holen, war ihm dann doch des Guten zu viel.

«*Mamma mia!* Hab ich fur die nix auch noch eine Umeschlage! Bin ich doch keine golde Esel!»

In Sizilien war es eben das Normalste der Welt, seinem Gegenüber ein paar Entscheidungshilfen mit auf den Weg zu geben, aber unser Schulleiter, ein ordnungsliebender schwäbischer Beamter, machte meinem Vater deutlich, dass er ein solches Vorgehen nicht dulde und sich sowohl den Bestechungsversuch als auch die dreiste Frage, ob seine drei Söhne zwei Wochen vom Unterricht befreit werden könnten, entschieden verbitte. Das höchste der Gefühle sei ein Tag, und selbst den genehmige er nur auf schriftlichen Antrag und nur bei Sterbefällen.

Gefahren sind wir dann trotzdem wie geplant am 8. Dezember. Mein Vater hatte nämlich – in bedenklichem Deutsch zwar, aber immerhin schriftlich – den Direktor davon in Kenntnis gesetzt, dass plötzlich und unerwartet vierzehn seiner Brüder verstorben seien, bei deren Begräbnis die Anwesenheit der gesamten Familie unbedingt erforderlich sei. Im Antwortschreiben wurde uns mitgeteilt, dass die Schule im Gegenzug ab dem neuen Halbjahr großzügig auf unsere Anwesenheit verzichte. Daraufhin ging mein Vater nach unserer Rückkehr erneut zum Direktor, diesmal allerdings ohne Geld, und erzählte ihm von unserer sizilianischen Verwandtschaft, von meinem Onkel Luigi und dessen zumindest halbseidenem Umfeld und wie wenig den Barbaren da unten ein Menschenleben wert sei – und vor allem, dass mein Onkel in Kürze zum Gegenbesuch in Isny erwartet und es sicher nicht besonders wohlwollend aufnehmen werde, wenn seine drei Neffen dann an einer für sie völlig fremden Lehranstalt untergebracht seien.

Zumindest sinngemäß hat mein Vater dem Direktor das sicher so erzählt, allerdings eher auf die ihm eigene, geraffte Art: «Eh, *preside*, eh. Komme morge meine Bruder Don Luigi aus *Sicilia*. Aber komme nix die alleine, sonder bringe noch seine zwei Brudere mit: die Smithe und die Wessone. Und komme die drei auch *direttamente* zu du, falls meine Junge dann nix mehr sinde an deine kleine Schule, *capito*?»

Und ja, das hat er verstanden, blöd war er ja nicht. Ab da gab es nie wieder Probleme.

Als wir damals in Balordo ankamen, war die Krippe schon aufgebaut. Wir Kinder kannten das daheim aus dem Allgäu nicht, meine Mutter hatte sich immer dagegen gesträubt, sie wollte lieber einen Weihnachtsbaum. Und deshalb hatte sie meinen Vater auch überredet, quasi als kleines Gastgeschenk einen teutonischen Christbaum in Form einer Nordmanntanne mitzubringen. Viele Deutsche mögen diesen Baum wegen seiner Robustheit, aber man darf es natürlich auch nicht auf die Spitze treiben, erst recht nicht auf die Tannenspitze. Denn selbst ein noch so robuster Nordmann reagiert arg verschnupft, wenn man ihn in einen Kombi steckt, in den er nicht komplett hineinpasst. Konsequenz: Heckklappe von Isny im Allgäu bis Balordo auf Sizilien sperrangelweit offen, Nordmann bei Ankunft ohne Nadeln, Kinder ohne Gefühl im Gesicht. Und die Sizilianer ohne Dank:

«Oh, was iste das, eh?», spottete Onkel Luigi in Richtung meines Vaters. «Habe du so langsame gefahre, dass die hasseliche Baume ist in deine Fiate gesprunge, eh? Oder habe du noch die viel langsamere gefahre unde die hasseliche Baume iste gewachse auf die Fahrt bis zu die Balordo, eh? Was du wolle mit die?»

Das rief meine Mutter auf den Plan:

«Weißt du, das ist wieder typisch für dich, Luigi! Da transportieren wir für euch einen Tannenbaum durch halb Europa und nehmen dabei billigend Erfrierungen verschiedenen Grades in Kauf, und anstatt dich über unser Gastgeschenk zu freuen, machst du dich darüber lustig!»

Mein Vater legte ihr bereits beschwichtigend seine Hand auf den Unterarm, aber Onkel Luigi gab schon klein bei:

«Ah, komme du, ware doch nur die kleine von die Spassele, eh? *Naturalmente* wir freue uns uber die wundersone Baume.

Iste sehr sone. Iste sogar viel zu sone fur nur in die Hause zu stehe. Solle die ganze Dorfe sehe die Baume aus die deutse Lande. Werde ich, Onkel Luigi hochestepersoneliche, die Baum drauße platziere.»

Und damit zog er mit einem einzigen gewaltigen Ruck den Baum aus dem Auto, natürlich nicht ohne dabei die halbe Deckenverkleidung des Kombis mit herauszureißen, was ihn jedoch nicht im Geringsten scherte. Er schleifte den Baum hinter sich her, was ihm endgültig den Rest gab, zog ihn um das Haus herum und legte den schwer ramponierten Baum dahinter ab. Nach wenigen Augenblicken tauchte er wieder auf, klatschte sich nach getaner Arbeit in die Hände und sagte:

«So, nach alte sizilianische Sitte die Baum lege hinter die Hause. Und da bleibe bis zu die Siebete von die Januare, unde dann die Onkel Luigi komme mit seine allermachtigste von die Kettesage und mache aus die deutsche Baume die Holze fur die italienische Ofe.»

Schon damals war Globalisierung für meinen Onkel gelebte Realität.

Sowenig Respekt Onkel Luigi unserem Baum zukommen ließ, so stolz waren er und die ganze Familie auf die Krippe, die *presepio*, die sie im Wohnzimmer meiner Großmutter aufgebaut hatten. Es gab in ganz Balordo keinen einzigen Haushalt, der krippenlos war. Es war gute Tradition, von Haus zu Haus zu gehen, um die Krippen der anderen anzuschauen und natürlich gebührend zu loben. Jedes bekrippte Zimmer, das man würdevoll und feierlich betrat, hallte wider von den ganzen Ohs und Ahs, mit denen die ehrfürchtigen Besucher ihrer tiefen Bewunderung für die Krippe Ausdruck verliehen, ergänzt von dem Zusatz, dass dies die schönste Krippe sei, die sie in ihrem ganzen Leben je gesehen hätten, und sie hätten weiß Gott in ihrem Leben schon viele Krippen gesehen. Da dies jedoch jeder Besucher in jedem Haus gebetsmühlenartig hinunterspulte, verlor das Krippen-Mantra ein wenig an Glaubwürdigkeit, was der Prozedur wiederum eine gewisse Ehrlichkeit verlieh, denn die Besuche waren in erster Linie eines: die pure Heuchelei! Kaum hatten die Besichtiger nämlich den Ort ihrer angeblich größten Bewunderung verlassen, fingen die ganz Ungeduldigen schon auf dem Weg nach draußen an, sich den Mund über diese noch nie da gewesene Ausgeburt an Hässlichkeit und Kitsch zu zerreißen, indem sie sich gegenseitig mit den Ellbogen in die Rippen stießen und sich dabei die ersten Beleidigungen zuzischten. Ihnen sei dabei jedoch zugutegehalten, dass sie für ihre Beschimpfungen in der Tat nicht viel Zeit hatten, da der nächste Besichtigungstermin ja bereits im Haus nebenan wartete.

«Bah, haste du diese *presepio* gesehe?»

«*No*, habe ich nix gesehe eine *presepio*. Was ich gesehe habe, das ware eine riesige Haufe von die Sperrmülle in die Wohnzimmer. Oder war das etwa die *presepio*?»

Solche Beleidigungen gehören selbstverständlich in die allerharmloseste Kategorie. Und manchmal waren sie ja durchaus berechtigt. Da war schon ein Panoptikum des schlechten Geschmacks in den Wohnstuben Balordos versammelt, das kann man nicht anders sagen. Und in solchen Fällen zeigten die verlogenen Kritiker selbst hinter dem Rücken ihrer Opfer Mitleid und beschränkten sich auf symbolische kleine Giftpfeile. Anders sah es jedoch aus, wenn die gerade angeschaute und bewunderte Krippe ZU RECHT gelobt werden musste! In solchen Fällen trieb der blanke Neid die Leute zu schlimmsten verbalen Bosheiten, die meistens, um auf Nummer sicher zu gehen, noch von Verwünschungen und Flüchen begleitet wurden. Selbst vor Handgreiflichkeiten schreckte man mitunter nicht zurück. Da wurde dem kleinen Jesuskind in einem unbeobachteten Moment auch schon mal ein Schnurrbart aufgemalt oder dem Esel ein Bein weggetreten. Besonders perfide war es jedoch, unter erwiesenermaßen sizilianischer Handarbeit gefälschte «Made-in-China»-Aufkleber anzubringen, was die Höchststrafe für alle Traditionalisten und gleichbedeutend mit immerwährendem Gesichtsverlust war. Der Mensch kann sehr einfallsreich werden, wenn er anderen schaden will.

Natürlich kannte jeder Balordianer dieses Spiel, weil es ja von jedem Balordianer jedes Jahr aufs Neue gespielt wurde. Und mein Onkel hatte sich vorgenommen, dass in diesem Jahr das ganze Dorf vor Neid erblassen sollte. Er wollte Balordo und uns ein Spektakel der besonderen Art bieten. Das Dorf hatte zwar schon einiges gesehen: große Krippen, kleine Krippen, hölzerne Krippen, mechanische Krippen, aus einem einzigen Stück geschnitzte Krippen und was sonst noch alles. Aber da war etwas, was es in keinem einzigen der geschmückten Wohnzimmer gab: eine LEBENDIGE Krippe! Und genau das wollte Onkel Luigi ändern. Es sollte sein Meisterstück werden. Den Leuten sollte der Mund offen stehen bleiben! Und mein Onkel war überzeugt davon, dass es funktionieren würde, denn auch meine *nonna* hatte mit offenem Mund dagestanden, als er sie in seine Pläne eingeweiht hatte. Sie war nämlich zunächst überhaupt nicht von der Idee angetan, ein lebendes Ensemble in ihrer guten Stube zu beherbergen. Und auch Onkel Luigis Hinweis, dass die Heilige Familie vor zweitausend Jahren genau an dieser Verweigerungshaltung ihrer Mitmenschen schwer zu knabbern gehabt hätte, konnte meine Oma nicht umstimmen.

Erst als er ihr ausmalte, wie die Nachbarn sich beim Anblick des Spektakels vor lauter Neid die Arme aufkratzen würden, fand sie allmählich Gefallen daran. Den endgültigen Ausschlag gaben dann noch einige Kompromisse, die sie bei meinem Onkel durchdrücken konnte. Vor allem die Idee, dass ihr ein leibhaftiger Esel fast einen Monat lang beim Fernsehen über die Schulter schauen würde, gefiel ihr nämlich ganz und gar nicht. Und wenn man schon dabei sei: Es wäre ja wohl für den Ochsen ohne Esel auch recht langweilig und schon aus tierpsychologischer Sicht nicht zu verantworten, ihn da so ganz allein vereinsamen zu lassen. Gerade an Weihnachten solle niemand einsam sein müssen. Es war meinem Onkel schon klar, dass diese Gründe nur vorgeschoben waren, weil der Tierschutz auf Sizilien im Allgemeinen und bei meiner Großmutter im Besonderen überhaupt keine Rolle spielte. Ihr ging es einzig um den Dreck und Gestank, das war klar. Andererseits bedeutete der Verzicht auf Ochs und Esel schon einen erheblichen Attraktivitätsverlust für eine lebende Krippe. Da Onkel Luigi das Projekt aber nicht sterben lassen wollte, stimmte er dem Kompromissvorschlag meiner Großmutter, von dem noch die Rede sein wird, zu.

Als meine Eltern, meine Geschwister und ich hinter meiner *nonna* und Onkel Luigi das Haus betraten, roch es schon nach Weihnachten. Aber ich meine hier nicht den klassischen Weihnachtsgeruch nach Zimt, Nelken und Lebkuchen. Nein, ich rede hier von dem Weihnachtsgeruch, den man immer dann antrifft, wenn man sich entschlossen hat, eine lebendige Krippe im Wohnzimmer zu installieren. Denn selbst wenn man sich gegen die Anwesenheit von großen Paar- und Unpaarhufern entscheidet, so sorgen doch die anderen Bewohner der Krippe für eine unverwechselbare Duftnote im Eigenheim. Als Onkel

Luigi mit einer feierlichen Geste die Wohnzimmertür öffnete, kam uns schon ein Schwarm Fliegen entgegen. Auch als zoologischer Laie weiß man, dass es kein gutes Zeichen ist, wenn der Gestank sogar Fliegen in die Flucht schlägt. Aber lange konnte ich mir darüber nicht den Kopf zerbrechen, weil sich unmittelbar nach den Fliegen der Gestank selbst den Weg nach draußen bahnte. Und eines ist klar: Wenn der Gestank vor seinem eigenen Gestank flieht – dann stinkt's wirklich! Onkel Luigi war völlig unbeeindruckt von den Gerüchen. Stolz wie Oskar stand er in der Tür und deutete immer wieder mit weit ausladenden Armbewegungen zur Krippe hinüber, so wie man es aus dem Fernsehen kennt, wenn der Lord dem Enkel all seine Ländereien zeigt und dabei sagt: «Das wird später alles einmal dir gehören.»

Wenigstens auf diesen Satz verzichtete mein Onkel.

Er war offenbar fest entschlossen, den Ausfall der beiden Protagonisten allein durch das Prinzip Masse zu kompensieren und bei historischen Details nicht päpstlicher sein zu wollen als der Papst. Es sei denn, dass bei der biblischen Krippe von mehreren Dutzend Hühnern in Legebatterien die Rede war. Auch an Schlappohrkaninchen und ein Glas mit Goldfischen direkt neben der eigentlichen Krippe kann ich mich nicht erinnern. Die zwölf blökenden Lämmchen hingegen machten in meinen Augen durchaus wieder Sinn, es war mir lediglich unklar, warum es so viele sein mussten. Das konnte mir meine Oma schnell erklären:

«Oh, Roberto, weißte du, ware an die Anfange noch viel mehre, aber sinde die kleine Lamme, die *agnelli*, sinde die die personeliche Adventskalendere von deine Onkel Luigi. An jede Morge er komme und offne die Ture und hole sich eine. Und ich, deine gute *nonna*, mache ich jede Tag eine Lamme zu die Mittagesse fur Luigi. Und an die Heilige Abend, er hole die Schafe dahinte.»

Dabei zeigte sie auf ein Schaf, das in der hintersten Ecke des Zimmers stand und uns treudoof wiederkäuend anstarrte. Ich hörte erst wieder auf zu weinen, als ich eins von den Lämmchen geschenkt bekam und meine *nonna* mir versprach, dass dieses kleine Wesen auf jeden Fall das letzte sei, das in den Ofen käme.

Onkel Luigi ließ sich davon nicht irritieren und fragte stolz: «Unde? Was sage ihr jetzte, eh?»

Niemand sagte etwas. Meine Mutter wäre in ihrer resoluten und ehrlichen Art sicher nicht um einen Kommentar verlegen gewesen, aber da sie über einen außerordentlich sensiblen Geruchssinn verfügte, war sie ohnmächtig auf das Sofa gesunken und hatte sich dabei den Zorn zweier Enten zugezogen, die dort brüteten. Mein Vater konnte auch nichts sagen, weil er sich schließlich um seine Frau kümmern musste. Also gab sich mein Onkel die Antwort selber:

«Iste mit die großeste von die Abstande die aller von die beste von die lebendige Krippe von die ganze Welte!»

Und bevor auch nur einer von uns irgendetwas erwidern konnte, klatschte er vorfreudig in die Hände und sagte: «Aber nun genuge von die Gequatschte! Habe wir nix mehr so viele Zeite, eh! Müsse die *spettatori*, die Zuschauere, balde komme. *Avanti*, gehte ihr auf die *posizione*! *Avanti*!»

Er machte ein, zwei Schritte auf uns zu, zog zuerst Edoardo, meinen ältesten Bruder, zu sich herüber und führte ihn wie ein Kalb zur Schlachtbank. Und genau das war er auch. Mein Bruder wusste gar nicht, wie ihm geschah, als Onkel Luigi ihn neben der leeren Krippe anband und ihm befahl, auf alle viere zu gehen.

«So, *bene*, Edoardo, biste du unsere *asino*, die Esele!»

Vielleicht war es der Überraschungseffekt, vielleicht wirkten die Schlafmittel von der Fahrt auch noch ein wenig. Auf jeden Fall ließ Edoardo alles widerstandslos mit sich geschehen. Auch als meine Großmutter eine Möhre aus ihrer Schürzentasche holte und sie ihm in den fassungslos geöffneten Mund steckte, reagierte er nicht. Rückblickend bezweifle ich außerdem, dass Edoardo überhaupt registrierte, wie ihm Onkel Luigi gleichzeitig ein Paar Eselsohren aus Plastik überstülpte. Mein anderer Bruder, Enzo, war vor Schreck gelähmt. Er ahnte wohl, was auf ihn zukam, schaffte es jedoch nicht, zu fliehen. Ehe er sichs versah, fand er sich angekettet auf der anderen Seite der Krippe wieder. Zwar konnte unsere *nonna* Onkel Luigi davon abbringen, ihm einen Nasenring anzulegen, wie es sich für einen ordentlichen Ochsen gehört hätte, aber auf der schweren Kuhglocke um Enzos Hals bestand er.

Innerlich triumphierte ich: Endlich einmal konnte ich mich über meine älteren Brüder lustig machen. Genugtuung für all die Schmähungen und Schläge, die ich als Jüngster einstecken musste. Denn mir war klar: Wenn Ochs und Esel vergeben sind, dann kann mir nichts mehr passieren! Onkel Luigi war mein Held! Was für eine brillante Idee von ihm, eine lebende Krippe zu bauen mit meinen Brüdern als Supertrottel in der Hauptrolle! Und von den Eltern war keine Hilfe zu erwarten, weil sich mein nichtsahnender Vater mittlerweile im Nebenzimmer um meine Mutter kümmerte. Das war also der Kompromiss, zu dem sich mein Onkel durchgerungen hatte: Große Tiere: nein! Lebende Jungs: ja! Welche Freude, mich einfach gleich in die Reihe der Besucher einzuordnen und Enzo und Edoardo auszulachen! Und damit fing ich vorsichtshalber direkt schon mal an. Man konnte ja nie wissen, wie lange so ein rarer Augenblick anhielt.

Nicht lange.

Wenn ich damals ein wenig bibelfester, zumindest aber ein wenig kritischer gewesen wäre, dann hätte mir auffallen müssen, dass zwar der Bedarf dieser Krippe an Ochsen und Eseln, ja an Tieren überhaupt, gedeckt war. Aber bei genauer Betrachtung werden und wurden Krippen ja nicht gebaut, um Ochsen und Esel hochleben zu lassen, sondern um sich der Geburt Jesu Christi zu erinnern. Und worin wurde das neugeborene Kindlein gebettet? In eine Krippe! Und was lag in Onkel Luigis Krippe? Nichts!

Noch nichts.

Aber Onkel Luigi hatte mich schon im Visier:

«Ah, Roberto! Komme du her zu mir! Habe die Onkel Luigi eine kleine *sorpresa*, eine kleine Uberraschung fur du!»

Ich ahnte Schlimmes.

«Musst du *naturalmente* nix ohne die deine Brudere sei, eh!»

Das Problem war weniger die Krippe selber. Sie war sogar größer, als ich dachte. Onkel Luigi musste mich nur an den Seiten ein wenig hineinstopfen – fertig! Der Strampelanzug war das, was mich am meisten störte. Im Prinzip konnte man ihn getrost einfach als Anzug bezeichnen, denn strampeln konnte ich ja nicht.

Ich weiß nicht, wie lange all die Besucher geblieben wären, wenn meine Mutter sich nicht von ihrer Ohnmacht erholt hätte. Die Leute konnten sich gar nicht satt sehen an dem Anblick, den wir ihnen da boten. Als Onkel Luigi merkte, dass uns die anderen auslachten und seine Krippe nicht ernst nahmen, verkaufte er das Ganze kurzerhand als deutsche Tradition, die wir aus dem Allgäu mitgebracht hätten, was das Gelächter nur noch verstärkte. Aber dann kam ja zum Glück Mama wie von der Tarantel gestochen ins Zimmer geschossen, befreite uns aus unsrer misslichen Lage und überzog meinen Onkel mit einer Kanonade von schwäbischen Flüchen, die ich ihr niemals zugetraut hätte und deren genauere Bedeutung ich erst im Laufe der Pubertät verstand.

Bis heute kann ich mir zur Weihnachtszeit in der Kirche kein Krippenspiel anschauen. Ich würde mich sofort auf die Bühne stürzen, um die Kinder zu befreien. Ich kenne mich. Habe ich ja mit Onkel Luigis Lämmchen auch gemacht.

Roberto Capitoni *wurde 1962 in Isny im Allgäu als Sohn eines Italieners und einer Allgäuerin geboren und steht seit 1982 auf Deutschlands Bühnen. Im Oktober 2007 feierte er die Premiere seines dritten Comedy-Bühnenprogramms «Im Auftrag des Paten». Zusätzlich hat er TV-Auftritte u. a. in «Ottis Schlachthof» im Bayerischen Rundfunk, im «Quatsch Comedy Club» bei ProSieben, bei «Nightwash» im WDR und auf Comedy Central, in der «Schillerstraße» auf Sat.1 etc. Er ist einer der Autoren der Kolumne «Abpfiff» in Deutschlands größtem Fußballmagazin «Kicker». Bei Wunderlich erschien 2010 sein erster Roman «Ich mach dir Betonschuhe».*

Anne Hertz

Weg vom Fenster

Ich bin meiner Zeit voraus. Meistens so um zwei Monate. Wenn im Januar alle mit dicker Pudelmütze, Strickpulli, Schal und Daunenjacke durch den Hamburger Schnee stapfen, hantiere ich bereits mit Ostereiern, Krokussen und angesagten Pastelltönen. Im Juli – bei dreißig Grad im Schatten und sechzehn Sonnenstunden pro Tag – beschäftige ich mich mit den neuen Tweedstoffen und hocke in einem Haufen aus Kunstlaub. Und jetzt, ganze acht Wochen vor Weihnachten, jault ein Kinderchor «Oh, du fröhliche» aus meinem mitgebrachten CD-Player, um mich in die richtige Stimmung zu bringen. Draußen vor dem Fenster kämpfen sich eilige Passanten durch die Herbststürme, drinnen in meiner Welt zieht eine Dame im kurzen Weihnachtsmannkostüm einen Holzschlitten, auf dem drei Herren in topaktueller Wintermode sitzen. Alle haben ein paar Flocken Kunstschnee im Haar, zu ihren Füßen liegen bunte Geschenkepäckchen und glitzernde Christbaumkugeln. Zufrieden betrachte ich mein Tagewerk. Ja, alles schön weihnachtlich, so kann es bleiben.

Seit vier Jahren arbeite ich selbständig als Schaufensterdekorateurin. Wenn Sie mal in Ruhe den Eppendorfer Weg entlangschlendern – etwa jede zweite Geschäftsauslage habe ich gestaltet. Jedenfalls die, vor denen man stehen bleibt und denkt: Mensch, hier hat sich ja jemand mal was einfallen lassen! Angefangen hat alles mit der Boutique einer Freundin. Festliche Herrenmode. Schwieriges Thema zum Dekorieren. Die wenigsten Männer sehen gut aus, wenn man sie in bunte Schals wickelt und überall Glitzer verteilt. Meine Freundin fragte mich – zu der Zeit hielt ich mich gerade mit diversen Gelegenheitsjobs über Wasser –, ob ich nicht eine Idee hätte, die Auslage etwas attraktiver zu gestalten. Hatte ich. Eine Woche später rekelte sich eine blonde Schaufensterpuppe im pinkfarbenen Marilyn-Monroe-Kleid zwischen vier knienden Herren, die ihr Diamanten-Colliers zu Füßen legten. Die Reaktion darauf war phänomenal: Nach nur einem Monat hatte sich der Umsatz meiner Freundin glatt verdreifacht, eine Tageszeitung berichtete über mich («Luzie Schröder ist alles andere als weg vom Fenster»), Geschäftsbesitzer rannten mir die Bude ein, und ich konnte alle meine McJobs kündigen. Hach, das war eine schöne Zeit – wäre mal alles so geblieben!

Aber dank meines kreativen Einsatzes konnte meine Freundin ihren Laden nach einem Jahr äußerst gewinnbringend verkaufen und sich endlich ihren langersehnten Traum erfüllen: Sie zog mit ihrem Freund nach Tarifa und eröffnete dort eine Surfschule. Ich blieb in Hamburg und kümmerte mich weiter um ihre Boutique. Und um den neuen Besitzer, Gunnar Heusler. Bereits bei unserer ersten Begegnung wusste ich: Dieser Mann und ich, wir sind vom Schicksal füreinander bestimmt! Leider hatte das Schicksal davon noch nichts mitbekommen, denn Gunnar war bereits seit einigen Jahren verheiratet. Aber weder er noch ich störten uns an solchen Kleinigkeiten, sofort begannen wir eine heftige Affäre, die bis heute andauert. Auch in diesem Punkt bin ich meiner Zeit voraus. Denn während die meisten Frauenzeitschriften ja propagieren, dass man sich niemals nie auf einen verheirateten Mann einlassen soll, bin ich mir ganz sicher: Gunnar wird seine Frau verlassen. Er hat es mir versprochen. Sobald der richtige Zeitpunkt gekommen ist, ist er weg. Spätestens dieses Jahr zu Weihnachten, dann hat seine Frau ihr zweites Staatsexamen in der Tasche. Und dann sitzen Gunnar und ich am Heiligen Abend in trauter Zweisamkeit unter dem Christbaum und diskutieren darüber, wie wir in der nächsten Woche die Frühjahrskollektion ins rechte Licht rücken wollen. Ja, ich freue mich schon drauf!

«Hallo, mein kleiner Weihnachtsmann!» Gerade drapiere ich noch ein wenig Engelshaar zwischen die Lichterkette der Kunsttanne, da legt der tollste Mann der Welt von hinten seine Arme um mich und bläst mir seinen warmen Atem in den Nacken.

«Da bist du ja!» Erfreut drehe ich mich zu ihm um und stelle mal wieder fest, dass mein Herz immer noch einen Hüpfer macht, wenn ich ihn sehe. Diese niedlichen blonden Locken, die immer ein bisschen so aussehen, als wäre er gerade erst aufgestanden, seine dunkelgrünen Augen mit den gelben Sprenkeln, die bezaubernden Sommersprossen, die das gesamte Gesicht bedecken! «Wo ist denn Frau Gutmann?», frage ich dann etwas erschrocken, weil wir ja von seiner Angestellten erwischt werden könnten.

«Hab ich nach Hause geschickt», verkündet er mit einem Augenzwinkern. Lachend umarme ich ihn.

«Ich hab dich vermisst», flüstere ich Gunnar dabei ins Ohr und ziehe ihn ganz fest an mich heran.

«Moment», nuschelt er zurück und schiebt mich sanft aus dem Schaufenster in den Laden. «Die Leute können uns ja sehen!»

«Ja, und?», sage ich schmollend. «Bei uns ist schließlich schon Weihnachten, das Fest der Liebe!» Gunnar kichert.

«Soso, das Fest der Liebe. Dann wollen wir uns mal danach richten.» Er schiebt seine Hände unter meinen Pulli und nestelt am Verschluss meines BHs herum.

«He!», protestiere ich und schiebe ihn ein Stückchen von mir weg. «Hier kann jeden Moment jemand reinkommen.» Gunnar schüttelt den Kopf.

«Wir haben schon nach sechs, und ich hab gerade die Tür abgeschlossen.» Wieder macht er sich an meinem Büstenhalter zu schaffen, lachend plumpsen wir auf das Sofa neben der Umkleidekabine. Da liegen wir also und knutschen wie die Teenager, innerhalb von Sekunden hat Gunnar mir Rock und Pullover ausgezogen.

«Mir wird kalt», jammere ich in gespielt weinerlichem Tonfall.

«Gleich wird's wärmer», verspricht Gunnar, nimmt mich fest in den Arm und bedeckt meinen ganzen Körper mit Küssen. Ich weiß nicht, wie viele Schäferstündchen wir hier auf diesem Sofa schon hatten. Aber was ich weiß, ist, dass es sich ganz plötzlich nicht mehr richtig anfühlt. Vielleicht sind es die Weihnachtslieder, die mir aufs Gemüt geschlagen haben, was weiß ich. Nach fünf Stunden «Oh, du fröhliche» und «Es ist ein Ros entsprungen» ist es schwierig, sich unheilig zu fühlen. Ja, es ist das Fest der Liebe. Der Liebe – und nicht der schnellen Nummer auf einem Sofa mitten in einer Herrenboutique.

«Gunnar.» Ich blicke ihm ernst in die Augen.

«Ja?» Ernster Blick zurück.

«Was ist mit deiner Frau?»

«Was soll mit meiner Frau sein?» Ich liebe es, wenn er sich blöd stellt!

«Du weißt schon, was ich meine!» Gunnar seufzt und stützt seinen Kopf auf die Hand. «Wann sprichst du mit ihr?»

«Meine Süße, das habe ich dir doch schon gesagt: Bis Weihnachten ist alles geregelt. In zwei Wochen hat sie ihre letzte Staatsexamensprüfung geschrieben, dann kann ich ihr alles erzählen. Ich schwöre, ich werde mich von Natalie trennen, weil ich dich liebe.»

«Wirklich?» Ich suche – wie schon so oft – in seinen Augen nach einem Anhaltspunkt, ob er es auch wirklich ernst meint. Er erwidert meinen Blick unumwunden, kein verräterisches Zucken, kein gar nichts, was darauf hinweisen würde, dass er nicht die Wahrheit sagt. Nachdem wir uns einen Moment lang nahezu fixieren, fängt Gunnar an zu grinsen.

«Ach, Luzie», seufzt er und drückt mir einen dicken Kuss auf. «Ich will nichts weiter als mit dir zusammen sein. Vertrau mir! Dieses Jahr feiern wir unser erstes gemeinsames Weihnachten.» Dann beugt er sich wieder zu mir hinunter, wir versinken in einem langen, zärtlichen Kuss. Nur noch zwei Wochen, hämmert es in meinem Kopf. Nur noch zwei Wochen, dann können wir endlich immer zusammen sein.

«Ich liebe dich», flüstere ich ihm ins Ohr und ziehe ihn noch ein bisschen fester an mich heran.

«Ich liebe dich auch», erwidert er und fängt an, mir die Träger meines BHs von den Schultern zu schieben.

Klimper. Ein Geräusch lässt uns beide hochfahren. Gunnar wird mit einem Schlag kreidebleich.

«Die Tür!», ruft er erschrocken.

«Aber du hast doch abgeschlossen», beruhige ich ihn. Er springt trotzdem auf, zieht mich hoch und ordnet dann hektisch seine Klamotten.

«Ja, aber da schließt gerade jemand auf.» Mit einem groben

Schubser befördert er mich ins Schaufenster, unsanft lande ich mitten zwischen Geschenken, Christbaumkugeln und Engelshaar. «Das ist meine Frau!» In diesem Moment fährt auch mir der Schrecken in die Beine. Klar, seine Frau hat einen Schlüssel! «Ich komme gleich wieder», ruft Gunnar aus, betätigt den Schalter neben dem Schaufenster, sodass das Eisengitter zum Laden geräuschvoll herunterfährt.

«Moment!», will ich protestieren, aber in diesem Moment höre ich schon die Stimme von Gunnars Frau im Laden.

«Vertrau mir», zischt er mir noch zu, dann begrüßt er in erfreutem Tonfall seine Frau.

«Natalie, was machst du denn hier?» Durch die Waben des Gitters kann ich beide nur schemenhaft erkennen. Hoffentlich wird das ein Kurzbesuch, ich habe nämlich wenig Lust, in meiner Unterwäsche in einem Schaufenster direkt am Eppendorfer Weg zu hocken. Während ich darüber nachdenke, wird mit schlagartig bewusst, dass ich mir vielleicht mal was überziehen sollte.

«Ich habe zu Hause auf dich gewartet, und dein Handy ist aus», höre ich Natalie erwidern, während ich mich hektisch nach etwas zum Anziehen umsehe. Aber meine Klamotten liegen im Laden, Gunnar hat sie noch mit einem schnellen Fußtritt unter das Sofa befördert.

«Ich bin so gut wie auf dem Weg», antwortet Gunnar. Ich kann hören, dass er nervös ist. Ich selbst bin allerdings auch alles andere als entspannt, draußen sehe ich ein paar Fußgänger, die sich dem Geschäft nähern, und ich schicke ein kurzes Stoßgebet gen Himmel, dass sie mich nicht sehen. Mit zittrigen Fingern ziehe ich der Weihnachtsfrau ihren roten Mantel aus und werfe ihn kurzerhand über. Besser als nichts, mit ein bisschen Glück halten die Leute mich für eine Schaufensterpuppe.

Nachdem ich wieder einigermaßen bekleidet bin, kann ich mich nun voll und ganz auf das Gespräch zwischen Gunnar und seiner Frau konzentrieren.

«Wie konntest du das vergessen?», stellt sie gerade in vorwurfsvollem Ton fest.

«Vergessen?», will er wissen. «Was denn?» Einen Moment lang ist es still, dann höre ich wieder Gunnar. «Ach, Mist, stimmt ja!», ruft er aus. «Die Weihnachtsfeier!» Weihnachtsfeier? Wir haben Ende Oktober! «Aber die fängt ja erst um sieben Uhr an, das schaffen wir doch noch gut.»

«Ich meine nicht deine blöde Kunden-Weihnachtsfeier!», brüllt Gunnars Frau jetzt so laut, dass das Schaufenster leicht vibriert.

«Meinst du nicht? Aber die ist doch heute Abend, oder?»

«Ja», bestätigt seine Frau. «Allerdings war heute um fünf noch etwas anderes!» Wieder einen Moment Schweigen. Und dann nimmt die ganze Sache plötzlich eine äußerst interessante Wendung.

«Liebling!» Gunnars Stimme überschlägt sich. «Oh, das tut mir wirklich sooo leid, ich war mit meinen Gedanken offensichtlich ganz woanders!» Ja, bei mir, denke ich. Aber noch interessanter finde ich die Frage: Wo hätte er denn sonst sein sollen? Die Antwort kommt schneller, als mir lieb ist.

«Das ist jetzt schon der zweite Arzttermin, den du vergessen hast», stellt Gunnars Frau fest. «Langsam habe ich den Eindruck, du freust dich gar nicht auf das Baby.»

«Natürlich freue ich mich!», widerspricht Gunnar. «Du weißt, dass ich mir genauso sehr ein Kind gewünscht habe wie du!» Baby? Kind? Arzttermin? Ich frage mich, ob ich das gerade alles richtig verstehe. Offensichtlich tue ich das. «Liebling», schmeichelt der Mann meines Lebens jetzt, «ich freue mich doch wie verrückt darauf! Nächstes Jahr sind wir endlich eine richtige Familie!» Ein Moment scheint Natalie noch zu schmollen, aber dann kommt Versöhnungsstimmung auf.

«Na, komm, du Chaot», erwidert sie lachend, «lass uns los, sonst verpasst du noch deine eigene Weihnachtsfeier!» Sekunden später höre ich, wie sich der Schlüssel im Schloss dreht, kurz darauf sehe ich die beiden auf der anderen Straßenseite zu Gunnars Auto huschen. Bei mir selbst hat es gerade «O Tannenbaum» geschlagen. Was ist hier passiert? Habe ich Wahnvorstellungen? Die Sätze «Nächstes Jahr sind wir endlich eine richtige Familie» und «Ich schwöre, ich werde mich von ihr trennen, weil ich dich liebe» sind für mich nicht gerade deckungsgleich. Bin ich tatsächlich so eine blöde Kuh? Habe ich tatsächlich jahrelang geglaubt, dass Gunnar seine Frau für mich verlassen wird, während er mit ihr in Wahrheit schon längst die Kleinfamilie plante? Luzie Schröder, bist du wirklich genauso bescheuert wie die vielen, vielen anderen Frauen, die sich auf verheiratete Männer einlassen? Die Antwort lautet: Ja! Du bist so bescheuert! Vielleicht sogar noch ein bisschen bescheuerter!

Gut und gerne zehn Minuten lang sitze ich heulend in der Auslage und versuche, das alles zu verdauen. Es ist mir egal, dass immer mal wieder Leute vorbeikommen und mich irritiert mustern. Wahrscheinlich halten sie das für einen Werbegag. Sollen sie doch! Weinende Weihnachtsfrau präsentiert Herrenmode, wenn das mal nicht ein Verkaufsschlager wird. Ich widerstehe der Versuchung, alles kurz und klein zu schlagen. Obwohl ich schon gern Gunnars dummes Gesicht sehen würde, wenn er morgen früh vor den Trümmern seines Schaufensters steht. Fünf enthauptete Puppen, zerschmetterte Christbaumkugeln und eine zerrupfte Plastiktanne, und inmitten der Zerstörung lieg ich, mit gebrochenem Herzen. Ja, da soll er dann mal seiner Frau erklären, wieso da eine tote Schaufensterdekorateurin rumliegt, haha! Aber auch wenn ich einen Drang zur Dramatik habe – so weit würde ich dann doch nicht gehen, das ist Gunnar offensichtlich nicht wert.

Weitere zehn Minuten später wird mir langsam etwas fröstelig. Von draußen kriecht die Kälte durch die Fensterscheibe, die Heizung drinnen ist heruntergefahren. So langsam, aber sicher sollte ich darüber nachdenken, wie ich mich aus meiner misslichen Lage befreien kann. Was allerdings nicht so einfach ist, denn mein Schlüssel liegt im Laden, und der Weg ins Geschäft wird durch das massive Rollgitter versperrt. Von innen lässt es sich nicht öffnen, ich bin gefangen wie in einem Käfig. Toll! Das kann ja eine angenehme Nacht werden. Mein Handy habe ich auch nicht hier, sodass ich noch nicht einmal Hilfe rufen kann, und die letzten zwei Passanten, denen ich zugewinkt habe, haben lediglich zurückgewinkt. Halten mich wohl wirklich für einen Werbegag.

Zwar gibt es an der einen Seite des Schaufensters eine Tür, die in den Flur des Nachbarhauses führt – die ist nur leider von außen mit einem Vorhängeschloss gesichert. Trotzdem bollere ich ein paarmal hilflos dagegen, aber natürlich nützt das nichts. Wieder kommen zwei Fußgänger vorbei. Diesmal klopfe ich gegen die Scheibe und versuche, ihnen mit Händen und Füßen zu erklären, was los ist. Ich bin nicht so gut mit Händen und Füßen, die beiden lachen bloß und gehen dann weiter. Wie kann Gunnar nur so ein Arschloch sein? Lässt mich hier sitzen und kümmert sich nicht darum, dass ich wahrscheinlich die Nacht im Schaufenster verbringen muss. Er könnte doch zu seiner Frau sagen: «Moment, Liebling, ich muss noch einmal in den Laden, da sitzt noch meine Geliebte in der Auslage.» Haha!

Ich muss wohl für einen kurzen Augenblick weggedämmert sein, denn ich fahre hoch, als es von außen ans Fenster klopft. Jetzt habe ich auch noch Halluzinationen: Der Weihnachtsmann steht vor mir und drückt sich die Nase an der Scheibe platt.

«Hallo?», höre ich ihn leise rufen. Beziehungsweise ruft er laut, aber es kommt nur leise bei mir an. «Was machen Sie da?»

«Ich komme nicht raus!», brülle ich zurück. Wenn der Weihnachtsmann mir nicht helfen kann – wer dann? «Im Nebeneingang gibt es eine Tür!», schreie ich und deute wild gestikulierend auf die linke Seite. Der Weihnachtsmann sieht sich irritiert um, er scheint nicht zu verstehen, was ich meine. Ich hechte zur Seitentür und ruckele daran. Noch immer sieht Santa Claus aus, als würde er nur Bahnhof verstehen. «Versuchen Sie, in den Nebeneingang zu kommen!» Jetzt scheint er zu verstehen, jedenfalls verschwindet er aus meinem Gesichtsfeld, und ein paar Minuten später klopft es an die Seitentür.

«Hier?», höre ich dumpf seine Stimme.

«Ja», brülle ich zurück. «Können Sie das Schloss knacken?» Einen Moment lang höre ich nichts, dann macht er sich draußen am Vorhängeschloss zu schaffen.

«Moment», ruft er, «ich hab's gleich!» Ich höre es knacken und klirren, tatsächlich öffnet sich kurz darauf die Seitentür.

«Vielen Dank!», sage ich und entsteige meinem Gefängnis. «Ich dachte schon, ich müsste bis Weihnachten hierbleiben.»

«Haben Sie schon angefangen?», will der Mann in dem roten Mantel und mit dem überdimensionalen weißen Bart von mir wissen.

«Angefangen?»

«Ich soll hier zu einer Weihnachtsfeier kommen.»

«Ach, Sie auch?»

«So was Blödes, jetzt hab ich schon wieder die Adressen verwechselt.» Der Weihnachtsmann und ich sitzen in seinem roten Mini-Cooper und düsen Richtung CCH, dem Congress Centrum Hamburg.

«Finde ich gar nicht so blöd», wende ich ein, «sonst wäre ich da nie rausgekommen.»

«Trotzdem kommen wir jetzt zu spät.» Nach meiner Rettung habe ich dem Weihnachtsmann eine wirre Geschichte erzählt, von wegen ich sollte als Weihnachtsfrau auftreten, wäre aus Versehen eingeschlossen worden und überhaupt. Klang wahrscheinlich total verrückt, aber er hat glücklicherweise nicht weiter nachgefragt. Gunnar hatte den Typen bei einer Kleindarsteller-Agentur gebucht, damit er heute Abend bei der Weihnachtsfeier seine Kunden ein bisschen bespaßt. Tja, und der Weihnachtsmann hat die Adresse vom Laden mit der von der Veranstaltung verwechselt.

«Finde ich sowieso bescheuert», stellt mein Sitznachbar jetzt fest, «dass die Weihnachtsfeiern jedes Jahr früher losgehen. Demnächst fangen die schon im Hochsommer an!»

«Hier mal bitte kurz halten», unterbreche ich ihn Ecke Rentzelstraße. «Ich wohne hier und muss noch kurz was holen.»

«Hä?»

«Hab den Sack mit den Geschenken vergessen, ich Dussel», erkläre ich und springe aus dem Wagen. Nachdem der Weihnachtsmann mich gerettet und mir erklärt hat, er solle bei «Heuslers Herrenboutique» den Santa Claus geben, war für mich klar, dass ich mitkomme. Denen werde ich eine Weihnachtsfeier liefern, die sich gewaschen hat! Gut, dass meine Nachbarin einen Zweitschlüssel hat und auch da ist, als ich klingele.

«Hallo, Frau Schröder?!» Sie mustert mich verwundert, mein Aufzug lässt ja auch wirklich ein paar Fragen offen.

«Hätten Sie mal meinen Schlüssel für mich? Mir ist da ein kleines Malheur passiert.» Sie holt den Schlüssel und drückt ihn mir in die Hand.

«Na denn», meint sie grinsend, «schöne Bescherung!»

«Die wird's wohl geben!»

In meiner Wohnung sammele ich eilig alle Sachen zusammen, die ich von Gunnar habe: ein Paar Unterhosen von ihm, Ohrringe, die er mir mal geschenkt hat, diverse Liebesbriefe, die Flugtickets für unseren geplanten Kurztrip nach Barcelona, gemeinsame Fotos aus den letzten Jahren und so weiter und so fort. Hektisch sehe ich mich nach etwas wie einem Sack um, in den ich die Sachen stopfen kann. Gibt keinen Sack, also nehme ich eine zerknitterte Aldi-Tüte. Für den Anlass mehr als passend, finde ich.

«Das ist dein Geschenkesack?», will der Weihnachtsmann irritiert wissen, als ich wieder zu ihm ins Auto steige.

«Ja», bestätige ich, «soll ein Gag sein.»

«Aha.» Er lässt den Motor wieder an und fährt los. «Über welche Agentur bist du denn gebucht?», fragt er, während er sich durch den dichten Verkehr am Dammtor-Bahnhof kämpft. Ich denke einen Moment lang nach.

«Weg vom Fenster», erwidere ich dann.

«Komischer Name.»

«Ho! Ho! Ho!» Rumpelnd stürzen wir in den Veranstaltungsraum, an dem draußen das Schild «Weihnachtsfeier Heuslers Herrenboutique» hängt. Im Halbdunkeln kann ich eine Runde von etwa dreißig Damen und Herren erkennen, Gunnar und seine Frau sitzen am Kopfende des großen Tisches. Er erkennt mich sofort, und ihm entgleisen die Gesichtszüge. Hektisch springt Gunnar auf und kommt auf uns zu.

«Sie, äh, Sie», stottert er, «Sie sind …»

«Der Weihnachtsmann und die Weihnachtsfrau», unterbreche ich ihn, nehme ihn beim Arm und führe den völlig verdatterten Gunnar zu seinem Platz zurück. «Und jetzt setzt euch alle hin, damit wir gucken können, ob ihr alle auch schön brav wart in diesem Jahr.» Die gesamte Runde lacht. Wartet nur ab, gleich gibt es noch viel mehr zu lachen!

Mein «Kollege» fängt an, mit tiefer Stimme ein schauderhaftes Gedicht über «Heuslers Herrenboutique» vorzutragen. Vortragen ist dabei wohlwollend formuliert, genau genommen liest er es stotternd von einem Blatt ab. Da hat Gunnar wohl den Dichter raushängen lassen, ein klappernder Reim jagt den nächsten: «Anzüge haben wir zur Genüge», «Man sieht es auf den ersten Blick, Qualität von Heuslers Herrenboutique». Aua. Ich kralle mich unterdessen an meine Aldi-Tüte und beobachte in aller Ruhe Gunnar und seine Frau. Meinem Liebhaber tritt der Schweiß auf die Stirn, wahrscheinlich befürchtet er das Allerschlimmste. Recht so! Wenn ich gleich meine Gaben aus dem Sack hole, wird er sich ganz schön umgucken! Seine Frau hingegen macht einen ziemlich entspannten Eindruck. Sie amüsiert sich über die klappernden Verse und kichert vor sich hin, während sie sich immer mal wieder über ihren schon ziemlich sichtbaren Bauch streichelt. Fünfter Monat, tippe ich, mindestens. Gunnar ist echt ein Schwein! Wie kann er mir das antun? Wie kann er IHR das antun?

«Und jetzt kommen die Geschenke!», kündigt der Weihnachtsmann mich wie im Auto besprochen an.

«Wie bitte?» Ich war für einen kurzen Augenblick abgelenkt.

«Die Geschenke!», wiederholt mein Kollege und schiebt mich mitsamt meiner Aldi-Tüte mitten in den Raum. Da stehe ich jetzt also, aller Augen sind auf mich gerichtet. Aber ich starre nur Gunnars Frau an. Zum ersten Mal sehe ich sie, das habe ich all die Jahre über vermeiden können. Sie sieht viel jünger aus, als ich gedacht hätte, beinahe wie ein kleines Mädchen. Ihre blonden Haare hat sie zum Pferdeschwanz hochgebunden, trotz Bäuchlein wirkt sie irgendwie zart und zerbrechlich. Und sie lächelt mich an. Ganz offen und freundlich. Mir werden von jetzt auf gleich die Knie weich.

«Ich ...» Mir versagt die Stimme, ich räuspere mich und umkralle meine Tüte noch ein bisschen fester.

«Fang schon an, liebe Weihnachtsfrau!», fordert Gunnars Frau mich lachend auf. «Wir warten doch schon alle auf unsere Geschenke!» Gunnar sitzt stocksteif neben ihr und umklammert ihre Hand. So verzweifelt habe ich ihn noch nie gesehen, blanke Angst zeichnet sich auf seinem Gesicht ab. Angst, dass jetzt alles auffliegt. Aber noch etwas sehe ich da, als er seiner Frau einen panischen Blick zuwirft. Ist das – Liebe? Kann es sein, dass Gunnar seine Frau auf eine Art und Weise ansieht, wie er mich noch nie angesehen hat? Ich schlucke schwer, in meinem Kopf dreht sich alles. Was war mit mir in den letzten Jahren? Warum hat er sich auf mich eingelassen? War ich denn so blind? Aber ist es nicht auch meine Pflicht, seiner Frau die Wahrheit zu sagen? Mein Blick fällt wieder auf ihren Bauch, den sie unablässig streichelt. Ich räuspere mich noch einmal.

«Von drauß vom Walde komme ich her, ich muss euch sagen, es weihnachtet sehr. Allüberall auf den Tannenspitzen sah ich goldne Lichtlein blitzen. Und droben aus dem Himmelstor sah mit großen Augen das Christkind hervor.» Im Eiltempo rattere ich das einzige Weihnachtsgedicht herunter, an das ich mich erinnere. Die Runde wirkt etwas verwundert, hört mir aber brav zu. Wenige Sekunden später gelange ich ans Ende des Gedichts. «Nun sprecht, wie ich's hier innen find, sind's gute

Kind, sind's böse Kind?» Die Gesellschaft klatscht, selbst Gunnar kriegt mit Mühe und Not ein Lächeln zustande.

«Das war's», raune ich meinem Kollegen zu, greife ihn bei der Hand und zerre ihn hinter mir her aus dem Saal.

«Und was ist mit den Geschenken?», will er wissen, als wir wieder draußen stehen.

«Hab mich vertan, die sind für meine nächste Veranstaltung.»

«Aha.» Wir schlendern durch die Halle nach unten in die Lobby, Weihnachtsmann nimmt seine Mütze und seinen Bart ab. Zum Vorschein kommen blonde Locken und Sommersprossen, das darf ja wohl nicht wahr sein! Er lächelt mich freundlich an. «Wenn du noch Zeit hast, könnten wir ja etwas zusammen trinken», schlägt er vor und zwinkert mir zu. Mein Blick fällt auf den schmalen Goldring, den er an der rechten Hand trägt.

«Nein, danke.» Ich schüttele den Kopf. «Ich habe noch eine Verabredung mit dem Nikolaus.»

Von Gunnar habe ich nur noch ein einziges Mal etwas gehört. Fast ein Jahr später rief er mich an und wollte sich mit mir treffen. Er heulte mir vor, seine Frau hätte ihn für einen anderen verlassen, und er wäre so einsam. Sein Pech. Und Glück für Natalie. Sie hat übrigens seinen Laden übernommen, den er ihr aus steuerlichen Gründen überschrieben hatte, der Idiot! Heißt jetzt «Natalies Modelädchen» und hat nur noch Klamotten für Frauen. Das Schaufenster ist so lala, aber als sie mich mal als Dekorateurin buchen wollte, habe ich abgelehnt. Ich mache jetzt was anderes: Ich schreibe Gedichte für Firmenjubiläen und Geburtstage. Herrlich altmodisch und überhaupt nicht mehr meiner Zeit voraus.

Anne Hertz *ist das Pseudonym der Schwestern Wiebke Lorenz und Frauke Scheunemann. Bevor Anne Hertz 2006 in Hamburg zur Welt kam, wurde sie 1969 und 1972 in Düsseldorf geboren. Fünfzig Prozent von ihr studierten Jura, während die andere Hälfte sich der Anglistik widmete. Anschließend arbeiteten 100 Prozent als Journalistin. Anne Hertz hat im Schnitt 2,0 Kinder und mindestens 0,5 Männer. Sie hat bereits fünf Romane geschrieben, zuletzt «Goldstück», im Februar erscheint ihr neuer Roman «Sahnehäubchen». Mehr Infos unter www.anne-hertz.de*

Ruth Moschner

Die lange Nacht im Kaufhaus Nirgendwo

Es war einmal vor nicht allzu langer Zeit ein Wolf. Eines Morgens, der Wolf war mal wieder spät von seiner nächtlichen Jagd zurückgekommen und sofort eingeschlafen wie ein Baby, schreckte er plötzlich hoch. Das Geräusch einer Klospülung hatte ihn wach gemacht. Ziemlich ungewöhnlich, dachte der Wolf, eigentlich erledigt man sein Geschäft hier hinter Büschen und Bäumen. Klospülungen hat im tiefen Wald noch keiner erfunden.

Der Wolf schüttelte sein graues Haupt. Sein Schädel dröhnte, als würden die sieben Zwerge inklusive Schneewittchen darin eine Party feiern. Hier stimmte so einiges nicht. Als sich die alten Augen von Isegrim an die Dämmerung gewöhnt hatten, durchfuhr es ihn wie einst der Streifschuss von Jäger Plötzke.

«Ich bin ja gar nicht in meiner Höhle, ich bin hier in einem ... in einem ... ja, was ist das denn hier überhaupt?» Hektisch und mit klopfendem Herzen blickte der Wolf um sich und erkannte einige schmiedeeiserne Regale, die wie stille Wächter in einem Abstand von etwa drei Metern um ihn herumstanden. Tausende von Augen glotzten ihn unter gerade gekämmten blonden Ponyfrisuren herausfordernd an. Ausgestopfte Tierkadaver lagen verstreut auf dem Boden, und am anderen Ende des

Flurs stand, so hatte es den Anschein, ein totes Pferd, welches auf zwei gebogene Schienen genagelt worden war. «Das muss der Friedhof der Kuscheltiere sein. Und wahrscheinlich bin ich auch schon tot.»

Der Wolf hob die Nase und schnüffelte vorsichtig. Es roch nach einer Mischung aus Staub, Bohnerwachs und Marzipan. Wobei Bohnerwachs und Marzipan manchmal auch miteinander zu verwechseln waren. Das wusste der Wolf jedoch nicht. Nach Tod roch es jedenfalls nicht. Da war er sich sicher. Vielleicht ist es ja auch nur ein Albtraum!, dachte er und versuchte sich selbst zu kneifen. Als er eine Zeitlang erfolglos seinem eigenen Schwanz hinterhergejagt war, hielt er keuchend inne. Da war doch schon wieder etwas? Am Ende des Ganges war ein leises Schlurfen zu hören. Die Klospülung!, erinnerte sich der Wolf voller Schrecken. Jemand musste sie natürlich betätigt haben, und dieser Jemand wollte ihm jetzt sicher an den Kragen. Der Wolf winselte leise, zog den Schwanz ein und flitzte, so schnell es ging, zwischen die leblosen Körper eines Eisbären und einer afrikanischen Hyäne.

«Hallo?» Das Schlurfen wurde lauter, und der Wolf konnte aus seinem Versteck einen Blick auf zwei aufgedunsene Knöchel erhaschen. «Hallo, ist da wer? Ich hab doch eindeutig jemanden winseln gehört! Hallo? Sind Sie verletzt?» Die fetten Fesseln blieben abrupt und direkt vor der Nase des Wolfes stehen und wirbelten etwas von dem Staub auf, der sich in den Tierfellen gesammelt hatte. «Ha…», o nein, bitte nicht, «haahhhh…», bittebittebitte, «hhhhhhhaaaaaatschi!» Durch ein gewaltiges Niesen stoben Bär und Hyäne auseinander und gaben den Blick auf den Wolf frei, der sich verschämt und immer noch wahnsinnig ängstlich die Schnauze rieb.

«Ach, siehste, hier ist ja doch jemand!», gurrte es am anderen Ende der Wasserbeine. Der Klospüler schien eine Klospülerin zu sein. Um genau zu sein, eine sehr dicke Klospülerin, ergänzte der Wolf in Gedanken. Sein Herz schlug wieder etwas langsamer. Wenn es drauf ankäme, könnte ich sie überwältigen, dachte er, nachdem er sie gemustert hatte. Sie würde mich ziemlich lange ernähren können. Leider, denn Menschenfleisch war nicht besonders schmackhaft. Ähnlich wie Hühnchen … und mit der Zeit ziemlich zäh.

«Ist das nicht herrlich?», sagte die korpulente Frauengestalt begeistert. «Ich habe mich gerade durch die komplette Konditoreiabteilung gefuttert! Wer auch immer sich das hat einfallen lassen, bei dem möchte ich mich jetzt schon einmal bedanken!» Sie wischte sich voller Enthusiasmus über die verschmierten Mundwinkel. «Konditoreiabteilung? Du … du … du meinst, wir sind hier gar nicht auf einem Friedhof?» Entgeistert blickte der Wolf über seine Schulter in die Augenpaare, die ihn immer noch anstarrten. Die Dicke lachte schallend auf.

«Nein, du Dummerchen. Wir sind in einem Warenhaus! Traumhaft, oder?»

Der Wolf atmete auf. Die Tiere waren gar keine Kadaver, der Geruch hätte ja auch deutlichere Worte sprechen müssen – es waren Stofftiere. Natürlich. Doch so schnell sich beim Wolf die Erleichterung breitmachte, so schnell kam auch das Unwohlsein wieder. Denn Kaufhäuser bedeuteten unendlich viele Möglichkeiten, seiner Konsumsucht nachzugeben. Nicht als Wolf, logischerweise, denn Wölfe gingen so gut wie nie einkaufen. Menschen dafür umso mehr, und davon ganz besonders die weiblichen Exemplare. Ein Rudel hungriger Wölfe war nichts im Vergleich mit einer Horde Frauen am Wühltisch. Selbst wenn sie noch jung waren und noch gar keine richtigen

Frauen, konnten sie schon zur Bedrohung werden. Er musste sich da bloß an Rotkäppchen erinnern …

Die dicke Frau hatte es sich inzwischen auf einem Schaffell bequem gemacht und knabberte begeistert einem Schokoladennikolaus die lange Mütze ab. Der Wolf beobachtete sie aus sicherer Entfernung. Irgendwie kam die Alte ihm bekannt vor. Der weite Rock mit den Flicken, der spitze Hut, das beeindruckende Kinn mit dem behaarten Muttermal und der Krückstock, von dem eine unheimliche Energie auszugehen schien. Und dann war da noch dieser unverwechselbare Geruch nach Zimt, Nelken und Kardamom.

«Sag mal, bist du die Alte, die an der westlichen Lichtung in dem Häuschen wohnt, welches durch einen Lebkuchenzaun abgegrenzt ist?», fragte er.

«Ja! Kennen wir uns?», entgegnete die Gefragte neugierig.

«Ach, nicht persönlich. Ich hatte mich nur bei meinen Streifzügen immer gefragt, wem das Haus mit dem ganzen Zuckerwerk gehört …» Der Wolf hatte sich einen Ruck gegeben und war ein paar Schritte auf die alte Vettel zugetrabt. Gerade stippte die ein paar Schokoladenkrümel von ihrer Bluse und leckte sich schmatzend die Finger.

«Und, was machen wir jetzt?» Der Wolf versuchte das Gespräch in Gang zu halten. Anscheinend war die Dicke seine einzige Verbündete in dieser schrecklichen Situation.

«Wie, was jetzt? Ist doch alles supi hier!»

«Aber vielleicht sollten wir mal so langsam den Ausgang suchen? Wer weiß, mit welchem Feind wir es hier zu tun haben? Hast du etwa nicht den Film ‹Saw› gesehen? Da werden zum Schluss alle bestialisch umgebracht!»

«Papperlapapp! Such dir was zu essen und gib endlich Ruhe.

Ich habe mein Paradies gefunden und lasse mir das nicht durch irgendwelche hysterischen Flohschleudern vermiesen», entgegnete die Alte mit einem Organ, das sämtliche telekommunikativen Errungenschaften in den Schatten stellte, und widmete sich dann wieder seelenruhig ihrer Schokolade.

«Tja, dann werde ich mal den Ausgang suchen, bevor ich noch als Nachtisch ende. Spätestens in ein paar Stunden ist das Desaster hier sowieso zu Ende. Ich vermute nämlich, dass du irgendwie in meinen Traum geraten bist. Ich werd aber bald aufstehen, deswegen sind wir uns beide schneller wieder los, als die Karriere vom neuen TV-Casting-Superstar andauern wird. Vielleicht liegt das Herumgeträume ja auch an dem falschen Hasen, den ich gestern gegessen habe.»

«Ach, du machst grade die Atkins-Diät? Hab ich auch schon ausprobiert, hat aber nichts gebracht. Aber jetzt, wo du es sagst: Ich hatte in der Zeit auch ganz schreckliche Albträume.»

Mitfühlend stopfte sie sich den Rest des Nikolauses in den Mund und klopfte dem Wolf dann mit der verklebten Hand das Fell. Leider etwas zu kräftig, sodass er vor lauter Schreck erneut zusammenzuckte. Aber nicht nur ihn durchzuckte es, auch die dicke Frau wurde plötzlich hellwach. Denn eine weitere Person erschien auf der Bildfläche.

«Nee, nee, nee. Hier träumt keiner. Es fühlt sich zwar so an, ich meine, wer hat nicht schon mal davon geträumt, in einem Kaufhaus eingeschlossen zu sein, aber ich bin gar nicht schläfrig. Ich war gerade schon eine halbe Stunde in der Schuhabteilung, und das kam mir sehr realistisch vor.» Eine zierliche Frau Anfang zwanzig trippelte zwischen den Regalen hervor. Sie trug ein roséfarbenes Seidenkleid, welches über und über mit Perlen und Edelsteinen verziert war. Über der Brust war ein überfahrener Laubfrosch eingestickt, der bei jeder Bewegung ebenfalls glitzerte und glimmerte, und auf ihrem blonden langen Haar funkelte ein Diadem aus lupenreinen Diamanten. Triumphierend hielt sie eine Papiertüte in die Höhe, die offenbar über und über mit Schuhkartons gefüllt war. Ihre Wangen waren leicht gerötet. Vermutlich wegen des Kaufrausches oder, besser gesagt, Klaurausches, dachte der Wolf, und seine Beunruhigungskurve stieg wieder bedrohlich an.

«Ach, dann hast du mir also das letzte Paar Prada-Slipper in Größe 39 weggeschnappt!», tönte eine neue tiefe dominante Stimme vom anderen Ende des Ganges.

«Noch ein Weibsbild!» Der Wolf verdrehte verzweifelt die Augen und stieß einen leisen Meckerlaut aus. Warum mussten Frauen sich immer gleich in die Haare kriegen, wenn es um Restposten ging? Anstrengend war das.

«Seht ihr, das hier IST die Realität!», heulte die Blonde und wedelte mit ihrer Schuhtüte hektisch hin und her.

«Na, bravo. Eingesperrt mit lauter Modesüchtigen. Bitte, lasst das einen Albtraum sein. Kann mich nicht jemand ganz schnell aufwecken?», jammerte der Wolf und richtete den Blick gen Himmel. Nun bekam er auch den Körper zu der tiefen Stimme präsentiert. Eine attraktive, wenn auch etwas verhärmt wirkende Mittvierzigerin im grauen Tweedkostümchen und mit brünettem Pagenschnitt gesellte sich nun ebenfalls zu der illustren Runde. Feinste Wildlederpumps zierten ihre Füße. Auch ihr Schmuck schien kostspielig zu sein, wenn auch bei weitem klassischer als der der jungen Blonden. Nur der Siegelring der Älteren hätte besser zur Jüngeren gepasst. Er war aus dickem Gold, und oben prangte ein Rubin, der in der Form eines Apfels geschliffen war. Nach einer kurzen Atempause begann der Wolf jedoch erneut sein Haupt zu schütteln und jaulte verzweifelt auf.

«Nein, nein, das muss ein Traum sein, und zwar ein ganz fürchterlicher. Nachts alleine mit drei Frauen in einem Kaufhaus, so brutal kann mir das Leben nicht mitspielen wollen. Das habe ich nicht verdient. Kann mich nicht irgendjemand aufwecken? Von mir aus auch Rotkäppchen. Ich bin drüber weg, wirklich. Es war doch auch alles nur ein Missverständnis. Der Wein, der Wald, die Boulevardpresse … Die Meldungen werden doch immer kreativer, je länger das Sommerloch andauert … Aber nun will ich endlich aufwachen …»

«Iiiihhhh! Ein Wolf!», kreischte der Paris-Hilton-Verschnitt auf einmal so spitz, dass sich die anderen entsetzt die dröhnenden Ohren rieben. «Er wird uns alle umbringen! So helfe uns doch jemand! Tiere sind Feinde, keine Freunde! Ich weiß, wovon ich rede.» Hektisch deutete sie auf den Frosch auf ihrem Kleid, und dem Wolf fiel erst jetzt auf, dass das arme Tier mit einer goldenen Krone verziert war. Doch schneller, als er «Froschkönig!» ausrufen konnte, schnappte sich die Kleine einen Stofftiger und begann auf den armen Wolf einzuschlagen, bis plötzlich aus dem Nichts ein schriller Piepton das Szenario abrupt unterbrach. Den vieren blieb fast die Luft weg.

«Lieber Wolf, liebe Stiefmutter, Prinzessin und Knusperhexe. Das hier ist kein Traum. Dies ist ein Auftrag!»

«Wer war das? Wer spricht da überhaupt? Hallo?» Der Wolf hatte sich wieder vom Boden aufgerappelt und brachte sich erst einmal in Sicherheit vor der pinkfarbenen Teenager-Furie.

«Hallo, Sie? Wer sind Sie denn, und was für einen Auftrag haben wir?», fragte die Stiefmutter hastig. «Im Übrigen bin ich nicht die liebe Stiefmutter, sondern die böse. Nur so fürs Protokoll! Sonst beschwert sich das doofe Schneewittchen wieder bei ihrem Papi.»

«Und antworten Sie schnell. Denn wir sind zu viert und Sie

nur alleine. Ha!», beeilte sich die Prinzessin zu ergänzen und ballte so provozierend die Fäuste, dass der Wolf den Schwanz zwischen die Beine kniff.

«Du bist ja bekloppter als Hänsel und Gretel! Was soll das denn heißen?» Die Knusperhexe schüttelte heftig den Kopf, dass ihr Doppelkinn nur so wackelte. «Also mich erinnert das Ganze sehr an Big Brother. Sicher sind irgendwo Kameras versteckt, und wir bekommen gleich unsere Wochenaufgabe zugeteilt.»

«O Gott, ich glaube, du guckst echt zu viel fern. Kein Wunder, dass du so aussiehst, als würdest du kleine Kinder zum Frühstück verspeisen. Ich wollte hier nur von Anfang an für klare Verhältnisse sorgen. Immerhin bin ich eine echte Prinzessin», stotterte die Prinzessin, hielt aber dann doch besser den Mund.

«Ach, das blaue Blut hat den Adel aber in letzter Zeit auch nicht vor diversen Peinlichkeiten bewahrt», giftete die Hexe. «Euer Prinz Fiffi hatte 'ne eigene Dokusoap, und diese eine, die so heißt wie die berühmte Biene, war im Fernsehen auf Partnersuche …»

«Ja, ja, es reicht. Es gibt auch bei uns Ausnahmen. ICH weiß mich zu benehmen. Und ich kenne meine Rechte!», lenkte die Prinzessin ein.

«Und sicher auch die Linke …», brummelte der Wolf in seinen grauen Bart.

«Genau. Am besten rufe ich gleich mal meinen Anwalt an. Das hier ist Freiheitsberaubung! Hören Sie? Mein Anwalt wird Sie auseinandernehmen wie ein Spielzeugauto, Sie … Sie … Stimme …», setzte die Stiefmutter nach und machte ein giftiges Gesicht.

«Du meinst wohl ausnehmen wie eine Weihnachtsgans!»,

berichtigte die Knusperhexe vorsichtig, während sie sich langsam über den runden Bauch strich. Eine Weihnachtsgans, die könnte sie jetzt auch vertragen.

«Nein, ich meine Spielzeugauto. Fett und Kohlenhydrate habe ich nicht nur aus meinem Speiseplan verbannt. Selbst Worte und Gedanken können den Stoffwechsel aus dem Gleichgewicht bringen. Da möchte ich kein Risiko eingehen. Schließlich bin ich keine zwanzig mehr.»

«Dreißig aber auch nicht …», brummte die Knusperhexe und zwinkerte dem Wolf verschmitzt zu.

«Und vierzig auch nicht!», rief der, und beide kicherten, bis sie bemerkten, dass sie gerade mit bösen Blicken förmlich aufgespießt wurden.

«Es reicht, ja? Ich verwende sehr viel Zeit für mein Aussehen, und ich sehe verdammt gut aus!»

«Habt ihr euch nun beruhigt?», schaltete sich die Stimme wieder ein.

«Oh, sie ist wieder da!», wisperten alle durcheinander. «Seid doch mal still. Hören wir erst mal, was sie zu sagen hat.

«Wenn ich gewusst hätte, wie anstrengend das wird, hätte ich den Job hier nicht übernommen. Meine Güte …», hörte man die Stimme zischeln. Dann erhöhte sie die Lautstärke wieder um einige Dezibel und fuhr fort: «Ihr seid hier nicht grundlos auf einen Haufen zusammengewürfelt worden. In den Straßen herrscht Hektik, und obwohl die Menschenmassen sich fast täglich um ein Plätzchen raufen, ist doch jeder für sich alleine. Vor mehr als zweitausend Jahren ist der Heiland auf die Welt geschickt worden, um den Menschen Erlösung zu bringen. Doch davon merkt man dieser Tage überhaupt nichts mehr. Jesus wollte den Menschen Liebe und Freiheit bringen, doch geblieben sind nur Hass und Konsumrausch. Der Zauber von

Weihnachten ist verloren gegangen, und nur ihr könnt ihn retten. Also, löst das Problem, und all eure Probleme werden sich ebenfalls in Luft auflösen!»

«Wie, Luft?»

«Ich will keine Probleme, die ich vorher sowieso nicht hatte!»

«Was geht mich Weihnachten an? Wir sind Märchenfiguren. Wir verkörpern das Böse. Bei uns geht es um Kannibalismus, Faulheit, Lügen und Eitelkeit, aber nicht um irgendwelche schlecht geschmückten Tannenbäume und Babys in Heu und Stroh!»

Alle diskutierten wie wild durcheinander und blickten sich reihum fragend an.

«Ich habe da wirklich keine Lust drauf. Ich habe Pläne. Und die müssen eingehalten werden!»

«Ja, auch ich werde erwartet!»

«Ich nicht, aber ich habe trotzdem keinen Bock …»

«So. Haben sich jetzt alle wieder beruhigt?», schaltete sich die Stimme wieder ein. «Also, nochmal langsam zum Mitschreiben. Ihr braucht keine Angst zu haben, weil ihr auserwählt wurdet. Das ist doch eigentlich was Gutes, immerhin geht es hier darum, die Welt zu retten. Großmutter und das tapfere Schneiderlein waren gestern – Superman, Barbarella, Catwoman … das sind die Helden der Neuzeit. Verstanden? Also, reißt euch am Riemen und vertragt euch! Und vor allem löst die verdammte Aufgabe.»

Ein lauter Knall ertönte, als hätte jemand einen Hörer mit voller Wucht auf die Gabel geknallt. Man hörte ein Rückkopplungsgeräusch und dann ein leises Schrauben. Dann meldete sich die Stimme erneut.

«Also, das verdammt war natürlich nicht so gemeint, eher

methaphorisch, ähm. Jedenfalls, ihr könnt jetzt loslegen. Einen schönen Tag noch!» Die vier hörten ein leises Klacken, dann verstummte die Stimme endgültig.

«Auserwählt? Nee, nee, nee, für so 'nen Kram bin ich echt zu alt. Und hey! Was soll schon passieren, wenn wir es nicht tun? Ich habe sogar meine Frosch-Phobie überwunden. Konfrontationstherapie. Kann ich jedem nur empfehlen. Ich habe keine Angst mehr.» Die Prinzessin ballte erneut die Fäuste, und die Stiefmutter nickte zustimmend. Ungeduldig scharrte der Wolf mit den Pfoten über das Parkett.

«Hallo!» Die Prinzessin neigte ihren Kopf nach oben und begann nach der Stimme zu rufen. «Haaaaallo!» Als nichts passierte, blickte sie ihre Leidensgenossen auffordernd an. «Na, worauf wartet ihr? Ruft alle mit. Vielleicht lassen die ja doch noch mit sich verhandeln!»

Die vier erhoben sich etwas widerwillig von ihren Plätzen und fassten sich an Händen und Pfoten. Dann holten sie tief Luft und riefen aus vollem Halse: «Haaaaaallllooooooooooo-ohhhhhhhhhh!» Das Echo hallte von den Wänden wider, und wenn man genau hinfühlte, konnte man sogar ein leichtes Beben spüren. Doch trotz aller Stimmgewalt – die Stimme hatte keine Nachsicht und blieb stumm.

Die Knusperhexe war die Erste, die sich wieder einen Platz neben den Stofftieren suchte. Sie hatte sich an eine Riesenschildkröte gelehnt und versank förmlich in dem kuschelweichen Rückenpanzer. Die Stiefmutter nahm ebenfalls Platz, setzte sich jedoch kerzengerade auf den blanken Holzboden. Die Prinzessin schnappte sich ein Kissen, und auch der Wolf rollte sich nun neben den Regalen zusammen.

«Was soll das überhaupt heißen: der Zauber von Weihnachten? Jedes Kind weiß doch mittlerweile, dass es das Christkind gar nicht gibt. Die Geschenke kommen von Mami, Papi und Onkels, und was nicht gefällt, wird nach den Feiertagen eben wieder umgetauscht.» Die Prinzessin brach als Erste das Schweigen. Sie blickte neidisch auf die Keksschachtel, die die Hexe gerade geöffnet hatte, hielt sich aber zurück.

«Tja, Mami und Papi werden uns aber sicher nicht aus dieser Situation hier rauskaufen können», äffte die Knusperhexe den Tonfall der Prinzessin nach. Sie verspürte trotz erhöhter Zuckerzufuhr schon wieder ein leichtes Hungergefühl, und in so einer Stimmung war nicht mit ihr zu spaßen. «Was ist, wenn uns der Proviant ausgeht?», setzte sie mit einem besorgten Unterton nach.

«So weit wird es nicht kommen. Vorher knacken wir die Tür!», entgegnete der Wolf, in dem langsam wieder der Abenteurer erwachte.

«Ach ja? Und womit?», giftete die Prinzessin beleidigt. Keiner schien sie ernst zu nehmen, und sie hatte große Lust, erst einmal ein paar Stunden zu schmollen. Leider schien sich keiner für ihre Launen zu interessieren. Stattdessen meldete sich nun die Stiefmutter zu Wort.

«Also, ich fasse nochmal zusammen. Wir sind hier in einem Kaufhaus, wo genau auch immer. Wir werden von einem Irren ohne Körper, aber mit markanter Stimme gefangen gehalten und mit einer Aufgabe konfrontiert, die wir nicht verstehen. Jetzt mal ernsthaft. So geht das nicht weiter. Es ist der 24. Dezember, die nächsten zwei Tage wird sich hier keiner blicken lassen, und bis dahin werden wir hier komplett plemplem. Nicht, dass ich eure Gesellschaft nicht schätzen würde. Aber so langsam komme ich mir vor, als sei ich selbst Teil einer dieser furchtbaren Nachmittagsshows geworden. Und die, die schaue ich nun wirklich nicht gerne an. Also, irgendwelche Lösungsvorschläge?» Die Stiefmutter war es gewohnt, mit Problemen pragmatisch umzugehen. Istzustand, Sollzustand und der Weg dazwischen, damit hatte sie bisher noch jede Schwierigkeit in den Griff gekriegt. Mit Ausnahme ihrer Stieftochter Schneewittchen natürlich, aber das hatte sie in diesem Moment verdrängt. Sie fühlte sich zum ersten Mal seit langem wieder großartig. Sie hatte eben doch den Durchblick. Da sollte noch einmal jemand behaupten, Intelligenz und gutes Aussehen könnten nicht in einer Person vereint sein.

«Wie ich höre, höre ich von euch nichts. Also werde ich einen Vorschlag machen. Jedes Kaufhaus verfügt nicht nur über normale Eingangs- und Ausgangstüren, sondern auch über zahlreiche Notausgänge. Die sollten wir zuallererst einmal suchen.»

«Aber natürlich! Wieso sind wir da nicht gleich draufgekommen. Wir verschwinden einfach durch die Hintertür!» Leicht sarkastisch schüttelte der Wolf den Kopf. «Entschuldige bitte, welcher Idiot zieht ein Kidnapping durch, ohne die Ausgänge zu verriegeln?»

«Keine Ahnung, vielleicht ein Idiot, der nur aus einer Stimme besteht? Außerdem hast du vorhin auch vorgeschlagen, wir sollten eine Tür suchen und sie aufbrechen.» Die Stiefmutter reagierte leicht eingeschnappt, obwohl sie dem Wolf eigentlich recht geben musste. Was ihr allerdings noch viel stärkeres Kopfzerbrechen bereitete, war die Tatsache, dass es sich bei dem Irren vielleicht um jemanden aus Fleisch und Blut handelte.

«Was ist, wenn es sich bei dem Irren um jemanden aus Fleisch und Blut handelt?» Die Hexe sprach die Gedanken der Stiefmutter laut aus und kauerte sich dabei erschrocken an ihre

Schildkröte. Sie war zwar ziemlich unzufrieden mit ihrem Leben, aber sterben wollte sie noch lange nicht. Auch der Prinzessin wurde unwohl bei dem Gedanken. Schluchzend sackte sie in sich zusammen.

«O Gott, ihr meint doch nicht etwa, dass jemand uns ernsthaft umbringen möchte? Oje ... Ich bin doch noch so jung ... Ich ... Ich ... uuuuuhhhhh ... Ich bin doch schließlich ...»

«Ja, ja, eine echte Prinzessin, wir wissen es mittlerweile», unterbrach sie die Stiefmutter. Dass die Adligen immer gleich durchdrehen mussten.

«Anstatt hier herumzukrakeelen und zu meckern, mach doch einen besseren Vorschlag!», giftete sie weiter.

«Hör mal, nicht in diesem Tonfall! Ich bin ein guter Mensch. Ich habe Respekt verdient. Insbesondere, weil ich durch diese blöde Situation ein Charitydinner verpasse!», jammerte die Prinzessin. Sie war sichtlich geknickt. Was die anderen nicht wussten: Es lag nicht unbedingt an der Hinderung, etwas Gutes zu tun. Sie verpasste nur eine weitere Gelegenheit, ein neues Ballkleid vorzuführen.

«Worum geht es denn bei der Charity?», fragte der Wolf, und auch die Hexe guckte interessiert von ihrer Chipstüte auf. Sie war schon lange nicht mehr tanzen gewesen. Bei ihrer Figur würden sie sowieso alle auslachen.

«Na ja, es geht ... es geht um den guten Zweck natürlich!», stotterte die Prinzessin.

«Ja, aber was IST der gute Zweck?» Die Stiefmutter zog die Augenbrauen bis zum Haaransatz hoch und trommelte ungeduldig auf einen Regalboden.

«Tiere, es ging um Tiere. Mensch, nun seht mich doch nicht alle so an. Ich habe einen Terminkalender voller Verpflichtungen, da kann man schon mal etwas durcheinanderbringen!»

«Hmm. Hauptsache, die Garderobe ist in Ordnung, damit Madame eine gute Figur macht, gelle?», blaffte der Wolf.

«Hihi … tja …» Verlegen kicherte die Prinzessin in die Runde und schluckte weiteres Gejammer hinunter. Sie wollte die ohnehin schon strapazierten Nervenkostüme nicht unnötig mehr belasten. Mit Schwung erhob sie sich und klatschte aufmunternd in die Hände.

«Also, was ist jetzt? Suchen wir den Ausgang oder was?»

Zielstrebig stapfte sie in eine Richtung davon, ohne sich umzudrehen. Eilig folgten ihr der Wolf und die Hexe. Nur die Stiefmutter blieb zurück.

«Was ist? Wo bleibst du?», rief ihr die Hexe zu.

«Na, einer muss doch hier die Stellung halten. Geht ihr alleine, und wenn ihr etwas findet, holt mich einer von euch.»

«Na toll, erst alle hochscheuchen und dann selber faul in den Kissen schlummern. Das habe ich gern.» Ihre Laune wurde schon wieder erheblich schlechter. Schließlich hatte sie seit gefühlten drei Stunden schon nichts Süßes mehr gegessen, und ihr Blutzuckerspiegel lag bereits in Tiefen, in die nicht einmal das Schmuckherz der *Titanic* herabsinken wollte.

«Wie lange dauert das denn noch hier?», quengelte die Prinzessin. Ihre Füße taten weh, und es schien, als bilde sich unter ihrem rechten Fuß langsam eine Blutblase. Die drei waren tapfer durch endlos scheinende Gänge gestapft, doch irgendwie schien sich alles immer und immer zu wiederholen. Stofftiere, Süßigkeiten, Spielzeug, Mode, Bücher, Stofftiere, Süßigkeiten, Spielzeug, Mode, Bücher, Stofftiere und so weiter und so weiter. Von einem Ein- oder Ausgang war meilenweit keine Spur.

«Da vorne sehe ich Licht, da wird es sein!», rief der Wolf plötzlich und jagte wie von der Tarantel gestochen los.

«Halt! Warte auf uns!», maulten Hexe und Prinzessin, die sich in ihren Bewegungsabläufen nun ziemlich ähnlich waren. Die eine wegen des falschen Schuhwerks, die andere wegen des falschen Diätplans. Doch ein paar Minuten später kamen auch sie am großen Tor des Kaufhauses an, wo der Wolf bereits unruhig hin- und herschlich. Er hatte den Ort schon gründlich inspiziert. Der Ausgang bestand aus einer großen Schiebetür mit Elektroantrieb. Zusätzlich dazu war die Tür jedoch mit ein paar Brettern vernagelt, und am unteren Rand schien ein Drahtseil gespannt. Man konnte davon ausgehen, dass dieses unter Strom stand.

«Und? Was schlägst du vor? Das Gitter kriegen wir nicht auf, den Wachdienst können wir nicht kontaktieren, weil hier scheinbar nirgendwo Funkkontakt herrscht, und vermissen wird uns Außenseiter so schnell auch keiner. Was soll's? Ich habe schon Schlimmeres überstanden», seufzte die Hexe, immer noch etwas außer Atem.

«Was denn? Den Blick in den Spiegel?» Die Prinzessin musterte abfällig die Figur der Knusperhexe und blieb mit ihrem Blick demonstrativ an den Speckringen im Bauchbereich hängen.

«Ich habe einen trägen Stoffwechsel. Da kann man nichts machen.»

«Mhh, klar. Und 'ne Hormonstörung hast du wahrscheinlich auch.»

«Nein, habe ich nicht. Es kann eben nicht jeder so attraktiv aussehen wie du. Mir fehlt es einfach an Disziplin, außerdem esse ich gerne. Dafür habe ich eben andere Qualitäten, aber die werdet ihr sicher nicht herausfinden.»

«Wir brauchen Spezialwerkzeug oder ein Wunder, wenn wir hier rausspazieren wollen.» Der Wolf ignorierte absichtlich das weibische Gezänk und kauerte sich vor dem Tor auf den Boden.

«Vielleicht öffnet sich morgen die Pforte auch einfach von allein, und jemand hat uns nur einen Streich spielen wollen?» Die Prinzessin hatte die Situation immer noch nicht recht begriffen.

«So langsam reicht es mir mit deiner Blauäugigkeit! Entweder machst du einen kreativen Vorschlag oder hältst einfach deine königliche Klappe!», giftete nun die Hexe und schlug verzweifelt mit der flachen Hand an die Torwand, dass es nur so schepperte. Die drei hielten kurz den Atem an. Doch außer etwas Staub, der die Holzbretter runterrieselte, passierte weiter nichts.

«Kreatives Denken ist einfach nicht meine Stärke. War es noch nie. Das haben bisher immer andere für mich übernommen. Ist fast immer gutgegangen. Nur dieser eine Frosch wollte mir mal Ärger machen, aber auch das hab ich irgendwie gedeichselt. Hallo? Ich meine, wer lässt sich schon von einer Amphibie erpressen. Schmeckt übrigens so ähnlich wie Hühnchen. Hihi. Wollen wir also wieder zurückgehen zur Stiefmutter, oder bleiben wir noch eine Weile hier und blasen Trübsal? Was ist – wir könnten die Zeit nutzen und eine Party feiern! Immerhin sind wir hier in einem Kaufhaus voller toller Leckereien. Gratis-Shoppen ohne Limit! Viele würden uns beneiden!»

Die Prinzessin begann durch die Gänge zu wirbeln. Das Parkett quietschte unter ihren Füßen, und das Röckchen flog nur so durch die Luft. Voller Übermut kletterte sie auf eines der besonders hohen schmiedeeisernen Regale und balancierte auf dem Balken entlang wie eine Seiltänzerin.

«So seht doch, was ich kann!», rief sie entzückt aus. «Ihr seid wirklich langweilig. Kommt, macht mit. Oder traut ihr euch nicht? Hach, Hexe, natürlich, du kannst ja nicht … Dein Hintern ist sicher zu fett zum Klettern und du, Wolf … Du machst dir doch schon beim Zugucken ins Hemd. Von wegen König des Waldes – ein Angsthase bist du!» Geschickt sprang die Prinzessin von einem Regal zum nächsten, schwankte bedrohlich, bis sie die Balance wiederfand, und feixte sogleich weiter. «Angsthasen, Fettärsche! Ihr kriegt mich nicht! Angsthasen, Fettärsche! Na? Wo bleibt ihr denn?» Erneut sprang die Prinzessin leichtfüßig zum nächsten Regal. Doch diesmal blieb ihr Saum an einem hervorstehenden Nagel hängen, und so wurde der Schwung gestoppt. Mit einem unsanften «Rrrrummms» knallte die Prinzessin gegen eine Regalwand und baumelte nun etwa zwei Meter über dem Boden kopfüber an ihrem Zielobjekt.

«Autsch! So ein Mist. Äh … Kann mir mal jemand hier runterhelfen?»

«Na? Hat unsere Prinzessin Grashüpfer etwa die Schwerkraft unterschätzt?», zischte die Hexe und baute sich vor dem Regal auf. Auch der Wolf gesellte sich zu ihr und knurrte zufrieden nach oben.

«Also, ich weiß nicht, ob WIR dir da helfen können. Ich habe viel zu große Angst!»

«Haha … Ihr wisst, dass das nur Spaß war. Nun helft mir schon runter!», rief die Prinzessin verzweifelt.

«Nein, nein, ich glaube, das war ihr Ernst, oder was denkst du, Wolf? Ich glaube, wir sollten sie hier hängen lassen!» Die Hexe grinste den Wolf an. Der verstand sofort, hakte sich bei der Alten unter und lief gemeinsam mit ihr los.

«Hey! Das könnt ihr nicht machen! Lasst mich nicht alleine! Biiiitteee! Das mit dem Frosch war gelogen. Ich hatte einfach nur tierische Angst vor ihm, deshalb habe ich die Geschichte erfunden. Weil ich mich geschämt habe. Ehrlich, es war mir so peinlich», bettelte die Prinzessin nun richtig verzweifelt. Ihr Kleidersaum war bedrohlich tief eingerissen, und sie drohte mit ihrem ganzen Gewicht auf den Boden zu knallen, wenn der Stoff nachgab. Der Wolf hatte das nun auch bemerkt und beeilte sich, das Problem so schnell wie möglich zu lösen. Während die Hexe versuchte, die Prinzessin von unten abzustützen, kletterte der Wolf geschickt nach oben und machte das Kleid vom Nagel los. Die Prinzessin konnte nun selbst wieder Halt mit den Armen finden und klammerte sich ans Regal. Wenig später hatten alle wieder festen Boden unter den Füßen.

«Danke euch. Ihr habt mir wirklich das Leben gerettet!», seufzte sie dankbar und strich dem Wolf sanft über sein Fell. Dann nahm sie die Hexe in den Arm und drückte sie fest.

«Nicht der Rede wert. Fetti und Pupsi sind stets zu Diensten!»

«Es tut mir wirklich leid. Dafür schmeißen wir aber jetzt wirklich eine Party. Sonst kriegen wir noch alle einen Kaufhauskoller, oder?»

Schnell liefen die drei wieder zurück zur Stiefmutter, die sie bereits sehnsüchtig erwartete. Leider mussten sie sie enttäuschen, denn gute Nachrichten klangen natürlich anders. Verzweifelt brach die Stiefmutter zusammen.

«Wir werden alle sterben! Es gibt keinen Ausweg mehr! Wie schrecklich …», schluchzte sie.

«Aber uns passiert schon nichts!», versuchte die Prinzessin die Stiefmutter zu trösten. «Wir haben immerhin einen Wolf an Bord. Er beschützt uns!»

«Moment mal. Also, so haben wir nicht gewettet. Das ist doch hier alles eine Falle. Genauso war es damals bei Rotkäppchen, und plötzlich soll ich's dann gewesen sein.» Entsetzt schüttelte der Wolf erneut das Grauhaar und klemmte den Schwanz zwischen die Beine.

«Hey, ganz ruhig, Alter.»

«Also, willst du damit sagen, dass die jahrelangen Anschuldigungen rund um deine Person auf einem reinen Missverständnis beruhen?» Die Stiefmutter hatte ihre Verzweiflung vergessen und tauschte sie gegen Neugierde. Sie sah den Wolf mit dem strengen Blick einer Domina an, die keine Ausreden gelten ließ.

«Ja, natürlich!», antwortete der Wolf. «Rotkäppchen ist damals von einem fiesen Verbrecher im Wald angegriffen worden und war schwer verletzt. Nur weil ich aufgetaucht bin, hat der Kriminelle das Weite gesucht. Da sich aber Rotkäppchen im Nachhinein an nichts mehr erinnern konnte und der Jäger Plötzke meine Spuren auf dem Waldboden entdeckt hat, war die Sache für die Öffentlichkeit klar. Dabei hätte man nur eins und eins zusammenzählen müssen. Wir Wölfe sind scheue Tiere, wir würden nie einen Menschen angreifen.»

«Aber wieso warst du denn überhaupt in der Nähe?», fragte die Stiefmutter.

«Die Großmutter hatte mich in ihr Haus gelockt. Sie war mal wieder einsam und wollte mich mit Wein abfüllen. Irgendwie krank. Ich versuche mir seit Jahren einzureden, sie wollte vielleicht einen Schoßhund. Mein Kumpel meinte, sie wollte noch ganz andere Dinge. Alt und durchgeknallt eben.»

«Und du hast niemals versucht, den Irrtum aufzuklären, obwohl du der Held warst?»

«Wieso sollte ich? Das Fernsehen steht eh mehr auf die gescripteten Geschichten mit Happy End und Vaterschaftstest. Und wir Wölfe? Wir sind mittlerweile sowieso aus den meisten Gebieten vertrieben worden. Irgendwie trägt die ganze Sache mit Rotkäppchen ja auch dazu bei, dass man uns ein wenig Respekt zollt. Bis auf ein paar Kranke, die mit dem Schießgewehr hinter uns her sind. Aber für viele meiner Kollegen ist so etwas noch besser, als irgendwo als Haustier in einer Zweizimmerwohnung zu landen. Auch das ist Tierquälerei.»

«Ja, das kenne ich. Schneewittchen hat ja damals auch behauptet, ich wollte ihr Leid zufügen. Dabei war der Apfel nicht vergiftet. Aber Kindern kann man es ja nie recht machen, wenn es um Vitamine geht. Und noch dazu war ich ja die Neue an der Seite ihres Vaters. Da hat Daddys Liebling mich einfach gegen ihn ausgespielt. Eben ein eifersüchtiger Teenager mit großem Hang zur Dramatik! Die schlimmsten Dinge hat sie erfunden. Sie hat selbst dann nicht lockergelassen, als sie selber geheiratet hat. Zum Glück hatte ich damals einen guten Anwalt, sonst säße ich wahrscheinlich heute noch im Knast. Und dank Botox sieht man auch nichts mehr von den Sorgenfalten.»

«Ach, du bist die Stiefmutter von Schneewittchen? Cool! Wir waren mal zusammen in einer Klasse. Sie hatte 'nen Gürtel von dir an. Du musst mir verraten, wo du den herhast?», trällerte die Prinzessin begeistert.

«Ja, ja, später. Jetzt würde ich doch gerne noch unser kleines Problem lösen», unterbrach sie die Stiefmutter harsch.

«Aber nicht, bevor wir hier nicht eine kleine Party gefeiert haben. Mit vollem Magen denkt es sich besser. Und feiern entspannt, weil man Zeit mit netten Menschen verbringen kann, und das lenkt von all den Sorgen ab, die man sonst so hat. Außerdem sollten wir die Situation ausnutzen.» Die Prinzessin wirkte plötzlich wie ausgewechselt. Partys waren schließlich ihr Fachgebiet.

«Das ist mal eine richtig gute Idee. Ich habe schon lange kein

Fest mehr gefeiert!» Die Hexe strahlte über beide Backen und schnappte sich einen Einkaufswagen.

«Aber sollten wir nicht lieber an einer sinnvollen Lösung arbeiten?» Die Stiefmutter hatte immer noch Zweifel.

«Partys zu feiern ist sinnvoll!» Die Prinzessin war Feuer und Flamme.

«Okay», lachte die Stiefmutter, «ich merke schon. Widerstand ist hier zwecklos.»

Der Wolf, die Hexe, Stiefmutter und Prinzessin stoben in unterschiedlichste Richtungen, um die Regale zu durchsuchen. Während die Prinzessin sich zielstrebig in die Bekleidungsabteilung begab, hamsterte die Knusperhexe, wie erwartet, natürlich in der Delikatessenabteilung und türmte Lachs, Baguettes, Kaviar, aber auch Torten, Knabberzeugs und jede Menge Schokolade und Zuckerzeug in ihrem Einkaufswagen.

Der Wolf suchte in der Unterhaltungsabteilung die nötige musikalische Untermalung. Mit Ghettoblaster und einem Stapel CDs im Maul kehrte er zum Treffpunkt zurück, wo die Stiefmutter bereits Girlanden, goldene Sterne, rote Glaskugeln und silberne Luftschlangen aufhängte.

«Wo bleiben nur die beiden anderen? Eine halbe Stunde ist schon vorbei. So langsam sollten die doch mal zu Potte kommen.»

«Hoffentlich ist nichts passiert!» Die Stiefmutter sorgte sich ernsthaft. Sosehr sie sich dagegen wehrte, sie hatte die Runde mittlerweile ein wenig in ihr Herz geschlossen. Doch ihre Ängste schienen unbegründet.

«Ach, da sind sie ja! Wie seht ihr denn aus?» Überrascht blickten Wolf und Stiefmutter auf die Prinzessin, die eine imposante Erscheinung im Schlepptau hatte. War etwa ein weiterer Gefangener aufgetaucht? Und wenn ja, wohin war dann die Knusperhexe verschwunden?

«Ich hab sie umgestylt. Sieht sie nicht toll aus?» Die Prinzessin hatte nicht nur für sich ein neues Partyoutfit herausgesucht, auch die beiden anderen Damen sollten nicht zu kurz kommen. Insbesondere auf die Knusperhexe hatte sie es abgesehen. Sie hatte sie abgefangen und in die Umkleidekabine in der Damenabteilung entführt, wo sie ihr ein komplett neues Styling verpasst hatte. Neben einem äußerst schmeichelhaften dunkelblauen Kleid hatte die Prinzessin ihr auch noch die Haare hochgesteckt und auf die Schnelle sogar ein dezentes Make-up gezaubert.

«Du siehst mindestens zwanzig Jahre jünger aus!», rief der Wolf überrascht.

«Ja, es ist unglaublich! Vielen Dank, Prinzessin!»

Die Prinzessin strahlte, während sie der Stiefmutter ebenfalls ein Partyoutfit überreichte.

«Kaschmir! Wahnsinn. Vielen Dank!» Die Stiefmutter musste nun schon zum zweiten Mal an diesem Abend lächeln. Es war lange her, dass sie jemand mit einer solchen Aufmerksamkeit bedacht hatte. Sonst musste sie sich immer selbst eine Freude bereiten. Aber dann fehlte natürlich der Überraschungseffekt. Dieses Weihnachten schien tatsächlich etwas Zauberhaftes zu haben. So schlimm die Situation zu sein schien und die Lösung des Problems in weiter Ferne, immerhin hatten sich hier vier Personen getroffen, die sich immer besser verstanden.

Gemeinsam bauten sie nun das Festmahl auf, legten eine CD in den Ghettoblaster und ließen die Champagnerkorken knallen.

«Get the Party started!», rief die Prinzessin und sprang übermütig in einen herumstehenden Einkaufswagen, sodass der quer durch die Gänge schlitterte. Offenbar hatte sie sich von ihrem Regalabenteuer vollends erholt. Die Stiefmutter drehte die Musik lauter und goss Champagner nach. Dann ging sie zum Büfett und holte sich eine große Portion Nudelsalat. Sie hatte schon seit ewigen Zeiten keine Kohlenhydrate mehr zu sich genommen und genoss das Essen ganz besonders.

«Ohhhh … ahhhh … mhhhh … ist das lecker! Herrlich, ich weiß gar nicht, wie lange ich schon nicht mehr einen solchen Spaß hatte! Ständig kasteie ich mich selbst und verstecke mich hinter grauen Kostümchen, in denen ich kaum atmen kann. Ihr seid wirklich schwer in Ordnung!»

«Kommt, lasst uns ein Liedchen zusammen singen!», forderte die Hexe nun mutig. Sie erinnerte sich plötzlich an die Feste, die sie früher im Kreise ihrer Familie gefeiert hatte.

«Du meinst so was wie ‹O Tannenbaum› oder ‹Ihr Kinderlein kommet›? Ich weiß gar nicht, ob ich den Text noch kann.» Die Prinzessin kletterte gerade aus ihrem Einkaufswagen und goss sich das Glas erneut voll.

«Ach, lass gut sein. Ich glaube, wir sind alle nicht scharf drauf, krampfhaft irgendwelche alten Traditionen hervorzuholen.» Die Stiefmutter nahm erneut einen großen Schluck Champagner und prostete den anderen vergnügt zu.

«Leute, mir geht dieses ewige Weihnachtsgedöns sowieso auf den Zeiger. Völlig überholt und nicht mehr zeitgemäß. Kein Wunder, dass kein Erwachsener mehr gern feiert. Weiß doch eh keiner mehr, worum es mal ging», sagte der Wolf und machte es sich auf einer Decke bequem.

«Ja, eben, worum geht es denn?», fragte die Hexe kauend.

«Geschenke?» Die Stiefmutter schaufelte gerade Schokoladenkuchen in sich hinein. «Wieso frag ich eigentlich …», grummelte die Hexe.

«Keine Ahnung. Weil du es vielleicht selbst nicht weißt?»

«ICH muss es ja auch nicht wissen. Ich bin Jude!», fauchte der Wolf.

«Ach, echt? Bist du beschnitten? Zeig mal her!» Neugierig versuchte die Prinzessin, einen Blick zu erhaschen.

«Untersteh dich!»

«Was bist du denn, Knusperhexe? Streng katholisch oder bekenntnislos?», fragte die Stiefmutter herausfordernd.

«Diabetikerin», antwortete diese und fuhr fort, während sie sich grinsend eine Rumkugel in den Mund schob, «ich glaube an die Macht der Süßwarenindustrie.»

«Ach, was soll's! Ich finde, wir sollten trotzdem was zusammen singen. Weihnachten, Chanukka, Weihnukka … Und wer den Text nicht kennt, der summt einfach mit.» Der Wolf drehte den Ghettoblaster leise und setzte sich. Die anderen nahmen ebenfalls im Halbkreis auf dem Boden Platz. Plötzlich herrschte eine richtig gemütliche Stimmung. Die Flammen der Kerzen flackerten im Hintergrund, und eine wohlige Wärme breitete sich im Kaufhaus aus. So saßen also die Knusperhexe, die Stiefmutter, die Prinzessin und der Wolf zusammen und sangen ein Weihnachtslied nach dem anderen, bis sie langsam müde wurden. Irgendwann waren alle ruhig und hingen ihren Gedanken nach.

«Meine Mutter hat mir früher immer Geschichten erzählt, damit ich einschlafen konnte», brach die Prinzessin das allgemeine Schweigen.

«Das heißt, wir sollen dir jetzt auch eine Geschichte erzählen, oder was?», fragte die Stiefmutter nun doch wieder etwas genervt. Sie selbst hatte noch nie eine Geschichte erzählt. Wenn überhaupt, dann hatte sie ein wenig an der Wahrheit gedreht. «Werd erwachsen, Kleines. Das Leben ist kein Ponyhof, auch wenn du nach wie vor den Intellekt einer *Wendy*-Abonnentin hast!»

«Nein, aber jeder könnte etwas von sich erzählen. Das wird doch sicher recht spannend. Genauso wie früher im Ferienlager.»

«Bei uns gab es da eher Gruselgeschichten. Willst du gleich anfangen, Prinzesschen? Ich kann mir vorstellen, was dein schlimmster Tag bisher war: Ein Fingernagel ist abgebrochen, ohhhh ...» Die Knusperhexe kicherte.

«Nein, erzähl du doch einfach etwas von dir!», warf der Wolf hastig ein und nickte der Hexe aufmunternd zu. Angriff war eben manchmal doch die beste Verteidigung.

Die Hexe schaute skeptisch in die Runde. Damit hatte sie nun wirklich nicht gerechnet. Sie redete zwar irrsinnig gerne, aber meistens nur mit sich und nicht über sich selbst. Zwischenmenschliche Kommunikation war nicht unbedingt ihr Steckenpferd. Insbesondere, weil sie in den letzten Jahren in der Einöde dazu tendiert hatte, die Realität mit allerlei phantastischen Geschichten aufzupeppen. Sie griff in die Schachtel mit den Rumkugeln und ließ sich besonders viel Zeit mit dem Kauen. Dann gab sie sich doch einen Ruck.

«Was soll's. Ich sehe euch eh nie wieder, dann kann ich ja mal ... Also, vor vielen, vielen Jahren kam ich an einen Punkt im Leben, da wurde mir alles zu viel. Ich hatte damals eine sehr gutgehende Bäckereifirma mit mehreren Filialen, ich gab die toughe Geschäftsfrau und die sexy Ehegattin. Alles schien perfekt. Wir haben sogar einmal im Jahr die Kinderheime im Land mit leckeren Backwaren beliefert. Ich fand es toll. Gutes tun und Gutes zurückbekommen. Alle hielten meinen Mann und mich für DAS Vorzeigetraumpaar! Aber das schien alles nicht genug zu sein. Wir wurden einfach nicht glücklich. ER war nicht glücklich. Mein Mann wollte eigene Kinder, ich nicht. Eines Tages brannte er mit irgend so einer hellblonden Thekenschlampe durch. Ihr wisst schon: keine eigene Meinung, dafür zwei große Semmeln unterm Blüschen. Und bei mir sind die Sicherungen durchgebrannt. Ich habe von morgens bis abends Süßes in mich hineingestopft, und irgendwann bin nicht mehr zur Arbeit gegangen. Es ging rapide bergab. Ich war weder sexy noch erfolgreich, und dennoch ... Eines Tages bot mir eine ausländische Firma noch etwas Geld für mein Unternehmen. Ich habe alles verkauft, was ich hatte, und bin in den Wald gezogen, fernab von irgendwelchen Menschen. Doch die Kinder schienen mich zu vermissen. Sie fanden mein Versteck heraus, und ab und zu hatte ich nette Gesellschaft. Ich gab ihnen Kuchen, sie unterhielten mich, behielten aber mein geheimes Häuschen für sich. Eigentlich war das eine sehr schöne Zeit. Kinder lieben einen ja nicht aufgrund des Aussehens. Sie sehen mit dem Herzen. Das ist gut. Aber nicht alle Kinder tun das. Eines Tages kamen auch Hänsel und Gretel zu mir ins Knusperhäuschen. Sie hatten gehört, dass ich wohl außer Süßem noch über eine Menge Geld verfügen solle. Und so haben sie mich erpresst. Ich hätte nie gedacht, dass die Polizei ihnen glauben würde. Sie lockten mich in einen Hinterhalt, zum Glück konnte ich gerade noch entkommen. Doch seitdem halte ich mich von Kindern fern. Die Industrie hat ihre Seelen verseucht. Man kann ihnen nicht mehr trauen.»

Betretenes Schweigen herrschte, als die Hexe ihre Erzählung beendet hatte.

«Nicht alle Menschen sind schlecht», durchbrach die Stiefmutter die Stille. «Mein Mann, oder besser gesagt Exmann, ist wirklich ein toller Mensch. Und so besorgt um seine eigene Familie. Das Problem bei der Sache war nur, dass er dabei seine zweite Ehefrau, also mich, komplett vernachlässigt hat. Wenigstens hat er mich nicht des versuchten Mordes angeklagt. Nachweisen hätte er mir sowieso nichts können, schließlich bin ich unschuldig. Als Frau probiert man doch einfach nur, den gesellschaftlichen Anforderungen gerecht zu werden. Wir versuchen dem Alterungsprozess zu entfliehen, damit wir mit euch jungen Dingern mithalten können. Ich denke, ich verzeihe meinem Ex und werde, wenn ich die Chance bekomme, auf ihn zugehen. Ich werde ihm sagen, wie es damals wirklich war. Teenager können so grausam sein. Schneewittchen war schön, keine Frage, aber mit meiner Tiefe und Erfahrung konnte sie eben doch nicht mithalten.»

«Was soll das denn nun wieder heißen?» Die Prinzessin schaute beleidigt zur Stiefmutter.

«Die Jugend hat alles. Schönheit, Neugierde, ein gesundes Herz ohne Verletzungen … Die meisten wollen dem Drama in ihrem Leben ausweichen, deswegen ziehen sie Menschen ohne Vergangenheit vor. Wer alt ist, wird einfach aussortiert. Da kann man sich noch so viele Schönheitscremes kaufen.»

«Ich habe es auch schwer im Leben», entgegnete die Prinzessin. «Mein Vater ist nämlich nicht so gnädig mit mir wie dein Exmann mit seiner Tochter. Er hat von mir verlangt, einen Frosch als Haustier zu halten, damit ich lerne, verantwortungsbewusst zu handeln. Das Tier fühlte sich nicht wohl, ich hatte furchtbare Angst. Außerdem weiß ich heute, dass Frösche in die freie Natur gehören. So wie Wölfe eben auch.»

«Das gilt allerdings nur, wenn man die Tiere in ihrer natürlichen Umgebung respektiert!», entgegnete der Wolf.

«Natürlich.

Viele sehen in mir nur die oberflächliche, verwöhnte Prinzessin, der alles zufällt. Dass ich aber umso mehr um Anerkennung und Respekt kämpfen muss, sieht keiner. Und was die ganze Kosmetik angeht: Du kannst zwar dein Äußeres verdecken, aber dein Herz wird man immer sehen.»

«Wisst ihr, irgendwie ist es schön, mal mit jemandem über all das sprechen zu können!», sagte die Knusperhexe.

«Ja, finde ich auch. Jahrelang musste ich mir immer nur diese furchtbaren Vorwürfe anhören, anstatt dass sich einer vielleicht mal meine Version der Geschichte anhört», sagte die Stiefmutter.

«Ich finde es auch richtig gut, euch kennenzulernen. Ihr seid gar nicht so übel wie euer Ruf!», sagte der Wolf.

«Trotzdem wäre ich lieber in Freiheit!», sagte die Knusperhexe.

«Tja, es scheint, als wären wir einmal mehr im Leben die Opfer einer Situation, die wir nicht beeinflussen können! Was soll's.» Der Wolf rollte sich erneut auf seiner Decke zusammen.

«Was soll das denn nun heißen? Ich glaube, manchmal muss man dem eigenen Schicksal auch mal kräftig in den Hintern treten!» Die Prinzessin war aufgesprungen. Ihre Augen glänzten bedrohlich, als sie sich vor den anderen aufbaute.

«Alles in Ordnung bei dir?», fragte die Stiefmutter vorsichtig. Langsam kamen die Muttergefühle bei ihr durch. Auch wenn die Prinzessin ihr nach wie vor etwas zu verwöhnt vorkam, schien sie im tiefsten Inneren einen guten Kern zu haben. Nur zu viel Champagner vertrug die Kleine wohl eher nicht.

«Mit mir ist mehr als nur alles in Ordnung! Ich habe eine Idee. Wieso sollten wir die Gelegenheit nicht nutzen und anderen von unserem Spaß etwas abgeben?» Sie blickte herausfordernd in die Runde, als müssten die anderen bereits jetzt begreifen, was in ihrem Köpfchen so vorging.

«Wie soll das denn gehen? Wir sind immer noch eingesperrt

und kommen nicht hinaus. Also werden auch andere nicht zu uns hereinkommen!», warf die Hexe ein.

«Na ja, aber irgendwann werden wir hier doch wieder herausspazieren», entgegnete die Prinzessin verschwörerisch. Sie hatte sich einen Berg Stofftiere geschnappt und hielt diese etwas unglücklich in den Armen. Ein blaues Nilpferd machte den Eindruck, als sei es auf der Flucht, und baumelte halbherzig um ihren Hals, während ein Krokodil aus aufblasbarem Plastik sich mit einem dicken Plüschschwein verkantet hatte.

Die Hexe und der Wolf blickten sich verständnislos an, hielten aber vorsichtshalber beide die Klappe, damit nicht noch mehr Verwirrung gestiftet werden konnte.

«Seht ihr denn nicht, wo wir uns hier befinden?»

«In einem Kaufhaus?», tastete sich der Wolf vor.

«Unter der Obhut eines mutmaßlichen Irren, der für seine Taten schon bald zur Rechenschaft gezogen wird! Ich kenne da einen Anwalt ... Und wenn wir es nicht schaffen, den Spinner vor Gericht zu bringen, dann werde ich ihm persönlich die Ostereier abschneiden», rief die Stiefmutter aus. Sie hatte sich nun neben die Prinzessin gestellt und musterte diese eingehend.

«Ach nein. Ich meine, bisher ist uns doch nichts geschehen. Gut, wir sind hier eingeschlossen. Aber wir haben zu essen und zu trinken. Es ist gemütlich, es ist warm, und wir haben uns hier kennengelernt. Ich weiß nicht, wann ich das letzte Mal so einen netten Abend hatte – mit so tollen Gesprächen. Wenn ich ehrlich sein darf, so offen war selten jemand zu mir. Vielleicht sogar noch gar nie.» Die Prinzessin wurde ein wenig rot, als sie die Worte aussprach. Sie blickte unsicher in die Runde. Doch als sie in die Gesichter der anderen sah, erkannte sie, dass alle vier genau das Gleiche fühlten, also fuhr sie fort.

«Überlegt doch mal. Wir sind hier in einem Kaufhaus voller

Waren. Und da draußen gibt es so viele Kinder, die schon lange keine Geschenke bekommen haben, Weihnachten hin oder her. Lasst uns einfach all das Spielzeug und die Süßigkeiten verpacken. Und dann verschenken wir es an die, die wirklich nichts haben!»

«Ich bin dabei. Das klingt nach einer schönen Sache!», rief der Wolf und wedelte aufgeregt mit dem Schwanz. Auch er schien seine Vorurteile vollends begraben zu haben. Offenbar waren nicht alle Frauen so schlecht, wie er immer geglaubt hatte.

«Eine tolle Idee! Das gefällt mir fast noch besser als die Party», sagte die Stiefmutter und ergänzte: «Und sollte uns irgendwer wegen Diebstahl anzeigen, dann schlagen wir zurück und drohen mit der Klage!»

«Ja, so machen wir das!» Auch die Knusperhexe war sichtlich begeistert. Noch etwas freuden- und wodkatrunken (mittlerweile war man bereits auf die härteren Kaliber umgestiegen), begann die illustre Runde erneut im Kaufhaus zu hamstern. Diesmal waren es Spielkonsolen, Fußbälle und Cabbagehead Kids, die in den Einkaufswagen von Wolf, Stiefmutter und Knusperhexe landeten, während die Prinzessin bereits eifrig dabei war, Geschenkkartons zu basteln und Schleifen zu binden. An jedes Päckchen wurden noch Zuckerstangen, Lebkuchenherzen und Schokoriegel gehängt, sodass bald ein großer Berg kunterbunter Präsente heranwuchs. Alle waren mit Feuereifer dabei, lachten, tanzten und sangen aus vollem Halse.

«Kommt, wir laden alles hier auf diese Kutsche, dann können wir die Geschenke direkt in der Stadt verteilen!» Die Knusperhexe begann, die Pakete auf die große Kutsche zu laden, die vor dem Kaufhaus geparkt war. Sie bestand aus dunkelbraunem Ebenholz mit Goldbeschlägen und roten Samtkissen. Davor waren vier beeindruckende Kaltblutpferde gespannt, denen der Atem aus den Nüstern dampfte. Auch die Stiefmutter, die Prinzessin und der Wolf begannen nun, alles auf den Rücksitz des Wagens zu türmen. Das Unterfangen klang leichter, als es war. Schließlich musste alles seinen Platz finden, durfte aber bei der Fahrt nicht hinunterfallen. Nach einer guten Weile und jeder Menge Lachanfälle, gespickt mit wenig christlichen Flüchen, war alles perfekt verschnürt und abfahrbereit. Schwungvoll nahmen nun auch die vier Aushilfselfen auf den Kissen der Kutsche Platz.

«Allez! Hopp, hopp! Los geht's!» Die Knusperhexe hatte sich die Zügel geschnappt und schnalzte laut mit der Zunge. Sofort trabten die Pferde über den dicken Schnee, dass es nur so knirschte. Immer schneller und schneller düste die Kutsche in die Nacht hinein, bis die Kufen endlich vom Boden abhoben und das Gefährt durch die Lüfte flog. In Windeseile trug es die vier merkwürdigen Gestalten von Haus zu Haus. Es schien, als sei die Zeit stehengeblieben. Die Sterne prangten am Himmel, und der Mond glotzte ungläubig auf das, was er in dieser ungewöhnlichen Nacht so alles geboten bekam.

Kaum war ein Paket abgeliefert, schwebte die Kutsche auch schon wieder lautlos von dannen. Nur die Freudenschreie der Beschenkten erinnerten daran, dass das alles wirklich geschah.

«Habt ihr die leuchtenden Kinderaugen gesehen?», fragte die Prinzessin aufgeregt. Gerade hatten sie ein Waisenhaus am Stadtrand passiert und auch dort natürlich jede Menge Päckchen mit Spielzeug und Naschwerk hinterlassen. Keiner der vier dachte im Traum daran, einen Dank abzuwarten. Aber ab und zu wagte einer der vier eben doch einen vorsichtigen Blick zurück über die Schulter und freute sich umso mehr, wenn das Geschenkte so viel Anklang fand.

Ein kleines Mädchen hatte bisher im Winter seine Füße immer in Zeitungspapier wickeln müssen, in dieser Nacht bekam es seine ersten Fellstiefel. Ein anderes hatte nachts im Kinderheim immer kein Auge zutun können, weil es sich dann ganz besonders allein fühlte. Heute bekam es eine Puppe, die ihm sofort Gesellschaft leisten und Trost spenden konnte. Und ein Junge, er war vielleicht acht oder neun und wollte ein großer Fußballstar werden, um seiner Familie aus der Armut zu helfen, erhielt einen Fußball, um damit für seinen Traum zu trainieren.

Hunderte von Geschichten spielten sich in dieser Nacht ab, bis auch das letzte Päckchen verteilt worden war. Die Kutsche landete schließlich auf einem großen Marktplatz, wo die vier erschöpft, aber zufrieden endlich wieder festen Boden unter den Füßen bekamen.

«Ich bin wirklich froh, dass wir das gemacht haben!», sagte die Stiefmutter.

«Das Schönste ist, ich habe kein einziges Mal daran gedacht, was wohl die Leute von mir denken könnten, wenn sie uns entdecken. Ich war einfach nur froh, diese Gelegenheit genutzt zu haben!», sagte die Knusperhexe.

«Ja, und wisst ihr, was noch viel besser ist?», fragte der Wolf.

«Was denn? Was soll denn noch besser sein?», rief die Prinzessin aufgeregt.

«Na ja, schaut euch doch mal um. Wir waren so damit beschäftigt, anderen eine Freude zu machen, dass wir gar nicht bemerkt haben, dass wir nicht mehr eingesperrt sind!»

Stiefmutter, Prinzessin und Hexe blickten den Wolf ungläubig an. Erst nach ein paar Sekunden begriffen sie, dass er recht hatte. Sie sprangen vor lauter Freude in die Luft, fassten sich an den Händen und tanzten begeistert im Kreis herum.

«Ich gratuliere euch!»

Da war sie wieder. Die Stimme aus dem Kaufhaus. Die vier zuckten vor lauter Schreck zusammen und rückten ängstlich aneinander. War doch noch nicht alles überstanden? Waren alle Anstrengungen etwa umsonst gewesen? Wurden sie jetzt etwa bestraft für etwas, was sie doch aus tiefstem Herzen und gern getan hatten?

«Ich muss gestehen, zwischenzeitlich hatte ich euch fast aufgegeben. Aber dann habt ihr noch einmal die Kurve gekriegt! Ihr habt den Zauber von Weihnachten gerettet. Nur ihr hattet die Macht, und ihr habt sie genutzt! Denn nur ihr selbst konntet eure Herzen befreien, damit eure Herzen euch wieder leiten können. Macht nur weiter so, und ich hoffe, wir werden uns nie wiedersehen!»

Die Hexe, die Prinzessin, die Stiefmutter und der Wolf blickten sich verwirrt an. Doch als nach einigen Minuten immer noch alles still blieb und keiner vom Blitz getroffen wurde, seufzten sie erleichtert. Sie waren tatsächlich frei.

«Wer war das?», wisperte die Knusperhexe vorsichtig.

«Keine Ahnung. Ein Helfer mit Herz?», kicherte die Prinzessin.

«Oder zu Hause im Glück?», lachte die Stiefmutter.

«Oder … oder … Raus aus den Schuldgefühlen?!», kreischte die Hexe begeistert.

«Ich glaube, ihr guckt alle einfach nur zu viel fern. Manchmal hilft es eben auch, die wenige Zeit miteinander zu verbringen und dem anderen zuzuhören! Auch wenn der andere ein Fremder ist», sagte der Wolf nachdenklich. Die vier sahen sich an und lächelten. Sie begriffen, dass sie nicht nur aus ihrem Kaufhausgefängnis befreit waren, sondern auch aus ihrem eigenen. Die Schuldgefühle waren wie weggeblasen, und stattdessen breitete sich eine wohlige Wärme in ihren Herzen aus.

Sie verabschiedeten sich und eilten zurück zu ihren Häusern, der Wolf verschwand in seinem Wald. Alle nahmen zum ersten Mal seit Jahren wieder Kontakt zu Freunden, Verwandten oder dem ehemaligen Rudel auf. Und wenn sie künftig Unbekannten auf der Straße oder am Wegesrand begegneten, schenkten sie ihnen ein Lächeln, anstatt wie gewohnt wegzusehen.

Und wenn die vier nicht gestorben sind, so sind der Wolf, die Stiefmutter, die Knusperhexe und die Prinzessin noch heute befreundet und treffen sich einmal im Jahr zu einem großen Fest in einem geheimnisvollen Kaufhaus. Wenn man ganz genau hinhört, kann man sie manchmal sogar laut lachen und feiern hören.

Ruth Moschner, *Jahrgang 1976, wurde einem großen Publikum durch die Sendungen «Freitag Nacht News» und «Big Brother» bekannt. Sie moderiert die Primetimeshow «Schlagerrad» beim HR und die Kochshow «Ruth kocht gut» auf bild.de. 2006 gründete sie ihren eigenen Verein Ruth tut gut e. V. zur Prävention von Jugendarbeitslosigkeit. Dass die schlagfertige Moderatorin auch eine spitze Feder beherrscht, beweisen ihre Kolumnen im «Berliner Kurier» und der Zeitschrift «IN». Ihr erstes Buch hieß «Süße Märchen – oder wie ich mich glücklich nasche». Bei Wunderlich erschienen bisher die Romane «Vollblondige Businen» und «Dicke Möpse».*

Horst Evers

Die Weihnachts-
wurst von
Nordenham

Die schönsten Weihnachtsmärkte der Welt
Prolog

Im Laufe der letzten zehn Jahre habe ich grob geschätzt circa dreiundachtzig verschiedene Weihnachtsmärkte im gesamten deutschsprachigen Raum besucht. Es gibt wohl, wenn überhaupt, nur wenige Menschen, die so viele unterschiedliche Weihnachtsmärkte besichtigen konnten und noch in der Lage und vor allen Dingen willens sind, über das Erlebte Zeugnis abzulegen.

Tatsächlich konnte ich mittlerweile feststellen, dass mehr oder weniger alle Weihnachtsmärkte eine relativ ähnliche innere Ordnung beziehungsweise Struktur haben. Die Kenntnis dieses grundsätzlichen strukturellen Aufbaus ermöglicht es mir, mich selbst auf den größten und unübersichtlichsten Weihnachtsmärkten sehr schnell und sicher zurechtzufinden. Das ist ein großer Vorteil und eine schöne Fähigkeit. Selbst auf dem weltweit wohl größten und berühmtesten Weihnachtsmarkt, dem Christkindlesmarkt in Nürnberg, erkenne ich praktisch auf den ersten Blick, wo die Toiletten sind. Eine wichtige Information. Wie bedeutsam sie ist, wird einem spätestens klar, wenn man sich nach Einbruch der Dunkelheit dabei ertappt, wie man sich immer wieder mal wünscht, alle Besucher des Christkindlesmarktes hätten auf einen Blick, oder zumindest doch ausreichend schnell erkannt, wo die Toiletten gewesen wären.

Schon dieses kleine Beispiel lässt erahnen, dass auch bei Weihnachtsmärkten, wie wohl bei allem im Leben, gilt: Wo viel Licht ist, da ist auch Schatten. Und leider irrt Bertolt Brecht eben doch, wenn er behauptet, die im Dunkeln sähe man nicht. Auf Weihnachtsmärkten oder am Rande der Weihnachtsmärkte sieht man sie sehr wohl, und nicht immer ist es ein Anblick, der das Leben oder auch nur den Abend wirklich bereichert.

Doch möchte ich lieber von der leuchtenden Pracht der Weihnachtsmärkte berichten. Dem Besonderen, denn jeder Weihnachtsmarkt hat auch seine ganz eigene, exklusive Note, häufig sogar eine Spezialität, für die er in der ganzen Welt berühmt ist: In Nürnberg gibt es die Lebkuchen, in Dresden den Stollen, in Chemnitz die Schnitzereien, in Aachen die Printen und in Spandau auf die Fresse. Aber auch die kleineren Weihnachtsmärkte haben durchaus ihre Spezialitäten …

Die schönsten Weihnachtsmärkte der Welt
Folge 53: Die Weihnachtswurst von Nordenham

Auf dem Weihnachtsmarkt von Nordenham gibt es genau drei Buden. Rosis Glühweinstation, Ewalds Original Berliner Waffeln und Wurst-Didi. An der Bude von Wurst-Didi hängt eine Werbetafel: «Was wäre Weihnachten ohne die Weihnachtswurst von Wurst-Didi?»

Das ist eine gute Frage. Da habe ich so noch gar nicht drüber nachgedacht.

Die Weihnachtswurst von Wurst-Didi ist im Prinzip eine ganz normale Currywurst, nur dass über den Ketchup dann nochmal zwei bis drei gehäufte Esslöffel Lebkuchengewürz, Zimt und wohl auch Goldstaub gestreut werden. Nun, zurück zur Ursprungsfrage: Was also wäre Weihnachten ohne die Weihnachtswurst von Wurst-Didi?

Ein kleines bisschen schöner, denke ich.

Eigentlich wollte ich gar keine Wurst, ich hatte Pommes bestellt, aber Wurst-Didi konnte mich nicht verstehen, weil es neben den drei Buden noch eine vierte Attraktion auf dem Nordenhamer Weihnachtsmarkt gibt.

Die Kunsteisbahn, oder genauer gesagt das Eislaufzelt, welches von einem kleinen verbitterten, luftgetrockneten Mann betrieben wird, der offensichtlich Weihnachten hasst oder Nordenham hasst oder beides, oder wahrscheinlich hasst er eigentlich sogar die ganze Welt. Zumindest dröhnt aus seinen bis über den Anschlag aufgedrehten Boxen ununterbrochen Musik von der Gruppe Scooter, eben in einer Lautstärke, die jegliche Kommunikation bis weit über den Marktplatz hinaus unmöglich macht und die letztlich eben auch dazu führt, dass ich jetzt Wurst-Didis Weihnachtswurst essen muss. Also offen gestanden weiß ich gar nicht, ob die Musikstücke wirklich alle von Scooter sind. Erkannt habe ich nur das Stück, wo H. P. Baxter immer «Hyper, Hyper» brüllt. Wobei alle anderen Stücke aber quasi genauso klingen, nur eben ohne «Hyper, Hyper», also selbst wenn die eventuell nicht original von Scooter sind, dann sind sie doch zumindest sehr scooteresk.

Nordenhamer sind keine auf diesem Weihnachtsmarkt. Außer mir ist überhaupt kein Besucher auf diesem Weihnachtsmarkt. An einem Adventssamstagnachmittag. Fühle mich den vier Attraktionen gegenüber irgendwie verpflichtet. Die muss ich jetzt alle vier ganz alleine durchbringen. Kaufe auch eine Waffel und einen alkoholfreien Glühwein mit Schuss. Gerne hätte ich mit Glühwein-Rosi ein wenig über den Sinn oder Unsinn von alkoholfreiem Glühwein mit Schuss philosophiert, aber wegen der Scooter-Beschallung hat Rosi ein paar Riesenkopfhörer auf, mit denen sie vermutlich noch wieder was anderes hört. Vermutlich irgendwelche Entspannungs- oder Meditationsmusik. Das würde zumindest das Tempo ihrer Bewegungen erklären. Wobei Tempo hier eigentlich das völlig falsche Wort ist. Nachdem ich, wegen der Umstände wortlos, auf mein eigentliches Wunschgetränk, den alkoholfreien Punsch, gezeigt hatte, zeigt sie nur kurz kopfschüttelnd auf den alkoholfreien Glühwein mit Schuss und bereitet ihn dann in sehr … sehr ruhigen, anmutigen, in höchstem körperlichem Bewusstsein ausgeführten Bewegungen zu. Nachdem sie ihn mir überreicht und das Geld kassiert hat, kehrt sie dann wieder in ihre meditative Grundfigur, dem «traumwachen Kranich im Auge des Sturms» zurück.

Ich hingegen fühle mich nun bereit für meine vierte Prüfung und will mir Schlittschuhe leihen. Der kleine, böse Mann bemerkt die Gefahr zu spät. Als ich plötzlich vor seiner Butze stehe und den Mund bewege, wird ihm wohl auch klar, dass ich mit ihm rede. Dann bewegt auch er den Mund. Wahrscheinlich unterhalten wir uns jetzt. Leider versteht man natürlich kein Wort, aber beide bewegen wir jetzt unsere Münder, und das ist ja das Wichtigste, dass man irgendwie miteinander redet. Nachdem wir so eine Weile beide angeregt unsere Münder bewegt haben, gibt er mir plötzlich ein Paar Schlittschuhe. Genau meine Größe. Keine Frage, rein fachlich kann ihm vermutlich als Schlittschuhverleiher kaum jemand das Wasser reichen. Ich gebe ihm wahllos ein paar Münzen aus der Hosentasche, er nickt.

Und dann, nur zwei Minuten später, laufe ich Schlittschuh. Zum ersten Mal seit über zwanzig Jahren. Es gibt Dinge im Leben, die verlernt man einfach nicht. So wie Fahrradfahren oder ohne Besteck und Hände Spaghetti essen oder seinen Namen in den Schnee pinkeln. Schlittschuhlaufen gehört leider nicht dazu. Das bemerke ich, als ich nach zwei Schritten hinknalle, vier Meter übers Eis schlittere und dann in die Bande krache.

Als ich kurze Zeit später die Schuhe zurückgebe, sehe ich, wie der verbitterte, luftgetrocknete Mann tatsächlich lächelt. Richtig breit und herzlich. Dann macht er plötzlich die Musik aus, flüstert «Danke» und gibt mir die Leihgebühr zurück. «Ist schon in Ordnung, Sie haben die Schuhe ja kaum zum Draufstehen benutzt.»

Auch Rosi, Ewald und Didi nicken mir fröhlich zu, als ich mich über den Marktplatz zurückschleppe: «Das war mal eine schöne Abwechslung. Wollen Sie noch eine Weihnachtswurst? Geht aufs Haus!»

Ich lehne tapfer lachend ab, und die drei winken mir zum Abschied. Ich bin schon rund fünfzig Meter vom Markt entfernt, als ich plötzlich höre, wie «Hyper, Hyper!!!» wieder aufgedreht wird.

Horst Evers *stammt aus Evershorst bei Diepholz in Niedersachsen und lebt in Berlin seit der Zeit, als der Westen der Stadt noch eine Insel war. Er studierte Germanistik und Publizistik, jobbte als Taxifahrer und Eilzusteller bei der Post. Bereits während des Studiums schrieb er erste Texte, die er in der Mensa vortrug. 1990 gründete er zusammen mit fünf Freunden die Textlese-show «Dr. Seltsams Frühschoppen», die bald zur erfolgreichsten Lesebühne der Stadt wurde. Inzwischen hat er mehrere lustige Bücher und CDs veröffentlicht.*

Mischa-Sarim Vérollet

Weihnachten

Akihabara ist die *elektrische Stadt.* Es gibt Menschen, die behaupten, dass man sie gesehen haben muss, sonst war man nicht in Tokio. Es gibt wiederum Menschen, die behaupten, dass man sie nicht gesehen haben muss, wenn man weiterhin sehen will. Zu Letzteren gehöre ich.

Akihabara, die elektrische Stadt, ist ein Viertel Tokios, das beinahe ausschließlich aus Elektronikfachmärkten besteht. Ein Paradies für Zocker und Elektronik-Freaks aller Art. Mir waren solche Spielsachen eher egal, meine letzte Konsole hatte drei Buchstaben gehabt, die graue Kiste war beinahe ungenutzt in der Ecke verstaubt, bevor mein Mitbewohner Toni sie entdeckte und bei eBay verkaufte. Mein Plan war der folgende: Schnell rein in den Laden, die Konsole kaufen, schnell wieder raus und ab zum Flughafen. Doch es kam natürlich anders: Als ich am Bahnhof Akihabara ausstieg, traute ich meinen Augen kaum. Wie auch, waren sie doch spontan erblindet. Der 80er-Jahre-Computerfilm TRON war zum Leben erwacht, entweder, dachte ich, war dies die Hölle und die Flammen des Höllenmeeres brannten neonfarben, oder das Testbild im Telefunken-Fernseher meiner Oma war explodiert und hatte Tokio nuklear verseucht. Ich habe nie vorher und nie wieder so viel Licht auf einmal gesehen. Ich möchte sogar so weit gehen zu behaupten, dass es mittelfristig gesünder wäre, in die Sonne zu starren, als länger als fünf Minuten durch die elektrische Stadt zu flanieren. Die elektrische Stadt war schlimmer als jede Lasershow im Kino, man stelle sich die Kirmes einer mittelgroßen deutschen Stadt vor, potenziere dessen Lichtspektakel mit dem größten uns bekannten Brennglas, und man hat in etwa einen Eindruck dessen, was meine Augen mit großem Schrecken und absurd geweiteten Pupillen zur Kenntnis nahmen, als ich versuchte, mir einen Weg zurück zum Zug zu bahnen. Dagegen ist der New Yorker Times Square bloß Praktikant. Noch Tage danach fühlte ich mich wie nach dem ersten Skiurlaub mit meinen Eltern, als ich mich geweigert hatte, eine Sonnenbrille zu tragen, und für den Rest der Ferien keinen einzigen Comic mehr lesen konnte. Das Gleißen der bunten Reklametafeln, das grelle Kunstlicht der Elektronikmärkte, die als Anime Figuren verkleideten Jugendlichen, all das war zu viel für meinen europäischen Geist, und als ich wieder zu mir kam, war ich in Paderborn.

Genau jene elektrische Stadt ging mir durch den Kopf, als ich neben Kerstin, meiner Freundin, im Auto saß. Wir waren auf dem Weg zu ihren Eltern, es war der 23. Dezember, und wir würden Weihnachten mit ihrer Familie verbringen. Diese wohnte in einem kleinen Dorf, welches hauptsächlich dafür bekannt war, völlig unbekannt zu sein; nicht mal mein Navigationsgerät hatte es ohne ein umfangreiches und kostspieliges Update orten können. Als wir einen kleinen Hügel überquert hatten, lag Grübelheim im Tal vor uns. Und was ich sah, erinnerte mich derart stark an meinen Besuch in der elektrischen Stadt, dass ich im ersten Augenblick den Impuls unterdrücken musste, Hals über Kopf zu türmen.

Offensichtlich herrschte im Heimatstädtchen meiner Liebsten ein harter Verdrängungswettbewerb an der Häuserschmuckfront. Aus amerikanischen Familienfilmen kannte ich die Tradition, Einfamilienhäuser so zu verkabeln, dass sie selbst aus dem All mit bloßem Auge zu erkennen waren, aber was die Menschen hier vollbracht hatten, hätte selbst alteingesessene Ladenbesitzer in Akihabara die Nase rümpfen lassen. Unwillkürlich schaltete ich das Abblendlicht aus, dabei war die Sonne schon lange untergegangen.

Ich weckte Kerstin, um nach der Hausnummer zu fragen. Sie hatte mir zwar das Haus beschrieben, aber «das mit dem großen Weihnachtsmann» war zumindest in diesem Dorf keine große Hilfe; die Beschreibung hätte nicht nutzloser sein können, wenn sie «das mit dem Dach» gelautet hätte. In diesem Ort gab es keinen Zweifel an der Existenz des Weihnachtsmannes, höchstens an seiner Identität; entweder hatte der echte ein höchst erfolgreiches Franchise-Unternehmen ins Leben gerufen, oder die Bewohner waren einer professionellen Bande von Hochstaplern auf den Leim gegangen. Manche von ihnen hatten Glühwürmchen verschluckt, andere waren offenbar schon einige Jahre im Dienst und hatten eine eher rosafarbene als rote Farbgebung. Auch Rentiere waren stark vertreten. Genauso wie Elfen, Christkinder, Engel, Sterne und E.T. Stopp – E.T.? Ich schaute nochmal genauer hin. Ja. E.T. Oder ein höchst unglücklich modellierter Knecht Ruprecht, da war ich mir nicht hundertprozentig sicher, auch wenn Letzteres im allgemeinen Kontext mehr Sinn machte. Aber all diese Figuren erblassten angesichts des anomischen Lichterglanzes, der von der Weihnachtsdekoration der Häuser ausging. Wenn dieses Dorf eines war, dann das Gegenteil von Stromsparen. Gerade jetzt, da war ich mir sicher, klingelte in Akihabara das Telefon:

«Ein Anruf, Sir. Es ist Grübelheim. Die wollen das Namensschild mit der ‹elektrischen Stadt› drauf zurück.»

Kerstin teilte mir die Nummer mit, und ich versuchte mit zusammengekniffenen Augen zwischen Weihnachtsdeko und Klinkereinerlei das richtige Haus zu finden. Ich merkte, dass ich für meine Verhältnisse ziemlich angespannt war. Ich wusste nicht so recht, was mich an diesem Weihnachtsfest erwarten würde. Es war nicht nur das erste Mal, dass wir Weihnachten bei ihrer Familie verbrachten, es war überhaupt das erste Mal, dass wir ihre Eltern zu Hause besuchten. Bislang hatte man sich immer auf neutralem Boden, in einem Café oder bei einem Roger-Cicero-Konzert getroffen; jetzt würden wir mehrere Tage gemeinsam in einem Revier verbringen, in dem sie sich besser auskannten als ich. Der Vorteil lag ganz klar bei ihnen.

Es würde schön werden, hatte Kerstin gesagt, ich würde Spaß haben. Sie hatte auch mal gesagt, dass mir das ABBA-Musical gefallen würde. Gesagt hatte sie zudem, dass ich ihr das nicht ewig vorhalten könne. Und es wäre toll, mal ein wenig Zeit mit ihren Eltern zu verbringen. Und was hieße denn *ihre Eltern*. Das seien ja genauso meine zukünftigen Schwiegereltern. Ich musste lächeln, als ich daran dachte. Wenn sie wüsste, wie recht sie damit hatte. In meinem Koffer gab es eine kleine Teedose, und in dieser Dose versteckt schlummerte ein Ring. Ein Verlobungsring. Ja, nach zwei Jahren hatte ich vor, mich ins Unglück zu stürzen.

Kerstin sollte den schönsten Ring bekommen, den meine finanziellen Verhältnisse zu bieten hatten. Ich hatte auch schon den einen oder anderen Kandidaten im Sinn und wollte mich eines Nachmittages aufmachen, um meine Wahl zu treffen. Papperlapapp, hatte Toni gerufen, das solle ich mal schön ihm überlassen. Und schön doof, wie ich war, hatte ich das getan. Natürlich ging Toni nicht zu einem Juwelier. Er hatte einen Bekannten, der jemanden kannte, der günstig an solche Ringe rankam, und wo man schon mal da war, bekam man im Gesamtpaket mit dem Ring direkt einen todsicheren Tipp für das anstehende Pferderennen dazu. Pfiffig, wie Toni war, sparte er tatsächlich einen ganzen Batzen Geld beim Erwerb des Ringes, einen Batzen, den er gleich auf Hot Shot setzte, den eben erwähnten todsicheren Tipp. Leider erwies sich als das einzig Todsichere an diesem Klepper der Tod selbst. Mitten im Rennen, letzte Runde, in Führung liegend. Die Steroide hatten den armen Kerl dahingerafft. Immerhin, das ergab eine kurze Recherche, war ich plus minus null aus der Geschichte herausgekommen. Unterm Strich hatte ich genauso viel Geld ausgegeben wie bei einem regulären Kauf im Juweliergeschäft, was auch Toni beruhigte, der ja nur das Beste für mich gewollt hatte. Und jetzt lag der Ring in meinem Koffer. Morgen, Heiligabend, sollte es so weit sein. Unterm Tannenbaum, als Geschenk, würde ich um Kerstins Hand anhalten. Es war an der Zeit.

Kerstin und ich hatten uns an dem Abend kennengelernt, an dem ich mit meiner damaligen Freundin Schluss gemacht hatte, was einer Verkettung unglücklicher Umstände geschuldet war. Nicht das Kennenlernen von Kerstin, das Schlussmachen. Meine jetzige Ex und ich hatten wie immer gemeinsam zu Abend gegessen, danach den Abwasch erledigt und uns wie jeden Montag zu Günther Jauch auf die Couch gekuschelt. Ein Kandidat, bei dem es offensichtlich war, dass ihn Günther abgrundtief hasste, war gerade dabei, auf äußerst dumme Art und Weise bei der 125000-Euro-Frage zu versagen, als sich meine Ex, die den ganzen Abend schon merkwürdig still gewesen war, aufrichtete und mir offenbarte, dass sie schwanger sei.

Die Überraschung war ihr gelungen. Und so unvorbereitet mich die Nachricht auch traf, so sehr freute sie mich gleichzeitig. Wir wünschten uns beide Kinder, was hätte uns also Schöneres passieren können? Ich drückte sie an mich, sie vergoss ein oder zwei Freudentränchen, und als ich mit Sekt (ich) und O-Saft (sie) wiederkam, beschloss ich, die Stimmung mit einem lockeren Scherz noch mehr zu heben und erzählte mit ernster Miene, dass ich mich grad fragte, wer denn wohl der Vater sei, da ich mich ja vor anderthalb Jahren hatte sterilisieren lassen. Der Scherz war gelungen, ihr entglitten alle Gesichtszüge. Erst nachdem ich sie aufgeklärt und getröstet hatte, dass das doch nur ein Gag gewesen sei, fiel mir auf, dass sie eine Spur zu entsetzt geguckt hatte. Langer Rede kurzer Sinn: Sie gestand mir eine längere Affäre mit einem Arbeitskollegen, ich packte ein oder zwei meiner sieben Sachen und ging mich in meiner Lieblingskneipe betrinken. Dort traf ich Kerstin, der ich mein Leid klagte, und ich rechne es ihr hoch an, dass sie sich trotz meines nicht enden wollenden wehmütigen Salbaderns auf mich einließ. Diese Frau sollte ich nicht gehen lassen. Tat ich auch nicht. Kurz darauf kamen wir zusammen. Und da sich die Schwangerschaft als Fehlalarm herausstellte, löste sich auch meine mögliche Vaterschaft in Wohlgefallen auf.

Und jetzt, fast zwei Jahre später, war es wohl tatsächlich an der Zeit, ihre Familie auf die härteste und intensivste Art und Weise kennenzulernen, mit der man Einblicke in die menschliche Psyche bekommen kann: ein gemeinsames Weihnachtsfest.

«Ah, da sind sie schon», sagte Kerstin und zeigte auf ein Haus, in dessen Eingang zwei schemenhafte Gestalten warteten, die im gleißenden Umgebungslicht nur als Umrisse zu erkennen waren. Wie sie unser Hybrid-Auto hatten hören können, war mir ein Rätsel. Entweder hatten sie bereits den halben Abend vor der Tür ungeduldig auf uns gewartet oder waren zufällig im richtigen Augenblick zum Luftschnappen vor die Tür gekommen. Letzteres schien mir unwahrscheinlich; die Vorfreude war körperlich spürbar.

Das war also das Haus, in dem meine Holde aufgewachsen war. Wobei nicht viel vom Gebäude zu erkennen war, denn es fügte sich perfekt in die allgemeine Grübelheimer Weihnachtskosmetik ein. Es sah aus, als wäre die Raumstation MIR genau auf ihm abgestürzt. Es wäre einfacher gewesen, aufzuzählen, was nicht leuchtete. Quer über die Häuserfront zog sich ein Schriftzug in Comic Sans – Comic Sans! –, der allen Betrachtern frohe Weihnachten wünschte und dabei blinkte, als sei Saturday Night Fever erst gestern verfilmt worden. Das wäre doch ein guter Anhaltspunkt für eine Beschreibung gewesen, dachte ich so und konnte trotz ausgiebiger Suche keinen Weihnachtsmann entdecken. Ich parkte den Wagen in der Einfahrt und zog die Handbremse an. Da sah ich ihn. Ein Fensterbild. Ein mickriges kleines Fensterbild inmitten eines elektrischen Feuerwerks. Natürlich beschreibt man einem Suchenden solch ein Haus anhand des einzigen nicht beleuchteten Schmuckbestandteils.

Wir stiegen aus und bahnten uns einen Weg um die im Vorgarten randalierenden Rentiere herum Richtung Haustür. Im schwarzen Loch, der wohl der Eingang zu diesem Palast des Lichts zu sein schien, warteten die zwei dunklen Figuren, die wir eben schon erblickt hatten. Auf halbem Wege zuckte ich zusammen. Aus der Dunkelheit starrten uns zwei rote Augen an. Ich packte Kerstins Arm.

«Jesus, Maria und Josef», flüsterte ich panisch, «ein …»

Ob *Werwolf*, *Vampir* oder *T-600* auf das *ein* folgen sollte, blieb mein Geheimnis, denn wie es schien, hatten sich die Figuren nach Längerem wieder bewegt, das Eingangslicht sprang an und offenbarte Kerstins freudestrahlende Eltern.

«Pupsi, die Kinder sind da», brüllte die Mutter begeistert, als stünde ihr Mann nicht unmittelbar neben ihr, sondern am Ende des Ganges, und zwar dem in Indien. Sie strahlte mich an wie jemand, der hauptsächlich erleichtert ist, dass die Tochter jemanden, irgendjemanden gefunden hatte, alles andere würde sich fügen. Urplötzlich wurde ich weihnachtlich übermannt, ich fühlte mich wohl und freute mich ein bisschen, als sie uns beide in den Arm nahmen und herzten. Dann fragten sie uns, ob wir eine gute Fahrt gehabt hatten, ob alles reibungslos geklappt hatte, der Vater fragte mangels interessanterer Fragen, ob ich denn auch Winterreifen drauf hätte, und ich antwortete halbherzig: «Ja, ja», ich war abgelenkt. Ich konnte den Blick nicht von den Oberteilen von Kerstins Eltern abwenden.

Kerstins Eltern trugen – hoffentlich selbstgestrickte – Partner-Norwegerpullis spazieren, auf deren Brust ein gestickter Rudolf prangte, als sei das Ganze eine Jägermeister-Reklame. *Hoffentlich selbstgestrickt*, denn sollte tatsächlich irgendjemand mit der industriellen Fertigung solch fragwürdiger Mode, die man mit Wham-Videos ausgestorben wähnte, seinen Lebensunterhalt bestreiten, hätte ich sofort der Arbeitswelt abgeschworen und Hartz IV beantragt, dann hätte alles keinen Sinn mehr gehabt. Diese Pullover waren die elektrische Stadt des Mutterstrickuniversums. Und ich wurde das Gefühl nicht los, diese Ungetüme schon mal gesehen zu haben.

Mein Blick fiel Kerstins Mutter auf. Sie interpretierte ihn korrekt und zwinkerte mir zu.

«Richtig, das sind die Pullis von unserer Weihnachtskarte», sagte sie strahlend in einem Tonfall, in dem andere Menschen

«Das ist der Sänger der Dire Straits» oder «Guck mal, Gottschalk» sagen würden.

Aus dem Augenwinkel sah ich, wie sich Kerstin mir zuwandte.

«Wir haben eine Weihnachtskarte bekommen?», fragte sie stirnrunzelnd.

Da war ich überfragt und stammelte, dass ich mich beim besten Willen nicht daran erinnern könne, von wegen Vorweihnachtsstress und so weiter, als mir wieder einfiel, dass ich unter Umständen etwas Weihnachtskartenartiges weggeworfen haben könnte, weil ich es fälschlicherweise für die missionierende Wurfsendung einer dieser chronisch gutgelaunten freikirchlichen Gemeinden gehalten hatte.

«Schöne Pullis», versuchte ich die Situation zu retten.

Die beiden schauten sich an und strahlten mit ihrem Haus um die Wette.

«Das trifft sich gut», sagte Kerstins Mutter, «denn wir haben für euch beide ein kleines Willkommensgeschenk.»

Sprachs, und zauberte zwei weitere Ausgeburten der Pullоverhölle herbei. Die meinten das ernst. Zwei Minuten später hingen unsere Mäntel an der Garderobe und Rudolf an meiner Brust. Und jetzt käme der Clou, sagte der Vater, die Pullover hätten eine eingebaute Batterie, mit der die Nasen zum Leuchten gebracht würden. Was die Werwolfaugen im dunklen Eingang erklärte, das beruhigte mich halbwegs. Plötzlich spürte ich ein Brutzeln an meiner Brust und zuckte zusammen. Kerstins Vater hatte an meinem Pullover herumhantiert, weil er die Nase einschalten wollte, und mich augenscheinlich unter Strom gesetzt.

«Sorry», sagte er.

«Kein Problem», erwiderte ich, unsere aus Feuerzeugen

selbstgebastelten Elektroschocks zu Schulzeiten seien schlimmer gewesen.

Kerstins Mutter führte uns zu unserem Gästezimmer.

«Übrigens», sagte sie an mich gewandt, «wir finden es richtig toll, dass du dich bereit erklärt hast, das zu übernehmen.»

Das? Ich guckte erst sie, dann Kerstin fragend an, doch Kerstin wich meinen Blicken aus und beschäftigte sich mit ihrem Koffer. Bevor ich nachhaken konnte, wozu ich mich denn wohl bereit erklärt hatte, öffnete Kerstins Mutter eine Tür und wies uns unsere Bleibe für die Weihnachtsfeiertage zu.

Es war das alte Jugendzimmer meiner Liebsten. Hier hatte sie mit ihrer großen Schwester gewohnt. Und es war alles noch genau wie früher eingerichtet: An den Wänden hingen noch alte New-Kids-on-the-Block-Poster neben Pferdebildern, auf der Kommode stand Dekoratives, das wirklich nur pubertierende Mädchen gut finden können, und an der gegenüberliegenden Wand, neben dem Fenster, befand sich ein Doppelstockbett. Offensichtlich, wie mir ein kurzer Scan des Raumes zeigte, das einzige Bett in diesem Zimmer. Ich seufzte.

«Wird es gehen?», fragte Kerstin besorgt von unten, als wir uns zur Ruhe gelegt hatten. *Gehen* war in diesem Zusammenhang ein dehnbarer Begriff. Beim Bund hatte ich noch in viel schlimmeren Lagen übernachtet. Aber man wurde ja auch älter; man freundete sich mit den komfortablen Errungenschaften des Menschen an, und dieses Doppelstockbett gehörte nicht dazu. Ich wackelte mit den Zehen, die samt den Füßen und weiten Teilen meiner Wade über das Bett hinausragten. Wenn ich mich ein bisschen streckte, konnte ich mit meinem großen Onkel einen Smiley an die beschlagene Scheibe malen. Die Decke reichte mir vom Brustbein bis zu den Knien. Dieser

Teil meines Körpers fühlte sich wohl gewärmt an. Der Rest fühlte gar nichts. Ausgleichende Gerechtigkeit nannte man das wohl.

«Ja», log ich, «wird wohl gehen.»

Kerstin seufzte zufrieden. Wir wünschten uns eine gute Nacht.

Am nächsten Morgen lernte ich den Rest der Familie kennen. Alle trugen die selbstgestrickten Pullover. Von der Treppe aus erhaschte ich einen Blick ins Esszimmer und ging schnell wieder hoch, um mir auch meinen Pullover anzuziehen. Mitgehangen, mitgefangen. *Schnell wieder hoch* war allerdings relativ. Ich freute mich sehr, noch am Leben zu sein; beim Hinabsteigen der Treppe hatte ich mich aufgrund meines eingeschlafenen Beines fast langgelegt und mir den Hals gebrochen. Am Küchentisch wartete schon die Mehrheit der Bagage auf mich.

«Hast du gut geschlafen?», fragte die Mutter.

«Bestens», sagte ich und rieb mein Bein.

«Ich sag es ja», sagte der Vater, «wozu solch ein Bett wegschmeißen? Es ist doch noch top in Schuss! Was fünfzehn Jahre gut war, kann ja nicht auf einmal schlecht sein. Hab eh nie verstanden, warum Kerstin es nicht mitgenommen hat.»

Kerstin verdrehte die Augen, ich zwinkerte ihr zu. Ihr Vater verstand das miss, fühlte sich angesprochen und zwinkerte mit den Worten zurück, dass wir Männer uns da verstünden.

«Ach ja», fügte er hinzu, «ich finde es ganz toll, wirklich ganz toll, dass du dich bereit erklärt hast, das zu übernehmen.»

Diese Anspielungen auf Taten, von denen ich nichts wusste und die in meiner unmittelbaren Zukunft auf mich warteten, beunruhigten mich ein wenig, zumal Kerstin wieder überallhin, nur nicht zu mir schaute. Bevor ich dem Rätsel auf den Grund gehen konnte, kam Kerstins Schwester herein, die ich schon von anderen Gelegenheiten kannte, begrüßte mich freundlich, auch ihr Mann und ihre Töchter wünschten mir einen guten Morgen, bloß Kerstins Oma schaute mich über ihre Lesebrille hinweg verächtlich an und schnaubte, als ich sie grüßte. Kerstin hatte mich vorgewarnt: Die Oma kam ihrer eigenen unbescheidenen Meinung nach aus besseren Verhältnissen, war felsenfest davon überzeugt, dass ihre Tochter – Kerstins Mutter – runtergeheiratet hatte, und sah jetzt ein ähnliches Schicksal auf ihre Enkelin zukommen. Ich versuchte, die Unhöflichkeit zu ignorieren, und wandte mich einem herzhaften Frühstück zu, das keine Wünsche offenließ.

Nach dem Frühstück begannen die Mädels, den Baum zu schmücken. Kerstins Vater fragte mich, ob ich seine Werkbank sehen wolle. Ich lehnte dankend ab und zog mich in unser Zimmer zurück, wo ich meinen Koffer aus der Ecke holte und das Auspacken nachholte, das ich aufgrund der gestrigen Müdigkeit auf heute verschoben hatte. Ich faltete meine Wäsche zur Seite und nahm die kleine Teedose heraus. Ich lächelte. Meine Rettungsbox. In ihr bewahrte ich meine Notfallration Gras auf, die immer dann in Anspruch genommen wurde, wenn Alkohol nicht mehr weiterhalf. Auch wenn es Weihnachten war und vermutlich eine familiäre Überzuckerung bevorstand – so weit war es dann doch noch nicht. Jetzt hatte die Dose ohnehin primär die Aufgabe, meinen Ring zu beherbergen und ihn vor Kratzern und verfrühten, allzu neugierigen Blicken zu schützen. Aber da langte eine kleine Blechdose bei weitem nicht.

Da Kerstin die Angewohnheit besaß, jedes Mal an Heiligabend meine Sachen zu durchsuchen, um schon vorab einen Blick auf ihre Geschenke werfen zu können, beschloss ich, die Dose woanders zu verstecken. Ich schaute mich im Zimmer um. Im Regal entdeckte ich eine ganze Reihe von Blechbüchsen. Sie hatten französische Beschriftungen, manche enthielten Gewürze, andere Salz, wiederum andere kleine duftende Blätter. Ich erinnerte mich, dass Kerstin mal von einem Frankreichurlaub erzählt hatte. Diese kleinen Dosen waren offenbar ein Mitbringsel gewesen. Ich hatte das perfekte Versteck gefunden. Ich stellte meine Teedose dazu, die farblich genau hineinpasste. So offensichtlich und doch so genial. Dort würde Kerstin garantiert nicht suchen.

Den Rest des Nachmittags verbrachte ich schlummernd. Die Nacht war hart gewesen, ich hatte kaum ein Auge zugetan, zumal Kerstin beschlossen hatte, unter die Schnarcher zu gehen. Ich wusste, dass ein langer, langer Abend bevorstand, und so legte ich mich hin. Zwischendurch kam jemand herein, aber ich stellte mich tot, da ich befürchtete, sonst eine weitere Werkbanksbesichtigung angeboten zu bekommen. Gerade als ich tief und fest eingeschlafen war, weckte mich Kerstin, das Essen sei fertig. Sie bedeutete mir, schon mal runterzugehen, sie müsse noch was erledigen. Ich tat ahnungslos, grinste aber innerlich, von wegen, dachte ich, diesmal findest du nichts.

Im Esszimmer erwartete mich die Familie. Es roch wunderbar. Kerstins Eltern hatten sich nicht lumpen lassen und offenbar das Beste aufgefahren, was Grübelheim zu bieten hatte. Eine ehemalige Gans glänzte heiß und fettig in der Mitte des Tisches und verhieß himmlische Gaumenwonnen, drum herum wartete ein breites Sortiment an Beilagen darauf, verspeist zu werden. Ich schnalzte bewundernd mit der Zunge; dieses Festbankett entschädigte allemal für das Grauen des selbstgestrickten Pullovers, den ich und alle anderen trugen.

Am Ende des Tisches saß wie immer die missmutige Oma und stierte Löcher in die Decke. Wie mir erklärt worden war, bekam sie jedes Jahr an Heiligabend eine Extrawurst in Form eines Bratens. Laut eigener Aussage vertrug sie kein Geflügel, vielleicht weigerte sie sich auch einfach aus Prinzip, das wusste niemand so genau und wollte auch keiner großartig hinterfragen, da es weniger Malässe bedeutete, ihr einfach ihren Willen zu gönnen. Plötzlich sah sie mich direkt an und bemerkte meinen Blick, den sie als Begierde missdeutete. Sie kniff die Lippen zusammen und zog den Braten näher an sich heran. Ich zwinkerte ihr zu. Sie funkelte böse zurück.

Eine knappe Stunde später schmolz ich in meinem Norwegerpulli dahin, das Essen hatte ganze Arbeit geleistet und mich geschafft. Kerstins Papa öffnete seinen Gürtel und strich sich über den Bauch, und die Mutter räumte die Teller weg. Ich kippte noch schnell den Restschluck Bier hinunter. Als ich wieder aufschaute, blickte mich die ganze Familie erwartungsvoll an. Der Vater zwinkerte mir zu, die Mutter nickte aufmunternd. Ich schaute Kerstin verwirrt an.

«Ähm», sagte sie, «kann ich dich kurz mal draußen sprechen?»

Vollends verunsichert, folgte ich ihr in den Hausflur.

«Es ist so», flüsterte sie, «jedes Jahr rezitiert einer von uns an Heiligabend nach dem Abendessen ein Gedicht.»

«Und?», fragte ich.

«Das ist eine schöne Tradition, wir alle machen das immer total gern, gerade für die Kinder ist das schön.»

«Und?», fragte ich. Eine dunkle Vorahnung beschlich mich.

«Na ja», sagte sie, «und dieses Jahr fragten meine Eltern, ob du das wohl machen wolltest.»

«Und? Du hast doch wohl hoffentlich nein gesagt?!»

«Nein.»

«Was, nein? Nein gesagt oder nein, weil nicht nein gesagt?»

«Letzteres.»

«Nicht nein gesagt?»

«Ja.»

«Nein!», rief ich ungläubig. Sie bedeutete mir, leiser zu sein. Die ganze Familie freue sich drauf, ich solle es mal so sehen, es sei eine große Ehre, die mir da zuteilwürde, ihre Exfreunde hätten das nie gedurft. Ich beneidete die glücklichen Schweine. Und seufzte. In guten wie in schlechten Zeiten, rief ich mir in Erinnerung. Immerhin wollte ich diese Frau heiraten, und so hätte sie die Gelegenheit, schon vorab zu prüfen, wie ernst das mit den guten und schlechten Zeiten gemeint sein würde.

«Na gut», gab ich nach, «wenn's mehr nicht ist.»

Sie schaute mich für meinen Geschmack ein wenig zu mitleidig an.

«Genau genommen ist es schon noch ein bisschen mehr.»

«Was denn?», fragte ich misstrauisch.

Sie flüsterte es mir ins Ohr.

Zwei Minuten und eine fruchtlose Diskussion später stapfte ich grummelnd die Treppe hoch. Das konnte alles nicht wahr sein. Partnernorwegerpullis tragen? Okay. Ein Weihnachtsgedicht aufsagen? Meinetwegen. Aber ein Weihnachtsgedicht in einem Weihnachtsmannkostüm aufsagen? Nein! Nein, nein und nochmals nein.

Du tust es für die Kinder, betete ich mir vor, als ich das Zimmer betrat, wo das Kostüm auf mich wartete, wie mir Kerstin gesagt hatte. Du tust es für die Kinder. In guten wie in schlechten Zeiten. Ich atmete tief durch. Was ein Scheiß. Und ich hatte noch nicht mal Zeit, vorher zur Beruhigung ein Tütchen zu rauchen, da ein Arsenal an Vorfreude im Esszimmer darauf wartete, endlich abgefeuert zu werden.

Missgelaunt öffnete ich den Kleiderschrank. Da war alles Mögliche drin, bloß kein Weihnachtsmannkostüm. Sollte das Schicksal mir hold gewesen sein? Hatten sich die Klamotten in Luft aufgelöst? Aber ich wusste, dass ich damit bei Kerstin nicht durchkommen würde. Es gab jetzt kein Zurück mehr. Irgendwo in diesem Zimmer sollte ein Weihnachtsmannkostüm auf mich warten, ich musste es nur finden. Da erspähte ich aus dem Augenwinkel etwas Rotes, das aus dem Koffer meiner Liebsten ragte. Da haben wir's doch, dachte ich und öffnete ihn. Was ich sah, verschlug mir die Sprache.

«Das kann nicht dein Ernst sein», rief ich hinunter. Ich solle nicht so herumzicken, zischte sie zurück, alle warteten schon, ich solle machen.

Das konnte wirklich nicht ihr Ernst sein. Entsetzt holte ich eine rote Weihnachtsmannmütze, eine kleine Glocke sowie einen roten, mit Fell und goldenen Sternen besetzten Tanga heraus. Ich war versucht, mich selbst zu kneifen. Ich wollte nur noch aus diesem Albtraum erwachen. Das sollte das Kostüm sein? Ein glatter Euphemismus. Ich bekam erste ernsthafte Zweifel bezüglich des geistigen Zustands dieser Familie. Aber wie so oft schienen auch hier stille Wasser tief zu sein. Das war eine Entwicklung, mit der ich nicht gerechnet hatte. Ich nahm mein Handy und rief Toni an.

«Hm», sagte dieser, nachdem ich ihm mein Leid geklagt hatte. «Hm. Vielleicht wollen sie herausfinden, was du ihrer Tochter so in Sachen Erbgut zu bieten hast. Hat man früher bei Gladiatoren auch so gemacht, bevor man die gekauft hat.»

«Meinst du nicht eher Rennpferde?»

«Das war zum einen eine Metapher», sagte Toni, «und zum anderen bist du für das eine zu schlecht gebaut und für das andere gewissermaßen zu kurz geraten.»

Wieder mal war Toni keine große Hilfe. Ich legte auf. Da musste ich jetzt wohl durch. Und was blieb mir anderes übrig? Aus der Nummer kam ich nicht mehr heraus, ohne bei der nächsten Polizeidienststelle um die Aufnahme in ein Zeugenschutzprogramm zu betteln. Wehmütig blickte ich zum Norwegerpulli, während ich mich langsam auszog. Gute Zeiten.

Der Tanga kniff sehr. Ich zog an ihm herum, als ich die Treppe hinabging, und hoffte inständig, dass nichts während meiner Darbietung herausrutschen würde. Aus dem Esszimmer hörte ich die letzten Verse von *Ihr Kinderlein kommet*, da kam ich ja gerade passend. Ich atmete noch einmal durch und betrat das Esszimmer.

«Ho, ho, ho», rief ich und winkte mit der Glocke.

Das eisige Schweigen, das mich empfing, verhielt sich diametral zur Hitze im Zimmer. Entsetzt blickten mich die Eltern an, der Schwester fiel die Blockflöte aus der Hand, Kerstin hatte die Hände vors Gesicht geschlagen. Ausgerechnet die Oma schien nichts mitbekommen zu haben, merkwürdigerweise hatte sie die Augen geschlossen und lehnte sich mit einem zufriedenen Lächeln im Gesicht zurück. Irgendetwas schien hier nicht seine Richtigkeit zu haben.

«Ho, ho … ho?», versuchte ich es nochmal, ein wenig zaghafter, und ließ die Glocke klingeln. Nichts. Keine Reaktion, bis auf die großen Augen der Kinder und das rot angelaufene Gesicht der Mutter.

Kerstin erhob sich langsam und nahm mich zur Seite.

«Schatz», flüsterte sie mir ins Ohr, «das ist nicht das Weihnachtsmannkostüm. Das ist etwas, das ich uns für heute Nacht mitgebracht hatte. Ich wollte dich damit überraschen.»

Was die Enge im Schritt erklärte.

«Aber», stammelte ich flüsternd, «aber da war sonst kein Weihnachtsmannkostüm.»

«Doch», sagte sie. «Auf dem Bett. Ich hatte es oben auf dein Bett gelegt.»

Ich schloss die Augen. Da hatte ich natürlich nicht nachgeschaut. Schöne Bescherung! Da stand ich, beinahe wie mich Gott geschaffen hatte, meine Scham notdürftig verdeckt von einem roten Fetzen Stoff, vor meinen zukünftigen Schwiegereltern und Nichten. Ich wagte kaum, die Augen zu öffnen, auch wenn es kaum schlimmer kommen konnte. Meine Gedanken wurden unterbrochen.

«Mama, warum ist der Onkel nackt?», fragte Tochter eins. Bevor jemand antworten konnte, stellte auch Tochter zwei eine Frage.

«Mami, Mami, warum ist die Uroma nackt?»

Alle Köpfe drehten sich ruckartig um. Und Tochter zwei hatte recht. Oma saß mit einem seligen Lächeln im Gesicht und nackt auf ihrem Stuhl und aß zufrieden Mousse au Chocolat.

Als ob es einen geheimen Pakt gegeben habe, drehten sich alle wieder zum anderen Nackten, meiner Wenigkeit, um. Ich hob die Schultern und deutete an, nicht zu wissen, was hier vor sich ging.

«Das war ich nicht», flüsterte ich.

Die Anwesenden wandten sich wieder der nackten Oma zu. Kerstins Mutter ging zu ihr hin und fragte, ob alles in Ordnung sei, doch es gab keine Reaktion. Die Oma war einfach nackt und glücklich.

«Ob der Wein wohl gekorkt hat?», rätselte Kerstins Schwester.

«Oder war der Braten nicht gut?», fragte ihr Vater.

Nein, nein, der sei bestens gewesen, bekräftigte die Mutter, sie könne sich dieses Verhalten auch nicht erklären, der Braten sei wie immer gewesen, sie habe ihn genau wie jedes Jahr zubereitet und diesmal nur ein wenig mit Herbes de Provence verfeinert.

«Seit wann hast du denn Herbes de Provence?», fragte Kerstin.

«Ich nicht», sagte die Mutter, «aber du, oben in deinem Zimmer, weißt du noch, aus dem Frankreichurlaub.»

O nein, dachte ich.

«Ich habe deine Nichte hochgeschickt, die Dose holen», fuhr sie fort und zeigte auf eine kleine Dose neben dem Herd. Eine kleine Teedose. Meine kleine Teedose.

«Lecker», sagte die nackte Oma.

Kerstins Vater ging zur Teedose rüber, schaute hinein und roch misstrauisch am Inhalt. Seine Augen verengten sich. Er wandte sich an seine Frau.

«Schnupsi», sagte er, «das sind keine Gewürze, das ist Marihuana.»

Er machte einen Schritt auf mich zu.

«Drogen», erklärte er. «DROGEN!»

Ich spürte, wie mir das Blut in den Kopf schoss. Ich sagte, dass ich das erklären könne. Er bitte darum, sagte der Vater und stelle die Teedose ab. Ich sah, wie die Nichten von Kerstin neugierig hineinblickten und mit ihren Fingern drin herumstocherten. Doch ich hatte jetzt andere Sorgen. Kerstin hatte jetzt den bösen Blick, ihre Mutter schüttelte vorwurfsvoll den Kopf und revidierte ihre Meinung, dass es egal war, wen ihre Tochter mit nach Hause brachte, und ihr Vater verschränkte die Arme und nahm Rudolf stellvertretend für mich in den Schwitzkasten.

«Ich», setzte ich an, aber ich kam nicht weit, da ich unterbrochen wurde.

«Da war noch was drin», stellten die Nichten fest und hielten meinen Ring in die Höhe. Die Köpfe der Anwesenden spielten Tennis, alle Blicke richteten sich auf mich. Ich seufzte. Ich überlegte kurz, Reißaus zu nehmen und nackt nach Hause zu trampen, jede Geiselnahme war besser als diese Situation. Doch dann stutzte ich. Ich nahm mir einen Moment und dachte nach. Ein leises Lächeln umspielte meine Lippen.

Was es denn so blöd zu grinsen gebe, wollte der Vater wissen.

Eine ganze Menge, dachte ich. Wenn nicht jetzt, wann dann? Man sollte immer den perfekten Augenblick abwarten, aber gab's den? Was hatte ich schon zu verlieren? Immerhin hätte ich so die Gelegenheit, schon vorab zu prüfen, wie ernst das mit den guten und schlechten Zeiten gemeint sein würde. Ich ging zu den Nichten und nahm ihnen den Ring weg. Dann kniete ich mich vor Kerstin und nahm ihre Hand in meine.

Mischa-Sarim Vérollet, *geboren 1981 auf Gibraltar, ist Humorist und Schriftsteller mit anglo-frankophonem Migrationshintergrund. Er ist der Autor von «Das Leben ist keine Waldorfschule», zuletzt erschien sein Roman «Warum ich Angst vor Frauen habe». Leseprobe und Auftrittstermine unter www.verollet.de*

Mirja Boes

Geschenkt

Am ersten Weihnachtstag stürmt mein Neffe Emil mit leuchtenden Augen in mein Wohnzimmer: Frühstück und Bescherung bei Mimi (das bin ich). Das muss doch lustig werden.

Es dauert zwei Sekunden, bis er meinen Weihnachtsbaum entdeckt. Und eine halbe, bis sich aller Abscheu dieser Welt in seinem kleinen, putzigen Gesicht manifestiert. Was ist da los? Was hat Mimi sich dabei gedacht? Warum stiehlt sie mir bereits in jungen Jahren jeden Glauben an Weihnachten? Was ist mit dem Christkind? Hat es jetzt Augenkrebs? All diese Gedanken sehe ich durch den süßen Kopf meines vierjährigen Neffen schießen, während er auf meinen Weihnachtsbaum starrt. O.k. – er ist aufblasbar. O.k. – er ist pink. Aber immerhin kullern in seinem Inneren lustige kleine Styroporkügelchen, fast wie Schnee, und aus traditionellen Gründen habe ich mich auch noch dazu hinreißen lassen, mit Tesafilm Kugeln und Engel auf diesen baumigen Luftballon zu kleben.

Mein Neffe hat auch gar nichts gegen aufblasbare Bäume. Aber er hat etwas gegen Pink, denn er ist ein Junge, und er ist vier Jahre alt. Zum Glück sieht er dann die Geschenke, die ich vor (unter gibt's bei einem aufblasbaren nicht) dem Weihnachtsbaum aufgetürmt habe. Das Aufreißen stimmt ihn wieder milde. Was hab ich mir nur dabei gedacht, so einen Baum aufzustellen? Ich, die größte Weihnachtsmaus von allen?? Als ich klein war, feierten wir Weihnachten in meiner Familie ganz traditionell und immer gleich. Es fing mit Kartoffelsalat am Heiligmittag an. Dann ging es zur Kindermette, auf der ich Blockflötenstücke zum Besten gab (meine Eltern waren sehr erfreut, dass ich Blasinstrumente zu spielen lernte – solange ich blies, konnte ich nicht sprechen). Nach der Messe mussten wir Kinder nach oben verschwinden, damit meine Eltern die Gabensessel aufbauen konnten, denn es gab für jeden einen Sessel mit Geschenken, wobei meine Eltern penibel darauf achteten, dass mein großer Bruder und ich extreeem gerecht beide gleich viel bekamen. Hatten die Geschenke meines Bruders etwa fünfzig Pfennig mehr gekostet, gab es für mich noch einen Kätzchenbleistift obendrauf. Das macht es vielleicht überflüssig zu erwähnen, dass meine Eltern als Lehrer im Beamtendienst tätig waren und mein Vater Mathe unterrichtete …

Wir Kinder packten zur selben Zeit in unseren Zimmern noch hektisch die Geschenke für die Erwachsenen ein, meist etwas Selbstgebasteltes; aber dazu später mehr. Oft auch Haushaltsgegenstände. Das ging bei uns so lange gut, bis meine Mutter uns nach Weihnachten nur noch mit Suppenlöffeln Eier essen ließ, weil die Eierlöffel ja nur ihr gehörten. Sie hatte sie schließlich zu Weihnachten bekommen und nicht wir. Da dämmerte uns, dass meine Mum sich doch nur mäßig über Besteck oder Eierkocher zu Weihnachten freut. Übrigens: Achtung an alle männlichen Leser, diese Information wird an späterer Stelle dieser Geschichte noch eine große Bedeutung für euch bekommen …

Zurück zu den Gabensesseln. Waren diese gefüllt, wurde

geklingelt, und die Bescherung ging los. Wir spielten etwas auf dem Klavier und sangen Weihnachtslieder, und danach gab es traditionell Fettfondue! Meine Leibspeise! Ich habe mich immer vorher in die Küche geschlichen, um wie eine kleine Hyäne einen Teil des Rinderfilets bereits roh zu reißen (mache ich heute übrigens noch). Danach konnten wir noch ein bisschen mit unseren Geschenken spielen, und dann ging's ab in die Falle. Als wir etwas älter waren, gab es nach dem Fondue immer das Spiel des Jahres und Rotwein, bis unsere Lippen blau waren. Aus diesem Grund kamen wir über die Spielanleitung meistens gar nicht hinaus. Es war sowieso etwas schwierig, mit alle Mann zu spielen, denn während mein Vater und mein Bruder doch stark von einem gewissen Siegeswillen beherrscht waren, tendierte meine wahnsinnig diplomatische und gerechte Mutter zum Beispiel bei den Siedlern von Catan dazu, nicht etwa knallhart zu verhandeln, sondern mir aus Mitleid unter dem Tisch schon mal die eine oder andere Portion Stroh oder Erz zuzuschieben, wenn ich zu wenig davon hatte. Wenn wir nicht spielten, wurde erzählt oder in alten Fotos gewühlt. Zu vorgerückter Stunde zeigte meine Mum dann immer das Foto ihres alten türkischen Brieffreundes, und mein Dad wurde eifersüchtig, weil sie noch immer die Adresse auswendig aufsagen konnte – ist das nicht romantisch? Wenn wir dann alle Weine ausprobiert hatten, gingen wir schlafen. Am nächsten Morgen gab es ein Treffen mit der gesamten Familie bei Oma Erna. Dort wurde gesungen, Contrö und Franzbranntwein verteilt (an die Erwachsenen). Dabei riss meine Oma regelmäßig das Fenster auf, angeblich weil es so heiß sei – in Wahrheit wollte sie die Nachbarschaft stolz am Gesang ihrer Familie teilhaben lassen. Noch einmal Bescherung für die Kinder, danach zu allen Tanten und Onkels zum

Singen und zur Bescherung, dann mit Oma zum Essen zurück nach Hause … herrlich, oder?

Aber wo war sie nun, diese Weihnachtsmaus mit dem Sinn für Tradition? Wo kam nur dieser irre Weihnachtsbaum in Grellpink her? Langsam dämmerte es mir, und ich weiß, das wird jetzt 'ne harte Nuss für alle Männer, aber Jungs: Ihr seid irgendwie an diesem Dilemma schuld! Die Weihnachtsmaus hat sich versteckt. Sie hat Schiss!!! Wovor? Na – vor absurden Geschenken! Na ja … dafür muss ich wohl ein bisschen ausholen. Irgendwann hat man ja den ersten Freund und auch später noch andere Freunde, kurz gesagt: Kontakt zu Männern, die nicht Bruder oder Vater sind, die einem aber trotzdem was zu Weihnachten schenken wollen. Und da fängt das Problem an: Der gemeine Mann ist ja aus unerklärlichen Gründen in der Lage, ganz schön komische Gedanken zu haben … ich weiß nicht, warum es so ist, aber unter Männern kursieren ja die seltsamsten Gerüchte … Gerüchte, die sicher einfach nur Gerüchte sind und sich trotzdem hartnäckig halten … und Jungs, wir sprechen hier nicht über die Annahme oder den Irrtum, dass Adiletten akzeptable Ausgehschuhe seien. Nein – es ist viel schlimmer. Jetzt haltet euch fest (ich schreibe das jetzt extra langsam und laut, damit ihr genau lest, was ich jetzt sage): Es gibt tatsächlich Männer, die glauben, dass Frauen SELBSTGEBASTELTE Geschenke schön finden! Könnt ihr euch das vorstellen? Jungs – wenn ihr irgendwann mal gehört haben solltet, dass Frauen auf selbstgebastelte Geschenke stehen … vergesst das ganz schnell! Das ist ein mieses kleines Gerücht, in die Welt gesetzt worden von den bösen drei: Praktiker, Obi, Toom. Die Wahrheit ist: Frauen hassen selbstgebastelte Geschenke! Keine Frau möchte von ihrem Freund ein selbstgebasteltes Geschenk bekommen – es sei denn, er heißt Louis

Vuitton. Herrgott nochmal, merkt euch das, nix basteln! Kauft einfach was. Kann auch am 24. morgens sein, muss auch nicht mit Liebe sein, Hauptsache, es war teuer.

Nee, Spaß beiseite. Ich hatte mal einen Freund, der hat mir zu Weihnachten etwas selbst gebastelt. Die Betonung liegt auf: Ich HATTE einen Freund … Meine Güte, der hat vier Wochen vor Weihnachten schon ein Riesengeschiss darum gemacht, dass er ja jetzt was selber bastelt und dass er ja nur noch vier Wochen Zeit und überhaupt keinen Schimmer hätte, wie er das denn noch schaffen könne … Ich habe in freudiger Erwartung fieberhaft überlegt, was er mir da wohl Tolles bastelte. Das musste ja schon etwas Wahnsinniges sein, wenn ihm der vierwöchige Vorlauf schon Panik bereitete. Vielleicht baute er ein Ferienhaus in der Toskana? Oder in unserem Keller eine finnische Sauna mit Wellnessbereich? Oder etwa das Himmelbett, das ich mir schon immer gewünscht hatte? Mensch, Leute, ich hatte vielleicht eine Vorfreude! Als dann der große Tag gekommen war, war ich total aufgeregt. Ich saß vor dem Geschenk und grübelte. Hm, für ein Himmelbett viiiel zu klein. Für den Gutschein für das Haus in der Toskana zu groß. Außerdem war es weich … Als ich es schließlich auspackte, präsentierte sich mir das Elend in voller Pracht. Was zum Vorschein kam, war ein einfaches weißes Unterhemd von H&M, auf das der Herr mit schwarzer Stofffarbe ungelenk Kuhflecken verteilt hatte! Er saß mit vor Stolz glänzenden Augen vor mir und sagte: «Naaa … wie findste das? Du magst doch Kühe so gern!» Das sind die Momente, in denen ich rasend froh bin, dass ich über eine so extrem gut durchtrainierte Gesichtsmuskulatur verfüge! Ich meine, ein Unterhemd, auf das er mit schwarzer Farbe Kuhflecken gepinselt hat! Wieso hat er dafür vier Wochen gebraucht? Wenn er die Kuh geschlachtet, ihr das Fell über die

Hörner gezogen und mir ein saftiges Steak herausgeschnitten hätte, das wäre Arbeit gewesen … aber so? Ehrlich – gut durchtrainierte Gesichtsmuskeln sind eine extrem wichtige Sache. In solchen Momenten können sie Beziehungen retten! Mädels: Vergesst Bauch/Beine/Po – trainiert Lippen/Augen/Stirn! Ich bin tatsächlich inzwischen in der Lage, meinen Gemütszustand komplett von meinem Gesichtsausdruck abzukoppeln. Ich kann denken: Mein Gott, was für eine Scheiße, sehe dabei aber aus, als wäre Sommerschlussverkauf bei Hello Kitty: «Ahhh … schön!» So einen Gesichtsausdruck kann man im Leben immer wieder gut gebrauchen. Legt doch bitte das Buch einmal kurz beiseite und übt das vor dem Spiegel: Augenbrauen hoch, Mund leicht geöffnet, Stirn in leichte Falten gelegt und dann ein leises und hohes: «Ahhhh!» Geht doch. Ich gebrauche das ständig! Stellt euch mal bitte vor, wie oft ich in meinem Beruf auf so verrückte, langweilige Promipartys muss! Da wende ich das immer wieder an. Ja was? Zwischendurch muss ich da schließlich schon mal so Sachen sagen wie: «Dich wollt ich ja schon immer mal kennenlernen – Gülcan! Ahhh!»

Aber auch im Alltag ist das eine wichtige Kunst. Zum Beispiel, wenn die schlimme Nachbarin einem zum zehnten Mal erzählt, dass ihr Neffe ja so toll Bäuerchen machen kann, oder wenn die wirklich gute Freundin stolz berichtet, dass ihr Freund, den man von Anfang an für einen Vollspassel gehalten hatte, ihr jetzt endlich einen Antrag gemacht habe: «Ahhh – das ist ja schön!»

Es hilft auch, wenn man sich demjenigen vor Freude um den Hals wirft, dann kann er einem nämlich nicht mehr ins Gesicht sehen. Ich habe für den Fall, dass ich meine Antlitzmuskulatur ausnahmsweise mal nicht unter Kontrolle habe, ein Foto von meinem Gesicht in Originalgröße dabei, auf dem ich gewinnend lächle. Wenn also gar nix mehr geht, halte ich mir das ganz schnell vors Gesicht! Ihr wisst jetzt Bescheid. Übt das bitte!

Aber zurück zu meinem Ex und dem Kuhfleckenunterhemd. Ich brauche an dieser Stelle wohl nicht zu erwähnen, dass es ein weiteres Weihnachten in dieser Beziehungskonstellation nicht gab. Versteht mich nicht falsch: Der Junge war saunett und hübsch obendrein, aber ich hatte einfach Angst vor seinem nächsten Geschenk! Es war die blanke Panik! Also habe ich diese Beziehung noch vor meinem nächsten Geburtstag wegen unüberwindbarer Hindernisse beendet.

Es wäre unfair und gelogen, wenn ich an dieser Stelle nicht zugeben würde, dass auch ich schon selber Geschenke gebastelt habe. Mehrere … aber das ist ja auch o. k., denn Männer lieben ja selbstgebastelte Geschenke. Nicht? Jaja – ich weiß, jetzt legen die männlichen Leser das Buch beiseite, ziehen die Stirn in leichte Falten, die Augenbrauen nach oben, öffnen leicht den Mund und rufen so hoch, wie es als Mann eben geht, ohne direkt tuntig zu wirken: «Ahhh!» Ich muss es zugeben, auch bei meinen Bastelarbeiten waren ein paar unglaubliche Kracher dabei. Aber ich bin schlau: Ich habe nie für einen Beziehungspartner gebastelt, sondern für meinen großen Bruder Olaf – der kann ja nicht Schluss machen …

Meine erste Bastelarbeit war ein selbstgenähtes Hemd aus dunkelblauem Feincord. Man muss dazu sagen, dass das genau den Geschmack meines Bruders trifft, der eigentlich ausschließlich Dunkelblau trägt. Wirklich, es ist erstaunlich. Fast alle seine Klamotten sind dunkelblau. Wenn er was Neues kauft, denkt man immer: Hä? Das haste doch schon? Aber nein – nur mein Bruder ist in der Lage, Dunkelblau von Dunkelblau zu unterscheiden. Da gibt es ja wahnsinnige Unterschiede in den Blaunuancen. Egal, ich habe ihm jedenfalls ein Hemd in Dunkelblau genäht, mit allem Zipp und Zapp: Knopfleiste, Manschetten, Kragen. Das Einzige, was ich irgendwie vergessen hatte, war der Kragensteg. Kennt ihr Kragensteg? Das ist der schmale Stoffstreifen, der den Kragen eines Hemdes mit dem Hemd verbindet. Der dient dazu, dass den Managern nicht der Kopf wegknickt. Man braucht ihn eben. Aber ich hatte keinen Kragensteg. Der Kragen saß schon dran, Stoff hatte ich auch nicht mehr, und außerdem war der Geburtstag meines Bruders extrem morgen! Also beschloss ich, dass ich ihm das Hemd einfach ohne Kragensteg schenken würde. Das würde mein Bruder doch gar nicht bemerken, er ist doch ein Junge! Ansonsten sah das Hemd tippotoppo aus. Mein Bruder packte es an seinem Geburtstag aus und freute sich tatsächlich sehr. Im zusammengefalteten Zustand sah man ja auch nicht, dass der Steg fehlte. Natürlich bestand ich darauf, dass er es sofort anzog – wie dumm von mir, wurde ich doch auf diese Weise Zeugin der entwürdigenden Feststellung, dass man an einem Hemd nun mal einen Kragensteg braucht, wenn man normal gebaut ist. Es kam, was kommen musste: Der Kragen saß an diesem Hemd in Ermangelung eines Steges so tief, dass mein Bruder fast ein kleines Dekolleté hatte. Nur wenn er die Schultern ganz doll hochzog – fast bis zu den Ohren –, dann saß das Hemd ganz okay. Darauf bestand ich ebenfalls. Ein paar Stunden hielt er sich tatsächlich daran. Ich weiß nicht, ob aus Höflichkeit oder aus Mitleid. Irgendwann bekam er Muskelzucken von dieser unnatürlichen Haltung und riss sich mein Machwerk vom Leib mit den Worten: «Mirja – es tut mir leid, aber ich kann dieses Hemd nicht tragen. Ich habe nun mal einen Hals!» Mist! Aber weil ich es nicht einfach so wegschmeißen wollte, dachte ich kurz nach, welche halslosen Menschen ich so kenne. Schließlich gab ich das Hemd an Rainer Calmund weiter. Der trägt es heute noch – als Einstecktuch.

Diese Schmach wollte und konnte ich natürlich nicht auf mir sitzenlassen und beschloss, meinem Bruder zu Weihnachten das ultimative Geschenk selbst zu basteln. Ich hatte in einem Möbelhaus einen Stummen Diener gesehen. Kennt ihr Stumme Diener? Das sind so lebensgroße Skulpturen, die ein Tablett tragen, auf dem man Post oder Schlüssel oder dergleichen ablegen kann. Genau so was wollte ich für meinen Bruder machen. Eine riesige Herausforderung! Ein stummer Diener in Lebensgröße! Nachdem ich einmal tief in mich gegangen war, kam mir gleich die zündende Idee: Es gibt doch so Puppen in Lebensgröße, die die Arme im rechten Winkel nach vorne ausstrecken … Puppen! Na? Habt ihr 'ne Ahnung, von welchen Puppen ich spreche? Na, kommt! Die haben den Mund gaaanz weit offen, so als wenn sie singen würden. Herrgott nochmal, jetzt stellt euch nicht so an! Ich rede von Gummipuppen, Sexpuppen, Lustpuppen – schnackelt's jetzt? Alle männlichen Leser, deren Frauen gerade von hinten beim Lesen über eure Schulter glotzen und mitlesen (ist das nicht 'ne Horrorangewohnheit? Finde ich auch beim Zeitungslesen total indiskutabel. Ich kriege einen Vogel, wenn mir jemand von hinten die Buchstaben aus der Zeitung wegglotzt. Wenn ich nur daran denke, könnte ich spontan ausflippen) … für alle diese Männer gilt jetzt natürlich die Faustregel: das Buch senken, die Frau mit großen Augen ansehen und fragen: «Was meint die Autorin? Was sind aufblasbare Puppen in Lebensgröße? Kenne ich gar nicht!» Ansonsten sollte ja jetzt wirklich allen klar sein, wovon ich spreche.

Ich wollte also einfach nur eine Sexpuppe kaufen und sie dann eingipsen, um meinem Bruder einen 1-a-Stummen-Diener zu basteln. In derselben Sekunde wurde mir das große Umsetzungsproblem bewusst: Wie bitte sollte ich da vorgehen? Sollte ich etwa in einen Sexshop in Köln hineinstiefeln, den Verkäufer schief angrinsen und sagen: «Guten Tag, mein Name ist Mirja Boes, und Sie kennen mich vielleicht aus Funk und Fernsehen. Ich würde jetzt gerne bei Ihnen eine Sexpuppe kaufen, weil ich sie eingipsen möchte!» Ne, also das geht doch nicht! Also bin ich in Köln in einen Sexshop gegangen und habe zum Verkäufer gesagt: «Tach – ich bin Gülcan, und ich will eine aufblasbare Gummipuppe!»

War nur Spaß! Habe ich natürlich auch nicht gemacht. Stattdessen hab ich nachgedacht und kam dann auf den Trichter, dass ich einfach nur irgendwohin fahren muss, wo alle bekloppt sind und mich keiner kennt. Also bin ich nach Holland. In Venlo ging ich in einen Sexshop, um mir meine aufblasbare Puppe zu kaufen. Da stand ich dann vor dem Regal mit den Liebesgöttern aus Plaste und Elaste! Eigentlich wollte ich ja einen Mann kaufen. Es sollte ja ein Stummer DIENER werden. Bei näherer Betrachtung (mit etwas Phantasie hätte man auch schon vorher draufkommen können) fiel mir allerdings auf, dass männliche Sexpuppen natürlich da unten so was haben … also da an den Beinen … oberhalb … also in der Mitte. Herrschaftszeiten! Die haben einen Penis (Glied, hihihihi!). Und zwar bereits im arbeitsfähigen Zustand, also steif.

Mist, wie sieht das denn aus? Wenn der Stumme Diener da unten so ein … Vielleicht könnte man ein Handtuch dran aufhängen? Irgendwie wollte ich das auch nicht. Also ging ich zu den Regalen mit den Frauen. Kriegt mein Bruder eben 'ne Stumme Dienerin. Findet er vielleicht ja auch viel besser. Ich such mir also eine Puppe aus und trag sie verschämt zur Kasse. Und was passiert da? Der schmierige Schmierlappenverkäufer vom Sexshop grinst mich schmierig an, weil er sich über das gute Geschäft freut, und schiebt mir als kleinen Bonus zu meinem Kauf mit seinen schmierigen Fingern einen kleinen schmierigen Taschenvibrator über die Theke und sagt: «Da, Meisje … kannste ein bissje Spass habe!», oder so ähnlich. BAH! Der war so groß wie 'ne Kartoffelkrokette! Also nicht der Verkäufer, der war nur so schmierig wie eine Krokette, sondern der Vibrator! Aus Höflichkeit steckte ich ihn ein und verschwand schnell aus dem Laden.

Mensch, Leute, und jetzt kommt's: Habt ihr mal ausprobiert, was eigentlich passiert, wenn man einen Taschenvibrator in eine aufgeblasene Sexpuppe steckt und ihn dann auf volle Pulle schaltet? Hab ich gemacht – die geht ab wie Schmitz' Katze. Da kannste im Wohnzimmer ein Rennen mit fahren … und die ist laut! Großartig! Ich hab erst mal ein paar Runden um den Wohnzimmertisch gedreht! Roarrr!!! Das müsst ihr unbedingt mal ausprobieren. Aber hier ein kleiner Tipp: Macht es nicht wie ich! Macht es nicht an dem Tag, an dem ihr die Vorhänge in der Wäsche habt! Ich weiß nicht mehr, wessen Mund weiter offen stand: der der aufblasbaren Uschi oder der meiner Nachbarin, die das Rennen beobachtete! Ich fing dann von unten an, sie in Gips einzuwickeln. Im Eifer des Gefechts vergaß ich total den Vibrator in ihr – egal! Als ich dann beim Mund ankam, fiel mir auf, dass der ja schon ganz schön weit offen stand … wie sieht das denn aus bei einer Stummen Dienerin? Ich beschloss also, ihn zu stopfen. Und jetzt kommt ein Detail der Geschichte, auf das ich wirklich nicht besonders stolz bin. Manchmal können Frauen ja schon unglaublich doof sein – also ich zumindest! Ich hatte nämlich die geniale Idee, dass ich den Mund der Puppe doch einfach mit Gips vollgießen könnte. Was ich dann auch tat. Aber wie gesagt, der Mund war sehr groß und sehr weit offen. Da brauchte ich schon eine Menge Gips, und Gips ist schwer, und die Puppe war ja untenrum auch noch gar nicht richtig trocken. Es kam, wie es kommen musste: Während ich ihr am Gaumen herumfuhrwerkte, knickte Uschi in der Hüfte langsam ein und rutschte mit dem Oberkörper im 90-Grad-Winkel nach vorne. Es sah aus wie eine erbärmliche Verbeugung! Langer Rede – gar kein Sinn: Ich hatte ja bereits so viel Geld und Arbeit investiert, ich wollte mein Kunstwerk zu Ende bringen. Ich zerrte wild an ihr herum, wobei sich der Vibrator in ihr nochmal meldete, aber die Puppe war einfach nicht mehr in eine aufrechte Position zu bringen. Ich gipste sie also krumm zu Ende ein, zog ihr ein silbernes Lurextop und einen schwarzen Mini über, klebte ihr irgendwie noch ein Tablett auf die Arme – also eigentlich unter sie drunter – und schob sie derart deformiert meinem Bruder zu Weihnachten hin. Der schaute sich die Puppe (wenn man sie noch so nennen konnte) kurz an, fing sich aber blitzartig und zog den Mund zu einem Lächeln auseinander, um ein ziemlich hochtoniges «Ahhhh» herauszubringen. Dann zog er mich hektisch zur Seite und bettelte mich fast auf Knien an, ihm doch lieber wieder das Hemd ohne Kragensteg zurückzugeben. Was soll ich sagen? Richtig viel habe ich für ihn nicht mehr basteln dürfen.

Ich gebe an dieser Stelle doch noch zu, dass ich mich bereits Wochen vor seinem nächsten Geburtstag in einem Baumarkt wiederfand, wo ich einen Speckstein erstand. Ich fühlte mich da gerade als Bildhauerin und hatte ernsthaft vor, ihm einen schönen römischen Frauentorso ohne Kopf und ohne Beine daraus zu meißeln. Und ja, ich meißelte. Ich meißelte einsam, brutal und verzweifelt. Ja – der Stein war nachher nicht mehr eckig. Nein – er sah nicht aus wie ein schöner römischer Frauenkörper. Er schaffte zwar den Weg über meinen gebeutelten

Geburtstagsbruder, steht aber heute noch im Garten meiner Eltern hinter einem Busch …

Ich gebe es ja zu, ich habe mich nicht gerade mit Ruhm bekleckert, was meine selbstgebastelten Geschenke angeht, aber das ist ja jetzt auch schon ein paar Jahre her. Vielleicht sollte ich mein Glück doch nochmal versuchen. Ich kann ganz toll malen!

MICH sollten die mal nach Afghanistan schicken! Ich würde unter den Taliban aber für Angst und Schrecken sorgen: «Argh, die Boes kommt und hat selbstgebastelte Geschenke dabei – NEIIIN! Hoffentlich singt die nicht auch gleich noch!»

Jetzt mal im Ernst, wir dürfen an dieser Stelle das Thema selbstgebastelte Geschenke noch nicht verlassen. Gerade zu Weihnachten ist das doch DER Nährboden für Missverständnisse! Denn es gibt tatsächlich eines, was wir als Frauen nun ganz unbedingt in der Weihnachtszeit selber gebastelt bekommen wollen: ADVENTSKALENDER!

Mein Gott, jetzt fasst ihr Jungs euch mal an die Nase und überlegt, wie oft ihr schon von euren Mädels ganz tolle selbstgebastelte Adventskalender bekommen habt. Was glaubt ihr eigentlich, warum wir das machen? Weil wir euch so liebhaben? Weil wir euch einen Gefallen tun wollen? Weil ihr es verdient habt? Neiiin! Weil wir jedes Jahr immer und immer wieder darauf warten, dass wir auch mal einen Adventskalender von euch bekommen! Einen, den ihr selber befüllt habt, und nicht dieses Drecksding für neunundachtzig Cent vom Lidl, wo die Schokolade einfach nur nach billigem Fett schmeckt! Das musste mal raus. Bei meinem Exfreund war ich in der Voradventskalenderzeit immer schon ganz aufgeregt, wenn der mit vollen Einkaufstüten nach Hause kam. Natürlich habe ich sie in einem unbemerkten Augenblick immer durchwühlt. Einmal habe ich eine Packung Salami mit vierundzwanzig Scheiben entdeckt und schon Panik gekriegt. Hier ein Appell an alle Männer: Eine Bierkiste mit vierundzwanzig durchnummerierten Flaschen ist KEIN selbstgebastelter Adventskalender!!! Das hat mir wirklich mal einer geschenkt. Ich habe mich so sehr NICHT gefreut, dass ich das Ding an Nikolaus schon leer hatte.

Jetzt verfahre ich immer folgendermaßen: Bereits ab Anfang November lasse ich überall in der Bude Zettel herumliegen, auf denen ich mich selber daran erinnere, dass ich ja noch das Füllmaterial für den Adventskalender kaufen muss, den ich für meinen Süßen basteln möchte. Mindestens eine Woche vor dem ersten Dezember ist der Kalender auch schon fertig und steht demonstrativ irgendwo aufgebaut! Leider muss man manchen Männern mit dem Zaunpfahl am besten gleich auf den Kopf schlagen. Bei einem wusste ich mir gar nicht mehr zu helfen. Dem habe ich am 30. November vierundzwanzig Jutesäckchen, Geschenkband und vierundzwanzig kleine Überraschungen auf den Tisch geknallt und gebrüllt: «BEFÜLLEN!!!» Irgendwie hab ich mich darüber dann doch nicht so gefreut. Also hier nochmal der Appell an alle männlichen Leser: WIR WOLLEN SELBSTGEBASTELTE ADVENTSKALENDER!

Weihnachtsgeschenke hingegen müsst ihr für viel Geld kaufen.

Aber da wir gerade wieder beim Thema kaufen sind: Jetzt kommt die Stelle, die besonders für die männlichen Leser von unglaublicher Wichtigkeit ist. Achtung Achtung Achtung!!! Geschenke für Frauen zu kaufen, und das hatte ich bereits erwähnt, kann zu ernsthaften Beziehungskomplikationen führen! Es gibt da einen Bereich, den ihr beim Geschenkerwerb dringend und absolut meiden solltet: die Haushaltsabteilung! Was denkt ihr euch bloß dabei, wenn ihr uns Kochtöpfe oder dergleichen zu Weihnachten oder zum Geburtstag schenkt? Wir Frauen wollen keine Haushaltsgeräte! Das ist eine Unverschämtheit! Das ist ungefähr so, wie wenn wir euch ein Deo oder eine Seife schenken würden. Egal ob Eierkocher, Bügelbrett oder Nudelmaschine – wenn ihr so etwas im Geschäft seht: LASST ES STEHEN! Ihr solltet euch folgenden Satz dringend einprägen: «Wir lassen das stehen!» Legt doch bitte mal einen Moment das Buch zur Seite, stellt euch Eierkocher, Waffeleisen und Schnellkochtopf vor und wiederholt zehnmal hintereinander: «Wir lassen euch stehen!» Wenn ihr also in einen Laden geht und eine Fritteuse seht, selbst wenn es eine Hightech-Fritteuse mit Einspritzregulierung, automatischer Temperaturanzeige und Überhitzungsalarm ist: «WIR LASSEN DICH STEHEN!» Ehrlich, selbst dann, wenn es eine Louis-Vuitton-Fritteuse mit einem Frittierkörbchen von Gucci ist: «Wir lassen dich stehen!»

Ich habe eine empirische Studie durchgeführt. Das bedeutet, ich bin quer durch unser Land gefahren und habe Frauen wieder und wieder befragt, welches denn das schlimmste Geschenk war, das sie jemals bekommen hätten. Ihr könnt es euch nicht annähernd vorstellen, was da für grausame Wahrheiten ans Licht kamen. Um hier nur einige zu nennen, erzähle ich euch gerne von Wasch-, Topf- und Spüllappen, aber auch von einem Buch mit dem Titel «Heilmittel Urin». Man glaubt es nicht, aber eine Frau hat von ihrem Mann eine Waage geschenkt bekommen! Eine andere erzählte mir von ihren neuen Fahrradschutzblechen, die zu Weihnachten unter dem Baum lagen. Aber auch ein Klo wurde mal verschenkt, und in Hagen lebt eine arme Seele, die von ihrem Freund zum Geburtstag ein Reinigungsmittel für Cabrios geschenkt bekommen hatte! Ein Reinigungsmittel für Cabrios! Das muss man sich mal vorstellen! Im Gespräch mit dieser traurigen Kreatur stellte sich dann auch noch heraus, dass diese Frau noch nicht einmal ein Cabrio besaß!!! Sie fährt einen Toyota Corolla. Da ihr Freund aber meint, dass dessen Faltdach doch sehr groß sei, schenkte er ihr ein Reinigungsmittel für Cabrios …

Wahnsinn! Ich kenne sogar eine Frau, die von ihrem Mann einen Satz Felgen zu Weihnachten unter den Baum gelegt bekam! Einen Satz Felgen! Ich drehe durch! Wenn da wenigstens ein Auto drangehangen hätte … Ich will diese Liste gar nicht weiter ausführen, da sich über so viel mangelnder Sensibilität doch langsam eine Depression bei mir bildet. Jungs, konzentriert euch doch bitte! Ich weiß, dass das gar nicht einfach ist, aber eine kleine Hilfe: Schmuck, Schuhe oder Handtaschen gehen immer. Am besten, wenn wir sie selber aussuchen. Wenn eure Frauen mit großen Augen vor Schaufenstern stehen und mit zittrigen Fingern auf glitzernde Goldkettchen, schnittige High Heels oder bunte Ledertaschen deuten, dann meinen sie nicht etwa: «Guck mal – das ist ja schön!», auch wenn sie genau das sagen. Nein, sie meinen: «Kauf mir das – ich will das haben!» Und ich versichere euch: Es sind Schaufenster von Schuh-, Schmuck- oder Taschenläden. In einem Baumarkt werdet ihr euer Mädchen nicht glücklich machen.

Zwischenzeitlich habe ich mir selbst ein neues Geschenkkonzept überlegt. Das funktioniert auch ganz toll, und meine Lieben können sich nicht mehr allzu sehr beschweren. Es ist mir in den Sinn gekommen, als ich so meinen kleinen Neffen betrachtete. Der ist mit vier Jahren ja noch sehr jung. Er ist zwar für sein Alter extrem pfiffig, aber ich schaffe es gerade noch, ihn intellektuell in die Tasche zu stecken. Dem schenke ich jetzt immer Geschenke, die er eigentlich gar nicht haben will, auf die ich aber selbst rattenscharf bin: «Ach? – du willst gar keinen Puppenschminkkopf! Na, macht doch nix – dann nehm ich den eben!», oder aber auch: «Oh – du stehst gar nicht so sehr auf Hello Kitty, weil du ein Junge bist, und du trägst mit vier seltsamerweise auch gar nicht Kleidergröße 38? Mensch, schade! Dann muss die Tante Mimi das Geschenk wohl selber behalten!»

Aber ich muss zugeben, ich muss da vorsichtiger werden, denn langsam falle ich auf. Ich werde ihm wohl zum nächsten Geburtstag eine Carrerabahn schenken. Die kann er dann bei mir aufbauen, so ein Kinderzimmer hat ja auch nicht unendlich viel Platz. Spielen lasse ich ihn dann vielleicht zur Einschulung damit, ich muss sie doch für ihn ausprobieren … Ehrlich, mein Neffe hat sich doch tatsächlich schon bei meinem Bruder darüber beschwert, dass die Mimi ihm immer so doofe Geschenke gibt. Mein Bruder hat ihn zur Seite genommen und ihn gewarnt, dass er sich bloß nicht laut bei mir beschweren soll, sonst gäbe es zu seinem fünften Geburtstag sicher einen Stummen Diener …

Mirja Boes, *Jahrgang 1971, hat eine Musical-Ausbildung an der Hochschule für Musik in Leipzig absolviert. Sie spielte im Theaterensemble «Compagnia 82» und beim Improvisationstheater «Frizzles», ehe sie im Fernsehen bei den «Dreisten Drei», «Frei Schnauze» und «Genial daneben» als Comedienne bekannt wurde.*

Gabriella Engelmann

Sylter Weihnachtszauber

Folgende Sätze kann und will ich im nächsten Jahr nicht mehr hören:

1. Du siehst toll aus, ehrlich!
2. Ich liebe dich!
3. Weihnachten kommt immer so plötzlich!

Sie alle stammen, wie sollte es auch anders sein, von Männern.

Und auf Männer bin ich derzeit eher mäßig gut zu sprechen, den Weihnachtsmann eingeschlossen.

Aus diesem Grund bin ich auch auf der Flucht.

Mein Fluchtfahrzeug: Die NOB, der Zug, der meine Heimatstadt Hamburg mit meiner Lieblingsinsel verbindet – Sylt.

Mein Zufluchtsort: Das Hotel Stadt Hamburg im Herzen von Westerland. Ein romantischer Traum im Laura-Ashley-Design, der jedem Mann binnen Sekunden Schweißperlen ins Gesicht treiben und bei ihm eine Panikattacke auslösen würde. Der ideale Ort also, um sich von der schnöden Welt zurückzuziehen und ein Abenteuer der ganz speziellen Art zu wagen, nämlich Weihnachten alleine zu verbringen.

«Ich finde das so mutig von dir, Maja», hallen mir die Worte meiner Freundin Kathrin in den Ohren, während der Hotelpage mich und meinen Koffer in den ersten Stock befördert, wo mein Zimmer liegt.

Nun ja, es gibt Mutigeres, als in einem Grandhotel mit exklusivem Spa-Bereich Urlaub zu machen, finde ich und lasse meinen Blick über die Blümchentapete schweifen. Philipp würde einen Anfall kriegen, denke ich mit einer gewissen Befriedigung und sinke auf das Bett, das mich mit kuscheligen Daunen freundlich umfängt.

Aber Philipp ist ja zum Glück nicht mehr mein Problem. Genauso wenig wie Jaques und Andreas. Und der Weihnachtsmann, dieser unförmige Typ, der nicht mehr zustande bringt, als «Ho, ho, ho» zu sagen und dabei debil zu grinsen.

Mein Handy klingelt. Es ist Kathrin.

«Und?», will sie wissen. «Geht es dir gut? Wie ist das Zimmer? Was machst du?»

Ich antworte, dass ich augenblicklich in einem Blütenmeer versinke und vorhabe, an den Strand zu gehen, sobald ich wieder herausfinde. Wenn ich ganz verwegen bin, werde ich mir sogar einen Glühwein hinter die Binde kippen.

«Aber trink nicht so viel, du weißt doch, dass du dann immer so melancholisch wirst», mahnt Kathrin und klingt wie meine Mutter. Ich und viel trinken? Nie im Leben, wie kommt Kathrin denn auf so was? Ich ignoriere geflissentlich die Erinnerung an meinen Beinaheabsturz am Tresen des Café Parisienne, als ich Jaques, den Barchef, kennengelernt habe. Und kurz darauf den ersten One-Night-Stand meines Lebens hatte. Was wiederum schön war.

Eine halbe Stunde später stapfe ich warm eingepackt, dem Yeti nicht unähnlich, über den schneebedeckten Sand nahe der Strandpromenade. Es ist schon dunkel und beinahe menschenleer. Nur einige Hundebesitzer führen ihre Lieblinge Gassi, alle anderen sind vermutlich in ihren Pensionen, Appartements und Ferienwohnungen und packen Geschenke ein. Schließlich ist morgen Heiligabend, da gibt es meist noch viel zu tun.

Denn Weihnachten kommt ja immer so plötzlich …

Jetzt nur nicht daran denken, dass ich eigentlich mit Philipp hier sein wollte. Daran, dass ich mich seit Monaten auf diese Tage gefreut habe. Dass ich Stress mit meiner Familie hatte, weil ich ohne sie feiern würde, dass ich seit Wochen recherchiert habe, in welchen Gottesdienst wir gehen, in welchem Restaurant wir essen und welche Ausflüge wir unternehmen würden.

Doch Philipp konnte und wollte sich auch diesmal wieder nicht entscheiden. Wenn ich ein Wort mit meinem Exfreund verbinde, dann ist es «JEIN».

Und weil ich es nach fünf Jahren satt hatte, mich mit diesem JEIN zu arrangieren, hatte ich die Konsequenz gezogen und ganz entschieden NEIN gesagt. Nein zu einem Leben mit einem notorischen Jein-Sager.

Das ist jetzt etwa acht Wochen her (um genau zu sein: fünfundfünfzig Tage, neun Stunden, fünfzehn Minuten und acht Sekunden), und was soll ich sagen? Ich bin glücklich! So glücklich wie noch nie zuvor in meinem Leben. Hey, als Mittdreißigerin steht einem die Welt offen: tolle Jobs, Reisen, Chancen, spannende Begegnungen, durchtanzte Nächte, erotische Abenteuer, Freiheit ohne Ende …

«Kann ich Ihnen irgendwie helfen?», unterbricht eine männliche Stimme meinen Gedankenausflug in eine goldene Zukunft, und ehe ich antworten kann, reicht mir eine Hand (ebenfalls männlich) ein Taschentuch. Nanu? Wozu das?

«Die Feiertage können manchmal ganz schön einsam sein,

nicht?», fragt die Stimme, deren dazugehöriges Gesicht ich wegen der Dunkelheit und der Kapuze kaum erkennen kann. Die Stimme selbst klingt aber nett. Tief und warm.

«Hach, nun, na ja …», murmle ich und schniefe in das Tempo. Vermutlich ist es wegen der Kälte.

Auf Kälte reagiere ich gar nicht gut.

Weshalb ich Weihnachten mit Philipp auch eigentlich auf La Palma hatte verbringen wollen. Aber Philipp reagiert nun mal nicht gut auf Wärme – zumindest das wusste er genau.

«Dann noch einen schönen Abend!», sagt die Stimme und verschmilzt mit der Dunkelheit. Ich hauche: «Ihnen auch», und schaue in den Himmel. Es sind nur wenige Sterne zu sehen. Gut so, denn das wäre momentan vielleicht ein bisschen viel für mich. Reicht schon, dass der Mond dahinten herumhängt und das Pärchen vor mir Hand in Hand über den Strand stapft, einen süßen Welpen im Schlepptau.

Der kleine Hund erinnert mich an Frodo, den Mischlingswelpen von Andreas. Heißt so, weil er überdimensional große Pfoten hat. Ich hoffe für Frodo, dass sich das noch zurechtwächst, sonst bleibt er unweigerlich ein Hobbit-Hund.

Andreas ist übrigens ein Jugendfreund, der mich vor ein paar Wochen über meine Website aufgestöbert hat. (Ich bin Schmuckdesignerin, aber das nur so am Rande.) Er war rasend in mich verliebt, als ich zwanzig war. Ich leider nicht in ihn, was den Umgang etwas erschwerte. Schade, denn an sich passten wir wunderbar zusammen. Wir waren so etwas wie Seelenverwandte, jedoch ohne sexuelle Anziehung, zumindest was mich betraf.

Ob das jetzt anders wäre? Immerhin sind seitdem einige Jahre vergangen …

Es ist nicht das erste Mal, dass ich mich gedanklich zu Andreas verirre. Gegen Liebeskummer hilft doch kaum etwas besser als ein bisschen Abwechslung an der Männerfront. Neue Macken, neue Neurosen, neue Eitelkeiten. Alles nicht schön, aber immerhin *neu*. Beseelt denke ich an zahllose Telefonate, die Andreas und ich in den letzten Tagen geführt haben. Meist zu nächtlicher Stunde, was den Reiz natürlich enorm erhöhte. Schade, dass er am Bodensee wohnt. Vielleicht besuche ich ihn im Frühling. Wenn es wärmer ist …

Wie aufs Stichwort spüre ich, wie die Kälte und der scharfe Wind an mir nagen. Ich liebe Sylt, aber dieser fiese Wind kann einem manchmal ganz schön auf die Nerven gehen! Also ab ins Hotelzimmer – oder auf ein warmes Getränk zu Katjas Eis in der Friedrichstraße, mein Lieblingsort im Winter. Dort gibt es nämlich nicht nur den weltbesten Apfelstrudel (außerhalb von Österreich), sondern auch ultraleckeren Glühwein.

Gedacht, getan! Wie beinahe alle Cafés und Restaurants hat auch dieses im Winter einen hölzernen Vorbau, der von flackernden Feuerpyramiden erwärmt wird. Die gemütlichen Korbstühle sind mit Schaffellen bedeckt, und es duftet nach Orangen und Zimt. Ich habe Glück und ergattere einen letzten freien Tisch. Fein, dann kann es ja losgehen mit der Entspannung!

Ein schwungvolles «Darf ich mich setzen?» unterbricht mein Studium der Speisekarte. Ich sehe auf und bin irritiert.

Der dunkelhaarige Typ mit den gräulichen Schläfen und dem hässlichsten karierten Schal, den ich je gesehen habe, kommt mir vage bekannt vor.

«Du hast dich kaum verändert, du siehst toll aus, ehrlich!», sagt der Mann mit dem Schal, und mir stellen sich sofort sämtliche Nackenhaare auf. Das war Satz Nummer eins auf meiner Hassskala.

«Äh, kennen wir uns?», frage ich dümmlich, während mir die Kellnerin einen Glühwein mit doppeltem Schuss serviert.

«Eigentlich schon. Zumindest hatten wir bis vorgestern noch regen Telefonkontakt! Ich bin's, Andreas. Andreas Brunner!»

Ach, du meine Güte ... Andreas ... Wie kommt der denn hierher?

«Was machst du hier?», will ich wissen, während meine Gedanken Karussell fahren. Ist das Zufall? Oder ist er meinetwegen hier? Soll ich mich geschmeichelt fühlen, oder muss ich Angst haben? Dieser Schal ist wirklich zu hässlich. Und jetzt fällt es mir auch wieder ein: Neben fehlendem Sexappeal war es auch sein grottiger Geschmack in Sachen Kleidung, der mich an Andreas gestört hat.

«Ich habe dich gesucht», lautet die lapidare Antwort, begleitet von einem breiten Lächeln. Zugegebenermaßen von einem schönen, warmen Lächeln.

«Aber woher wusstest du, wo ich bin?»

Andreas' Grinsen wird breiter: «Von Kathrin. Sie sagte, dass du erst einen Strandspaziergang machen wolltest und dann Glühwein trinken. Und dass du das am liebsten bei Katjas Eis machst.» Mir fällt die Kinnlade runter. Meine Freundin und Andreas telefonieren hinter meinem Rücken miteinander?

Was hat sie ihm noch alles verraten? Meinen Kontostand, meine Körbchengröße? Meine Blutgruppe?

«Und wieso hast du Kontakt zu ...?»

«Facebook macht's möglich», antwortet er und nimmt meine Hand. Ich lasse es geschehen, aber nur, weil seine Hände sich so warm und weich anfühlen und meine sich kalt und klamm. «Verstehe ich das richtig, du bist extra meinetwegen nach Sylt gekommen? Was ist mit deiner Familie? Werden die dich an Weihnachten nicht vermissen?»

«Das ist mir egal. Um mit dir zusammen zu sein, nehme ich alles in Kauf!», entgegnet Andreas im Brustton der Überzeugung. Stimmt, das war schon damals so. Wenn einer für mich die Welt aus den Angeln gehoben hätte, dann er. Wieso kann Philipp sich nicht mal eine Scheibe davon abschneiden? Der Gedanke an Philipp und die Tatsache, dass Andreas meinetwegen alles hat stehen und liegen lassen, bringen mich in Wallung. Der Glühwein mit doppeltem Schuss mag das seinige dazu tun, denn kurze Zeit später wälzen Andreas und ich uns auf dem weichen Laken meines Blümchenbettes. Ein Teil von mir genießt es, der andere ist schlichtweg überfordert. Ich bin immerhin gerade mal knappe vier Stunden auf Sylt.

Andreas' Lippen haben nun mein Ohrläppchen erreicht, ein echter Schwachpunkt in meinem erotischen Betriebssystem. Ein, zwei gezielte Berührungen, und ich bin in der Regel schachmatt.

Während er «Ich habe mich so nach dir gesehnt» säuselt, schließe ich die Augen und stelle mir vor, dass es Philipp ist, mit dem ich hier liege. Auf einmal ist alles ganz leicht und ich frage mich, weshalb ich mich vor fünfzehn Jahren eigentlich so angestellt habe. Läuft doch alles bestens, und Andreas hat sogar an Kondome gedacht!

Ein wenig später bin ich zwar entspannt und tatsächlich so was wie glücklich (oder na ja, zumindest zufrieden), doch ich habe auch ein Problem. Und zwar ein neues: Wohin mit Andreas? So nett diese Spontannummer auch war, aber ich könnte jetzt gut und gern den Film «Merry Christmas» mit Benno Führmann und Diane Krueger sehen, der gleich anfängt. Und mir dazu Essen aufs Zimmer bestellen. Aber wie sage ich das, ohne ihm das Gefühl zu geben, ihn loswerden zu wollen? «Kennst du den Film ‹Merry Christmas›?», starte ich einen Versuch, Andreas dorthin zu schicken, wo auch immer er wohnt.

«Na klar!», ruft er begeistert, springt aus dem Bett und öffnet die Minibar. «Schau mal, Champagner. Lass uns den köpfen und dazu etwas beim Zimmerservice bestellen. Der Film beginnt in zehn Minuten, wenn das nicht ein super Timing ist …»

Ja, ganz toll, ich kann mir gerade nichts Schöneres vorstellen! «Aber musst du denn nicht … also ich meine, hast du denn schon in deinem Hotelzimmer eingecheckt?», entgegne ich zaghaft. Hoffentlich *hat* Andreas auch ein eigenes Zimmer!

«Ja, ist schon erledigt. Mach dir mal keinen Kopf und entspann dich! Worauf hast du Appetit?» Wir studieren gemeinsam die Karte des Room-Service. Ich entscheide mich für Tomatensuppe, Andreas für das Club-Sandwich. Als es an der Tür klopft, öffne ich, in den hoteleigenen Bademantel gehüllt. Hätte ich gewusst, wie unglaublich attraktiv der Typ ist, der uns das Essen bringt, hätte ich

a) Andreas im Schrank versteckt
b) Mein Seidenneglige angezogen, mit dem ich eigentlich Philipp hatte verführen wollen.

Himmel, der Mann sieht verboten gut aus! Ich unterzeichne die Rechnung, schlage irre viel Trinkgeld drauf und lächle mein schönstes Lächeln. Dass mein Bademantel vorne ein klitzekleines bisschen offen ist, stört mich nicht im Geringsten. Dass Andreas um die Ecke schießt und das Tablett in Empfang nimmt, hingegen sehr. «Das sieht ja toll aus, nicht wahr, Schatz?», fragt er in einer Lautstärke, dass die Wände wackeln. Am lautesten hallt das Wort «Schatz» durch den Raum. Der Zimmerkellner grinst sich eins und wünscht uns beiden einen «Schönen Abend».

Mist, warum ist Andreas noch hier? Ich hätte den Room-Boy bestimmt mühelos in ein Gespräch verwickeln und zu einem Drink nach Dienstschluss überreden können.

Glaube ich zumindest.

Oder ist mein neu erwachtes Selbstbewusstsein gepaart mit Optimismus das Ergebnis von zu viel Glühwein, Sex und der Aussicht auf den morgigen Heiligabend?!

«In welchem Hotel wohnst du eigentlich?», frage ich Andreas, der gerade den Schampus entkorkt.

«Dreimal darfst du raten», grinst er und schaltet den Fernseher ein.

«Ich bin nicht so gut im Raten. Bei ‹Wer wird Millionär?› schaffe ich noch nicht einmal die Einstiegsrunde.» Das ist zwar glatt gelogen, denn ich komme meist bis zur 16 000-Euro-Frage, aber das muss ich Andreas ja nicht auf die Nase binden.

«Okay, ich verrate es dir, Süße», flüstert er und zwinkert mir verschwörerisch zu. Ich brauche die Antwort gar nicht erst abzuwarten, denn sie liegt auf der Hand. Jetzt muss ich nur noch wissen, wie nah bei mir man ihn einquartiert hat. «Ich wohne nur zwei Zimmer weiter, ist das nicht toll?», frohlockt Andreas.

«Ja, super. Echt klasse!», sage ich lahm und krieche unter die Bettdecke. Dann klingelt das Haustelefon. Nanu?

«Sie haben Besuch, Frau Volkmar. Er wartet unten im Kaminzimmer. Soll ich sagen, dass Sie gleich kommen?», will die freundliche Rezeptionistin wissen, und ich könnte mich dafür ohrfeigen, dass ich ans Telefon gegangen bin. Was ich ehrlich gesagt auch nur getan habe, weil ich hoffte, es sei der Zimmerkellner.

«Wer ist es denn?», frage ich und schwinge meine Beine aus dem Bett, was Andreas mit einem Stirnrunzeln quittiert.

«Das wollte der Herr mir nicht verraten. Er sagte, es sei eine Überraschung. Eine Weihnachtsüberraschung!»

Aha, aha … interessant! Heute ist doch erst der Dreiundzwanzigste. Mein Herz klopft, als mir durch den Kopf schießt, Philipp könne der geheimnisvolle Besucher sein. Philipp, der endlich erkannt hat, was für eine tolle Frau ich bin, und der endlich den Schritt von einem JEIN zu einem JA machen will.

«Muss kurz nach unten, habe Besuch bekommen», informiere ich Andreas und ziehe mich in Windeseile an. Noch ein schneller Blick in den Spiegel – das Ergebnis ist zum Glück zufriedenstellend. Sex ist eben ein echtes Schönheitselixier. Gepaart mit guter Sylter Nordseeluft der totale Booster.

Ich flöte: «Bin gleich wieder da», und stürze die Treppe hinunter. Dabei renne ich dummerweise einen Angestellten, der ein randvoll beladenes Tablett balanciert, über den Haufen. Keine Ahnung, wie ich es schaffe, die Flasche Rotwein aufzufangen, bevor sie zu Boden geht, aber die Liebe verleiht ja bekanntlich Flügel – oder in meinem Fall zumindest gutes Reaktionsvermögen.

«Das ist ja gerade nochmal gutgegangen», murmle ich schuldbewusst. Als ich aufsehe, blicke ich in die waldseegrünen Augen des Zimmerkellners. *Meines* Zimmerkellners! Wo zum Teufel will der Mann eigentlich hin? Ich bin doch hier! Und mit wem will er den Rotwein killen? Du triffst gleich Philipp und solltest dich darüber freuen, dass er den Weg hierher auf sich genommen hat!, ermahne ich mich und gehe, ohne mich umzudrehen, zum Kaminzimmer.

Dort angekommen, habe ich echt Mühe, meinen Besuch zu entdecken, denn der Raum ist derart mit Weihnachtsdeko, alten Ölporträts, einer gigantischen Tanne und Beistelltischchen vollgestopft, dass das Auge nicht zur Ruhe kommt.

«Allo, Maja. Schön, disch zu sähen», tönt es durch den Raum. Ah, die Stimme scheint aus dem bordeauxfarbenen Ohrensessel zu kommen. Stimmt, darin sitzt jemand. Hätte ich vor lauter Kissen fast übersehen.

«C'est une surprise, n'est-ce pas?», fragt die Stimme weiter, und ich ahne Böses.

«Jaques, was machst du denn hier?», frage ich, während sich ein feiner Schweißfilm auf meinem Nacken bildet. Ein klares Signal, dass ich überfordert bin.

«Isch abe Sehnsucht nach dir geabt und desalb spontan meine Schicht mit ein Kollegen getauscht.»

Ach, du Schreck! Warum habe ich Jaques bloß verraten, dass ich über die Feiertage hier bin?

«Hättest du nicht vorher anrufen können?», frage ich, obwohl es jetzt eh zu spät ist.

Oben hockt Andreas. Hier unten Jaques.

«Isch wollte dir überraschen und das, was ich sagen wollte, persönlisch tun.» Hui, das klingt aber bedeutungsschwanger. Ich setze mich vorsichtshalber, bevor mein Kreislauf kollabiert. Ehe ich michs versehe, kniet der Barkeeper aus dem Café Parisienne vor mir und streckt mir (huch, wo hatte er die denn versteckt?) ostentativ drei blutrote Rosen entgegen. In mir rotiert es. Wie war das nochmal mit der Zahl Drei und Rosen? Heißt das etwa …?

«Maja, isch bin gekommen zu dir ier auf die Insel, um zu sagen: Isch liebe disch!»

Heidewitzka! Satz Nummer zwei auf meiner Skala. Fehlt nur noch «Weihnachten kommt immer so plötzlich». Aber auch der wird mir nicht erspart bleiben, da bin ich mir mittlerweile ganz, ganz sicher. Ich antworte: «Äh», und denke spontan an den Film «Greencard» mit Gérard Depardieu und Andie McDowell.

Darin müssen die beiden heiraten, damit Franzose Depardieu in den Staaten bleiben kann. Was aber letztlich daran scheitert, dass die hohle Andie sich bei einem behördlichen Test nicht an seine Zahnpastamarke erinnern kann, oder so ähnlich. Aber Jaques Perrin ist doch hoffentlich ein legaler Einwohner der Stadt Hamburg, oder? Bevor ich Zeit habe, mir zu überlegen, ob ein Brautkleid in Weiß nicht ein bisschen geheuchelt wäre, liege ich auch schon in Jaques' Armen. Aber nicht, weil ich mich in die selbigen geworfen hätte, sondern quasi gezwungenermaßen.

Ein höfliches Räuspern enthebt mich der Verpflichtung, mir eine passende Antwort auf seine Liebeserklärung aus den Rippen zu leiern. Der Zimmerkellner ist offensichtlich auch für das Kaminzimmer zuständig und möchte wissen, was wir zu trinken wünschen.

«Oder vielleicht eine Kleinigkeit zu essen ...?» Ich denke mit Schrecken an die mittlerweile erkaltete Tomatensuppe und Andreas, oben in meinem Bett, inmitten all der Blütenkissen.

«Isch denke, wir ge'en gleisch nach oben in die Zimmer von die Dame», antwortet Jaques an meiner Stelle und zwinkert dem Kellner verschwörerisch zu. Der verzieht keine Miene, wünscht uns noch einen «angenehmen Abend» und entschwindet so diskret, wie er zuvor gekommen ist.

«Du, Jaques», beginne ich und wünschte, ich beherrschte die Kunst, auf Knopfdruck in Ohnmacht zu fallen. «Das mit dem Zimmer, das ist so ...» Ja, Maja, was ist mit dem Zimmer, na?

Zum ersten Mal in meinem Leben fällt mir nichts ein. Also sage ich wahrheitsgemäß: «Da können wir nicht hin. Ich habe nämlich Besuch.» Jaques wirkt irritiert, das kann ich am Flackern seiner Augen sehen. «Mein Bruder ist auch hier, weil seine Freundin ihn verlassen hat. Es geht ihm sehr, sehr schlecht!»

«Mais oui!», entgegnet Jaques, sichtlich um Fassung bemüht. «Wie sagen wir Franzosen so schön: Liebeskummer is schlimmer als Zahnschmerz. Dagegen ilft am besten Alko'ol. Ruf ihn an und wir ge'en an die Bar. Und wenn er ist total betrunken, wir legen ihn in Bett!»

«Aber das ändert doch nichts an der Situation», entgegne ich kraftlos, aber um Logik bemüht. «Dann ist der arme Kerl zwar betrunken und vielleicht ein bisschen fröhlicher, aber ich teile mir dann immer noch ein Zimmer mit ihm!»

Jaques runzelt die Stirn. Gegen dieses Argument ist selbst sein französischer Charme machtlos. Doch der Barchef ist ein Mann mit Ideen – und ein Mann der Tat: «Also frage isch nach freie Zimmer», verkündet er und strebt auch schon Richtung Rezeption. Ich folge ihm und schicke gedanklich eine Petition an den Weihnachtsmann: Bitte vergiss, wie gemein ich noch bis vor kurzem über dich gedacht habe, und mach, dass es auf der ganzen Insel kein freies Zimmer mehr gibt!

«Ich bedaure zutiefst, aber wir sind komplett ausgebucht», informiert die freundliche Mitarbeiterin uns und sieht Jaques mitleidig über den knallroten Weihnachtsstern mit Lamettadeko hinweg an. «Und soweit ich weiß, ist das auch auf der ganzen Insel so.» Halleluja! Es gibt den Weihnachtsmann! Es gibt ihn wirklich!

«Dann musst du wohl wieder heimfahren», sage ich leise und ziehe Jaques vom Tresen Richtung Bibliothek.

Grundsätzlich hätte ich ja überhaupt nichts gegen ein romantisches Intermezzo mit ihm einzuwenden, aber zum einen hatte ich heute schon Sex, und zum anderen lautet mein Motto immer noch: Alles zu seiner Zeit! Und mit Jaques möchte ich mich definitiv lieber in Hamburg amüsieren als hier. HINTER dem Tresen wirkt er nämlich eindeutig erotischer als DAVOR.

«Ja, das muss ich dann wohl», antwortet Jaques geknickt.

Huch, sollten seine Gefühle für mich etwa wirklich echt sein? «Komm, ich bring dich zur Bahn», biete ich an. «Ich gehe nur noch schnell nach oben, sage Andreas, dass es noch einen Moment dauert, und du kannst ja währenddessen fragen, wann der nächste Zug fährt!»

Bin ich konstruktiv oder bin ich konstruktiv?

Im Zimmer treffe ich auf einen sichtlich genervten Andreas. «Wo warst du denn so lange? Das Essen ist mittlerweile kalt. Hättest du nicht anrufen können?»

Ich denke: Moment mal, mein Lieber! Wir hatten zwar gerade ganz ordentlichen Sex, aber das gibt dir noch lange nicht das Recht, dich aufzuspielen wie mein Ehemann. Außerdem möchte ich auch gar keinen Ehemann, der sich so aufspielt. Das ist nur einer von vielen Gründen, weshalb ich der Institution Ehe eher skeptisch gegenüberstehe. Laut sage ich: «Sorry, aber das war ein Notfall. Mein Bruder wurde gerade von seiner Freundin verlassen und sucht nun Unterschlupf bei mir. Es geht ihm gar nicht gut, wie du dir bestimmt denken kannst.»

«Oh, das tut mir leid», entgegnet Andreas, nun schon etwas friedlicher. Doch dann bildet sich eine steile Falte auf seiner Stirn. «Seit wann hast du denn einen Bruder?»

Ich äh, tja … Mist, warum kennt Andreas nicht nur meine Lebensgeschichte, sondern auch meine Familienverhältnisse wie seine Westentasche? «Äh, also, habe ich eben Bruder gesagt? Lustig! Freud'scher Versprecher, nehme ich an. Ich meine natürlich Halbbruder.» Wie gut, dass meine Eltern geschieden sind, somit wäre ein Halbbruder rein technisch betrachtet machbar.

«Aber deine Eltern haben sich doch erst vor drei Jahren scheiden lassen», sagt Andreas, und ich kann an dieser Stelle nur sagen: Hut ab vor seinem messerscharfen Verstand. Und vor seinem Gedächtnis. Sollte irgendwo auftreten, der Mann.

«War ein Ausrutscher vor vielen, vielen Jahren. Hat sich erst vor kurzem rausgestellt», nuschle ich und schaue auf die Uhr. Wenn ich noch lange hier herumstehe und meine fiktiven Familienverhältnisse mit Andreas diskutiere, verpasst Jaques noch die letzte Bahn nach Hamburg.

«So, na ja. Das tut mir leid», antwortet Andreas.

«Äh, wieso leid?»

«Na ja, das muss doch ein Schock für deine Mutter gewesen sein, nach all den Jahren zu erfahren, dass dein Vater sie nicht nur schamlos betrogen, sondern auch noch ein Kind gezeugt hat. Du weißt, wie viel ich persönlich von Treue halte!» Ich nicke so bedächtig wie eben möglich. Ich muss hier raus, und zwar ganz schnell!

«Ja, es war ein Schock, sie befindet sich deshalb immer noch in therapeutischer Behandlung!» Himmel, was rede ich da? Nun ja, ist jetzt auch schon egal.

Und dann kommt mir plötzlich eine Idee! Eine super Idee! «Würde es dir etwas ausmachen, heute Nacht in deinem Zimmer zu schlafen? Ich habe am Empfang gefragt, die Insel ist komplett ausgebucht – und irgendwo muss mein Bruder ja schlafen.»

Andreas verzieht das Gesicht, aber natürlich bleibt ihm nichts anderes übrig, als mir den Gefallen zu tun. Sehr schön! Jetzt muss ich nur noch Jaques in die Bahn nach Hamburg befördern, und dann habe ich endlich meine Ruhe!

Eine halbe Stunde später muss ich dieses Projekt als gescheitert betrachten, denn natürlich fährt kein Zug mehr. Und mir überlegen, worauf der gute Jaques heute Nacht sein müdes

Haupt betten wird, denn ich fühle mich für ihn verantwortlich. Schließlich ist er auf die Insel gekommen, um mir seine Liebe zu gestehen.

Andreas hat mittlerweile zum Glück Leine gezogen, und ich konnte ihn auch erfolgreich davon überzeugen, dass ich den Rest des Abends mit meinem Bruder alleine verbringen muss. Der arme Kerl soll ja schließlich die Möglichkeit haben, sich so richtig über seine Exfreundin auszusprechen.

Jaques gegenüber behaupte ich, dass die Exfreundin meines Bruders spontan auf Sylt aufgekreuzt ist, um ihn wiederzugewinnen, und dass die beiden Unterschlupf im neuen Golfhotel in Hörnum gefunden haben, auch wenn ein winziges Zimmer pro Nacht dort so viel kostet wie meine Wohnung einen ganzen Monat. Er schluckt diese Begründung, ohne weiter nachzufragen, denn schließlich ist er ja jetzt, wo er schon seit einer Stunde sein wollte: in meiner Nähe.

Als Jaques seine Zahnbürste neben meine ins Glas stellt und mir breit lächelnd erzählt, dass er sich gleich «frisch machen wird», dämmert mir, dass ich keines meiner Probleme wirklich gelöst, sondern nur eins gegen das andere getauscht habe. Allmählich knurrt mir der Magen, doch die Tomatensuppe ist mittlerweile kalt wie die Nordsee. Ob ich die Terrine auf die Heizung stelle? Ich durchwühle die Minibar und finde abgepackte Erdnüsse. Die könnten über den schlimmsten Hunger hinweghelfen, während die Suppe allmählich warm wird.

«O chérie, das geht nischt. Du musst etwas Anständiges essen, bevor wir machen Liebe. Nischt so eine eiskalte Zeug», protestiert Jaques (der mittlerweile meinen Bademantel anhat) und stellt die Suppenschüssel zurück aufs Tablett.

Bevor wir Liebe machen? Merde, wie komme ich denn jetzt aus der Nummer heraus? Erst habe ich fünf Jahre lang nur unregelmäßig Sex, weil Philipp sich nie so richtig entscheiden konnte, und nun soll ich es binnen drei Stunden zweimal krachenlassen? Nichts gegen zweimal. Von mir aus auch dreimal, aber mit zwei verschiedenen Männern?

In meiner Not greife ich zur ältesten aller Begründungen (nein, nicht Migräne!) – meiner Periode. Die bekomme ich zwar erst in einer Woche, aber das kann er ja nicht wissen.

Muss ich betonen, in welcher Stimmung unser nächtliches Abendessen verläuft? Jaques starrt angestrengt auf den Fernseher und heuchelt Interesse für den Weihnachtsfilm-Klassiker «Ist das Leben nicht schön?» mit James Stewart und fragt sich vermutlich gerade, weshalb er nicht in Hamburg geblieben ist und eine Besucherin des Café Parisienne klargemacht hat. Während ich einen Käsetoast esse, bin ich mit der Frage beschäftigt, was wohl der Zimmerkellner von mir denkt, der nun unweigerlich Zeuge der Tatsache geworden ist, dass sich jetzt Jaques anstelle von Andreas in meinem Blümchenbett fläzt.

Es ist kurz vor Mitternacht, in wenigen Minuten bricht Weihnachten an. Punkt zwölf Uhr klingelt mein Handy.

Es ist Philipp.

Philipp?!

Ich schaue zweimal auf das Display, um sicherzugehen, dass ich mich nicht irre.

«Bin gleich wieder da», rufe ich und verziehe mich ins Bad. Dieses Gespräch würde ich nämlich gern führen, ohne dass ein anderer zuhört.

«Dreimal darfst du raten, wo ich bin», schmettert er mir fröhlich entgegen. Auf Sylt, wo sonst?, schießt es mir durch den Kopf, und ich atme tief ein.

Jetzt cool bleiben!

«Ich sitze an der Bar deines Hotels und wollte dich fragen, ob du nicht hinunterkommen willst. Ich habe Champagner bestellt.»

Champagner? Das hat Philipp doch noch nie gemacht. Was ist passiert? «Bin in ein paar Minuten da», antworte ich knapp. Was sollte ich auch sonst tun? Wie gut, dass ich noch angezogen bin. Jaques gegenüber behaupte ich, aus der Apotheke etwas gegen Schmerzen holen zu wollen, was den Franzosen aber offenbar nur mäßig interessiert. Seit er weiß, dass heute Nacht sexuell gesehen nichts bei mir zu holen ist, ist sein Charme merklich abgekühlt. Nun, auch egal.

«Toll, dass du noch nicht geschlafen hast!», sagt Philipp zur Begrüßung und küsst mich, als sei ich die Liebe seines Lebens.

«Was willst du hier?», frage ich und nicke dem Barkeeper zu. «Einen Martini bitte, aber trocken!»

«Aber ich habe uns Champagner bestellt», protestiert Philipp, doch ich lasse mich nicht umstimmen. Ich habe Lust auf Martini, und damit basta.

«Also nochmal: Was willst du hier?»

Philipp atmet hörbar durch und wirkt ein bisschen nervös. «Ich wollte dir frohe Weihnachten wünschen.»

«Und deswegen kommst du extra hierher?! Das hättest du doch auch telefonisch machen können.» In mir steigt kalte Wut auf. Erst muss ich mich entscheiden, ob ich horrende Stornogebühren zahlen oder die Feiertage alleine hier verbringen will, weil der Herr sich mal wieder nicht entscheiden konnte, und nun weiß er auf einmal, was er will, und macht sich hier breit?

In *meinem* Hotel?!

«Ich wollte dir das persönlich sagen, aber vor allem wollte ich, dass du weißt, dass ich ein Idiot bin.»

Das mag dich jetzt überraschen, mein Herzblatt, aber das weiß ich schon länger.

«Ich habe viel zu lange gebraucht, um zu erkennen, was ich wirklich will, und mich dementsprechend endlich mal zu entscheiden.

Ach was?

«Seit unserer Trennung ist mir endlich klargeworden, was für eine unsagbar tolle Frau du bist, wie viel ich für dich empfinde und wie sehr du mir fehlst. Du bist so klug, so kreativ, so schön, so liebevoll, hast für alles Verständnis, bist sexy …»

Los, weiter so, das geht runter wie Öl!

«Kurzum: Ich habe den Fehler meines Lebens gemacht, indem ich dich habe gehen lassen, ohne um dich zu kämpfen. Ich hätte zusammen mit dir auf diese wunderschöne Insel reisen und stolz darauf sein müssen, dass du an meiner Seite bist und mit mir auf Sylt das Fest der Liebe feiern willst.

Mein Widerstand beginnt zu bröckeln. Das klingt alles sehr, sehr schön. Auf diese Worte habe ich lange gewartet.

Philipp nimmt meine Hände in seine, und mir wird schlagartig heiß und kalt. Ein Teil von mir möchte vor Glück die Welt umarmen, ein anderer ist auf der Hut. Woher kommt dieser plötzliche Sinneswandel? Sind das nicht alles nur Phrasen, Worthülsen, entstanden aus einer gewissen Rührseligkeit, die nahezu jeden Menschen auf diesem Planeten in der Weihnachtszeit befällt? Immerhin hat es sogar vor den Feiertagen geschneit, da kann man schon mal sentimental werden.

«Und jetzt?», frage ich mit unschuldigem Augenaufschlag, denn so leicht will ich es Philipp nicht machen. Der soll sich mal schön ins Zeug legen!

«Jetzt würde ich gern mit dir aufs Zimmer gehen und dir beweisen, wie sehr ich dich liebe …»

Schauer jagen meinen Rücken hinunter. Doch nicht vor Lust, sondern aus purer Angst. Wie soll ich Philipp klarmachen, dass in meinem Hotelbett der Barmann liegt, mit dem ich kurz nach der Trennung mehrere Male echt heißen Sex hatte? Und dass kurz zuvor Andreas an derselben Stelle lag?

«Wollen wir nicht lieber zu dir?», versuche ich mich aus meinem Dilemma herauszuwinden und bete inständig, dass Philipp so schlau war, sich ein eigenes Zimmer zu nehmen, bevor er unangemeldet hier hereinplatzt.

War er aber nicht: «Ich habe kein Quartier, denn ich hatte natürlich gehofft …»

Irgendetwas an diesem Satz stört mich gewaltig. Ob es die Selbstverständlichkeit ist, die Arroganz, die Ignoranz, ich weiß es nicht. Auf alle Fälle gefällt es mir nicht, dass Philipp davon ausgeht, dass er nur mit dem Finger zu schnippen und einige nette Sachen zu sagen braucht, und schwups, sind wir wieder ein Paar. Nein, mein Lieber, so funktioniert das nicht!

«Hast du denn ein Geschenk für mich?», höre ich mich auf einmal fragen und weiß gar nicht, wieso.

Philipp nestelt an seinem Hemdkragen, ein Zeichen für Nervosität. «Äh, nein, Schatz, habe ich nicht. Ich dachte, ehrlich gesagt, meine Reise hierher sei Geschenk genug. Und außerdem, du weißt ja …»

Ich halte gespannt den Atem an.

«… Weihnachten kommt doch immer so plötzlich!»

Da ist er, Satz Nummer drei, der Sargnagel, der unserer einstigen Liebe endgültig den Todesstoß versetzt.

«Tut mir leid, dass du extra den weiten Weg auf dich genommen hast», sage ich und fühle mich mit einem Mal leicht wie eine Feder. «Du hättest wirklich vorher anrufen sollen. In meinem Zimmer wartet ein Mann auf mich. Ein Mann, der weiß, was er will. Der das im Übrigen von der ersten Sekunde an wusste.» Dass damit nur Sex und nichts weiter gemeint ist, bleibt mein Geheimnis. Voller Genugtuung sehe ich, wie ungesunde Röte sich auf Philipps Gesicht breitmacht. Doch weitaus mehr als meine Abfuhr scheint ihn die Sorge darum zu beschäftigen, wo er heute Nacht schlafen soll. Aber das ist nicht mein Problem.

«Mach's gut, Philipp», sage ich und nicke dem Barkeeper zu. Er soll meinen Martini auf die Rechnung setzen.

Ohne mich umzudrehen, stolziere ich von dannen.

Um einen Moment später erneut mit einem Tablett und dem dazugehörigen Mann zu kollidieren. «Sie sind ja ganz schön beschäftigt, seit Sie hier sind», sagt der charmante Kellner und setzt das Tablett ab. «Aber ich bin froh zu sehen, dass es Ihnen offenbar wieder bessergeht. Am Strand wirkten Sie ja etwas mitgenommen.»

Am Strand? Wie meint er das?

Und dann dämmert es mir. Er war der Mann, der mir netterweise das Taschentuch gab, als ich mich wegen Philipp in ein Tränenmeer verwandelt hatte.

«Es ist nicht so, wie Sie denken», antworte ich lahm und fühle mich total albern. Drei Männer sind innerhalb weniger Stunden nach Sylt gekommen, um bei mir zu sein.

Und der Einzige, der mir wirklich gefällt, ist ein Zimmerkellner, von dem ich nichts weiter weiß, als dass er gut aussieht, nett ist und offenbar viel Herz hat.

Was natürlich auch schon eine ganze Menge ist.

«Ich weiß, das ist es nie», grinst er und deutet auf den Rotwein und die beiden Gläser. «Wollen Sie einen Schluck?»

«Was? Hier? Mitten auf dem Gang? Das können wir doch nicht machen. Außerdem wartet doch bestimmt ein Gast darauf.»

«Das stimmt», sagt der Kellner grinsend. «Ein gewisser Herr mit französischem Akzent von Nummer 102. Wenn Sie den Wein lieber mit ihm trinken möchten, will ich Sie natürlich nicht aufhalten!»

«Nein, nein, schon okay», gebe ich ebenfalls grinsend zurück, und das Gefühl der Leichtigkeit verleiht mir erneut Flügel. «Aber bevor wir das tun, nennen Sie mir bitte einen vernünftigen Grund, weshalb wir unsere Begegnung vertiefen sollten, wo Sie doch auf dieser Insel leben und ich in Hamburg.»

«Bevor ich Ihnen diese Frage beantworte, möchte ich Ihnen gern erst einmal sagen, wie ich heiße. Ich bin Daniel Winter.»

«Und ich Maja Volkmar.»

«Ich weiß!»

«Ach? Woher?»

Daniel deutet auf den Zettel mit der Bestellung. Da steht mein Name, obwohl Jaques den Wein geordert hat.

«Was die Frage des Wohnortes betrifft, kann ich Sie vielleicht ein bisschen beruhigen. Ich lebe auch in Hamburg. Ich bin Journalist und recherchiere hier sozusagen undercover für einen Bericht über Menschen, die Weihnachten alleine verreisen. Und wo kann man das besser beobachten als in einem Hotel?»

Ich schlucke. Der Mann ist Journalist und kein Kellner? Und wohnt in Hamburg. Mein Herz macht einen Riesensprung.

«Und was haben Sie schon alles beobachtet?», frage ich neugierig, auch wenn ich die Antwort zum Teil kenne.

«Die Menschen machen an den Feiertagen die seltsamsten Dinge, wie Sie vielleicht aus eigener Erfahrung wissen. Aber nur aus einem Grund, und den kann ich gut nachvollziehen. Sie sehnen sich nach Liebe und tun alles dafür, um sie zu bekommen.»

«Kann ich gut verstehen», bestätige ich seufzend. «Darf ich Sie etwas fragen?»

«Aber sicher. Was denn?»

«Wann kaufen Sie Ihre Weihnachtsgeschenke?»

Daniel sieht mich verwundert an.

«Meist Ende Oktober oder so. Manchmal auch schon früher, wenn ich etwas sehe, das demjenigen gefallen könnte, dem ich es schenken will. Warum fragen Sie?»

«Och, nur so», antworte ich und grinse.

Eine gute Antwort.

Eine sehr gute.

Die beste überhaupt!

Gabriella Engelmann, *gebürtige Münchnerin, entdeckte in Hamburg ihre Freude am Schreiben und fühlt sich im Norden pudelwohl. Nach Tätigkeiten als Buchhändlerin, Lektorin und Verlagsleiterin genießt sie die Freiheit des Daseins als Autorin von Romanen, Kinder- und Jugendbüchern. Des Weiteren arbeitet Gabriella Engelmann als Literaturscout für Agenturen. Weitere Informationen zur Autorin finden Sie unter www.gabriella-engelmann.de*

Hans Rath

Was will man mehr

Wunderlich 5012

Kind und Karriere - was will man mehr?

So einiges, findet Paul. Das Kind ist nicht von Iris, seiner Traumfrau, sondern von ihrer Schwester Audrey. Drum kümmern darf er sich auch nicht wirklich. Und seine Karriere geht gerade fürstlich den Bach runter. Da helfen nur Schamski, Bronko und Günther, Pauls WG-Gefährten aus besseren Tagen. Zusammen machen sie sich daran, endlich Ordnung zu schaffen. Sie merken gar nicht, dass sie dabei auf ein gigantisches Chaos zusteuern...

B 259/1

MIX
Papier aus verantwortungsvollen Quellen
FSC® C083411
FSC
www.fsc.org

Das für dieses Buch verwendete FSC®-zertifizierte Papier *Lux Cream* liefert Stora Enso, Finnland.